Holly-Jane Rahlens

DAS RÄTSEL VON AINSLEY CASTLE

Aus dem Englischen
von Bettina Münch

Rowohlt Taschenbuch Verlag

Originalausgabe
Veröffentlicht im Rowohlt Taschenbuch Verlag,
Hamburg, März 2020
Copyright © 2020 by Rowohlt Verlag GmbH, Hamburg
Lektorat Christiane Steen
Satz aus der Dolly
bei Dörlemann Satz, Lemförde
Druck und Bindung CPI books GmbH, Leck, Germany
ISBN 978-3-499-21747-0

Aus Verantwortung für die Umwelt haben sich die Rowohlt Verlage zu einer nachhaltigen Buchproduktion verpflichtet. Der bewusste Umgang mit unseren Ressourcen, der Schutz unseres Klimas und der Natur gehören zu unseren obersten Unternehmenszielen. Gemeinsam mit unseren Partnern und Lieferanten setzen wir uns für eine klimaneutrale Buchproduktion ein, die den Erwerb von Klimazertifikaten zur Kompensation des CO_2-Ausstoßes einschließt. Weitere Informationen finden Sie unter: www.klimaneutralerverlag.de

Für Sylvia, ein Rätsel

1. Kapitel

Stiefmutter

Tief in der Nacht reißt mich ein Geräusch aus dem Schlaf.

Erschrocken liege ich im Bett, so still wie möglich, halte die Luft an, lausche, versuche, im Dunkeln zu sehen.

Schwaches Mondlicht scheint ins Zimmer. Nebelschwaden wabern geisterhaft durch das offene Erkerfenster. Sie formen sich, verwandeln sich in Vögel, Geier, die über mir schweben. Sie lauern darauf, dass ich endlich wieder einschlafe, damit sie –

Eine Holzdiele knarrt.

Jemand ist im Zimmer.

Lauf weg!, denke ich. *Jetzt! Sofort!*

Doch ich bin zu langsam. Lange, knochige Finger, zehn rasiermesserscharf manikürte Nägel, ochsenblutrot lackierte Stahlklingen greifen nach meiner Kehle.

Es ist Stiefmutter.

Ich reiße die Augen auf.

Mein Zimmer ist in blasses Morgenrot getaucht.

Ich höre jemanden atmen. Schnell. Flach.

Das bin ich selbst, wird mir klar.

Ich hebe den Kopf und schaue mich um. Mein Zimmer dreht sich. Gleich wird mir schlecht. Ich greife nach dem Bettrahmen und halte mich fest, dann falle ich wieder ins Kissen.

Sie ist immer noch hier. Stiefmutter. Irgendwo. Ich weiß es. Ich spüre es. Sie wartet auf mich in den Schatten hinter meinen Augen. Ich kneife die Lider zusammen und treibe sie zurück in die Nacht.

Ihre roten Fingernägel sind das Letzte, was ich sehe. Sie flackern wie zehn Flammen. Dann verlöschen sie. Eine nach der anderen.

Jetzt ist sie fort.

Ich bin wach.

Und in Sicherheit – hoffe ich.

Diesen Traum habe ich schon häufiger gehabt.

Und dann, wenn ich wach werde, das rotierende Zimmer.

Beim ersten Mal vor ein paar Wochen habe ich Dad von dem Schwindelanfall erzählt. Da lebten wir noch in der Stadt. Er besorgte mir einen Termin bei der Kinderärztin.

«Dad», habe ich gesagt. «Ich bin fast vierzehn. Ich bin zu alt für eine Kinderärztin.»

Er bestand trotzdem darauf, dass ich hinging. Was ich verstehe. Schließlich liebt er mich.

Und weil ich ihn liebe, bin ich hingegangen.

Die Kinderärztin konnte nichts finden, deshalb überwies sie mich zu einem Ohrenspezialisten, der ein Gleichgewichtsproblem vermutete. Er saugte mir das Wachs aus den Ohren, was kitzelte. Dann empfahl er mir eine Neurologin, die mir ein paar Übungen gegen Schwindelanfälle zeigte.

Ich machte die Übungen ein paar Mal. Aber sie sind nervig. Also ließ ich es sein.

Die Schwindelanfälle kamen wieder.

Aber ich erzähle es Dad nicht mehr.

Das Zimmer dreht sich immer noch. Ich würde gern weiterschlafen, aber der Traum hat mich zu sehr aufgewühlt.

Es ist nach neun. Normalerweise höre ich Dad um diese Zeit ein Morgenlied summen oder pfeifen. Ich stelle ihn mir in seinem Arbeitszimmer nebenan vor, auf der anderen Seite des kleinen Badezimmers, das unsere Räume verbindet. Ich sehe den lackierten Kiefernholzboden vor mir, den eleganten Schreibtisch, seinen Laptop. Ein Babyfoto von mir schwebt wie eine in Bernstein gefangene Urzeit-Biene zwischen zwei Plexiglasscheiben.

Dad ist morgens immer früh auf den Beinen. Er joggt, frühstückt und sitzt längst vor seinem Computer, wenn ich aufwache. Meistens gesellt er sich für ein zweites Frühstück zu mir nach unten. Zusammen mit Stiefmutter. Sie bildet sich gern ein, dass wir eine Familie sind. Er hätte das gern. Ich kann mir nicht mal vorstellen, wie das gehen soll.

Formal gesehen, ist Stiefmutter gar nicht meine Stiefmutter – jedenfalls noch nicht. «Wir schauen mal, wie es für dich läuft», hatte Dad zu mir gesagt. «Sechs Monate zur Probe.»

Klar! Als würde er *mir* die Entscheidung überlassen, ob er heiraten wird oder nicht. Welcher klar denkende Mann würde das tun? Seit ihrer ersten Begegnung, seit der Sekunde, in der er mich aus der Stadt hierhergebracht hat, seit dem Augenblick, als ich dieses Haus betrat, hatte ich verloren.

Ich sollte ihm sagen, wie es mir damit geht.

Aber das tue ich nicht.

Ich habe keine Erinnerungen an meine Mutter. Da ist nur so ein Gefühl. Etwas Warmes, wie die Farbe Pfirsich ... Etwas Süßes mit einer leicht herben Note, wie gezuckerte Schlagsahne mit Preiselbeeren.

Wäre ich doch nur älter gewesen, als sie starb. Dann hätte ich wenigstens Erinnerungen, eine Vorstellung von ihr, etwas Reales, an dem ich mich festhalten könnte.

Aber ich war erst drei.

«Sie hat dich sehr geliebt», sagt Dad immer. «Aber sie war von Dämonen getrieben.»

Er scheint diese Formulierung zu mögen, denn er verwendet sie immer wieder. «Sie hatte eine kranke Seele», sagt er. «Sie war von Dämonen getrieben.»

Dämonen. Was soll das heißen, *von Dämonen getrieben?*

Ich schleudere die Decke weg, schwinge die Beine über die Bettkante und stehe auf. Schon wird mir wieder schwindelig, und ich greife nach dem Bettpfosten. Vorsichtig gehe ich zum Fenster, das nach Osten hinausgeht.

Unser Umzug hat mich aus dem Gleichgewicht gebracht. Wird mir deshalb ständig schwindelig?

Ich vermisse mein altes Leben. Mein altes Zimmer, meine Klassenkameraden. Meine Freundin Maisie. Ich vermisse sogar Dr. Goodwin, meine Therapeutin.

Am offenen Fenster atme ich in tiefen Zügen die frische Luft ein.

Ich hasse diese Insel. Sie ist zu klein. Und dieses Haus, das zu groß ist und zu zugig. Es gibt so viele Türen. So viele Menschen. Überall Personal und Gäste.

Wir leben in einem Hotel am Rande des Meeres, ganz weit oben im Norden, dort, wo der dunkelste aller dunklen Himmel auf das Ende der Welt trifft.

Hotel Ainsley Castle ist seit einigen Wochen mein Zuhause. Es ist ein riesiges, vierstöckiges Steingebäude, ein Herrenhaus, um genau zu sein, oder besser noch: ein kleiner Palast mit Türmchen und Wendeltreppen und verborgenen Türen. Stiefmutter herrscht darüber wie eine Königin über ihr Reich.

Das Hotel ist auf reiche Leute ausgerichtet, die ihre Ruhe schätzen; auf wohlhabende Familien, die ihren Kindern mit der salzigen Luft etwas Gutes tun wollen; und auf den einen oder anderen Künstler, der nach Inspiration sucht. Laut Hotelbroschüre haben sie die Auswahl unter

102 Zimmern: Einzel- und Doppelzimmern sowie Suiten der Komfort-, Premium- und Luxusklasse. Worin sie sich unterscheiden, ist mir allerdings schleierhaft. Für mich klingt das alles gleich. Außerdem gibt es in allen Zimmern die gleichen großen, flauschigen Handtücher und die gleiche strahlend weiße Bettwäsche ‹aus hochwertiger ägyptischer Baumwolle›, wie Stiefmutter gern betont.

Manche Leute kommen zum Golfspielen ins Hotel Ainsley Castle. Andere wegen des Wellnessbereichs. Einige schätzen die Küche. Fast alle lieben das Meer. Nur wegen des Regens kommt keiner her. Doch genau den kriegen sie fast immer.

Nicht weit vom Hotel entfernt steht die uralte, halb verfallene Burg Ainsley Castle. Es heißt, dass der Geist einer jungen Frau darin herumspukt – ein Mädchen, das vor Jahrhunderten als Hexe angeklagt und auf dem Scheiterhaufen verbrannt wurde.

Dad meint, die Insel wäre magisch. Wenn ich ihn frage, in welcher Hinsicht, schaut er mich ganz ernst und geheimnisvoll an und sagt: «Das wirst du schon noch sehen.»

«Was meinst du damit?», lasse ich nicht locker. «Gibt es hier Feen oder Einhörner? Oder vielleicht Hexen?»

«Wenn ich dir verraten würde, warum sie magisch ist, würde es doch keinen Spaß machen, oder, Lizzy?», sagt mein Vater dann. «Du musst die Magie schon selbst entdecken. Halte einfach die Augen offen.»

Doch wenn ich mich umschaue, sehe ich bloß den kleinen Hafen, ein paar stinknormale Geschäfte – hauptsächlich Mini-Filialen irgendwelcher großer Ketten –, viele Schafe, ab und zu ein Pony; eine felsige Küste und überall Hügel – steile Hügel, flache Hügel, Hügel, die eigentlich Berge sind. Und eine nassgraue, windgepeitschte Landschaft, hier und da geschmückt mit kleinen, aber teuren Bed-and-Breakfast-Pensionen.

Was soll daran bitte magisch sein?

Das Hotel hat Stiefmutter von ihrem ersten Ehemann geerbt, der vor einigen Jahren gestorben ist. Deshalb führt sie den Laden jetzt, auch wenn sie zweimal im Monat nach Feierabend freiwillig als Krankenschwester arbeitet. Das war früher ihr Beruf, bevor sie geheiratet hat – das erste Mal. Dad ist stolz auf sie. «Sie besucht drei Fortbildungen im Jahr!», schwärmt er. Am liebsten würde er mir alles darüber erzählen, aber es interessiert mich nicht. Was weiß ich – vielleicht war sie sogar für den Tod ihres Mannes verantwortlich! Vielleicht wollte sie das Hotel für sich allein und hat ihm eine Giftspritze mit –

Ups. Besser nicht daran denken. Dad meint, ich hätte viel zu viel Phantasie.

Was vielleicht stimmt.

Dad ist Finanzberater. Er jongliert mit den Zahlen großer Unternehmen. Und sie bezahlen ihm viel Geld dafür. Manchmal denke ich, dass Stiefmutter ihn deshalb heiraten will. Wegen seines Vermögens. Als wären ihr die 102 Komfort-, Luxus- und Premiumzimmer mit Bettwäsche aus ägyptischer Baumwolle nicht genug.

Auf jeden Fall ist das Hotel der Grund für unseren Umzug. Dad kann überall arbeiten. Aber Stiefmutter braucht ihre Zimmer und ihre Suiten und ihren Bikini Beach, den Streifen Strand am Fuß der gewundenen Steintreppe, die vom Hotel zum Meer hinunterführt.

Ich bin die Einzige, die ihn Bikini Beach nennt. Natürlich ist das ironisch gemeint. Niemand, der halbwegs normal tickt, würde dort abhängen. Schon gar nicht in einem Bikini. Niemand außer den Zimmermädchen an ihrem freien Tag. Das heißt, wenn es nicht regnet, was – ta-daa! – fast immer der Fall ist.

Unsere Wohnung auf der Rückseite des Hotels hat einen eigenen Eingang, gegenüber vom Parkplatz, auf den ich jetzt durch das Fenster schaue. Stiefmutter meint, der Blick auf den Parkplatz hätte ihr noch nie gefallen. Aber wenn ich mich aus dem Fenster lehne und den Hals recke, kann ich von hier oben im zweiten Stock immerhin auch die Ruinen von Ainsley Castle sehen, samt dem Wald, der die Burg umgibt. Ganz in der Ferne sieht man am Horizont die Nordostküste der Insel, wo das Blau des Himmels und das Grün des Meeres eins werden. Allerdings nur an sonnigen Tagen. An normalen Tagen sind das Grau des Himmels und das Grau des Meeres genau das: grau. Farblos. Abweisend.

Ich frage mich, was meine Mutter wohl von diesem Ort halten würde. Oder von Stiefmutters ochsenblutrot lackierten Fingernägeln.

Ich denke in letzter Zeit viel an meine Mutter. Sehr viel sogar. War sie jemals so weit im Norden? Hat sie jemals, so wie ich beim Spazierengehen mit Dad vergangene Woche, mit dem Wind im Gesicht am Rand der hohen Felsen gestanden und sich gefragt, wie es wäre davonzufliegen, mit den Möwen aufs Festland zu entkommen?

Ich frage mich, was ihre Dämonen waren.

Wohin haben sie Mutter getrieben?

Sind *sie* für ihren Tod verantwortlich?

Und ich frage mich, wie sie aussah, meine Mutter.

«Du siehst ihr sehr ähnlich», hat Dad einmal zu mir gesagt.

«Hatte sie auch einen Leberfleck unter der Nase?», wollte ich wissen.

Dad hat gelächelt, aber den Kopf geschüttelt.

Also nein. Sie hatte keinen. Das ist *meine* Besonderheit.

Mir wird kalt am Fenster. Ich sollte mich anziehen.

Ich gehe zum Spiegel.

Mein Pony hängt mir ins Gesicht. Ich schiebe die Locken beiseite, aber sie fallen mir sofort wieder vor die Augen. Ich muss zum Friseur.

Ich entdecke einen Pickel auf der Stirn. Er muss letzte Nacht gesprossen sein. «Die Pubertät», erkläre ich meinem Spiegelbild.

Das ist ein Witz zwischen mir und meiner Therapeutin, Dr. Goodwin. Wir geben der Pubertät die Schuld an allem.

Ich ziehe den Haarreif, den Stiefmutter mir geschenkt

hat, aus der obersten Kommodenschublade. Sie meint, ich solle die Haare nach hinten tragen und Luft an meine Stirn lassen, weil sonst meine Poren verstopfen.

Hallo? Nur weil sie alle zwei Wochen Krankenschwester spielt, heißt das noch lange nicht, dass sie Pickelexpertin ist, oder?

Ich schiebe meine Locken mit dem Haarreif zurück. Er ist mit Glitzersteinen besetzt. Sie funkeln im Spiegel wie Diamanten an einem Diadem.

Ich sehe aus wie eine bescheuerte Disney-Prinzessin.

Ich werfe den Haarreif in die Schublade zurück und hebe meine Jogginghose auf. Aber wo ist mein Hoodie? Gestern lag er noch neben meinem Nachttisch, glaube ich. Ich schaue mich auf dem Boden um. Er ist das reinste Chaos, zugemüllt mit unausgepackten Umzugskisten und einem Sammelsurium aus alten Socken, Bücherstapeln, schmutziger Wäsche und einem Häufchen verknoteter Halsketten.

Den Hoodie kann ich nicht finden.

Ich ziehe die Kommodenschublade auf, in der ich einen Stapel frisch gewaschener T-Shirts verstaut habe, wie ich weiß. Vielleicht bin ich ordentlicher, als ich denke, und habe den Hoodie zusammen mit –

Fassungslos starre ich auf das Halstuch meiner Mutter, das ganz obenauf liegt. Wie um alles in der Welt ist es dort hingekommen? Es lag doch in der Kiste mit der Aufschrift *Persönlich – Hände weg!*, die ich noch nicht ausgepackt habe. Meine alten Zeugnisse sind in dieser Kiste.

Ein paar Geschichten, die ich in der Schule geschrieben habe. Einige meiner Zeichnungen. Fotos mit meinen Freundinnen aus der Schule. Meine liebsten Bilderbücher aus der Kindheit, Bücher, die meine Mutter mir vielleicht vorgelesen hat. Und das Seidenhalstuch.

Ich gehe zu der unausgepackten Kiste hinüber.

Sie ist immer noch zugeklebt.

Die Härchen auf meinen Armen stellen sich auf.

2. Kapitel

Mutter

Ich nehme das Halstuch und gehe zurück ins Bett, liege da und denke nach.

Unser Umzug war ziemlich chaotisch. Offenbar habe ich das Tuch woanders verstaut als in der Kiste, die mit *Persönlich* beschriftet ist. Wahrscheinlich habe ich es, ohne nachzudenken, ausgepackt und in die Schublade gelegt.

Das hoffe ich jedenfalls. Denn wenn nicht …?

Ich setze mich auf und lasse den seidenweichen pfirsichfarbenen Stoff liebevoll in meine linke Handfläche gleiten, dann in die rechte.

Ich breite ihn vor mir auf der Bettdecke aus.

Auf den zartorangen Untergrund sind preiselbeerfarbene Parismotive im Stil der 1950er Jahre aufgedruckt. Der Eiffelturm, eine schmale Frau mit Chanel-Taille und langen Beinen in einem Kleid mit schwingendem Rock und mit einem großen Sonnenhut, ein Pudel an der Leine, ein Café mit gestreifter Markise, ein Blumenstand, ein Kiosk.

Dad meint, Mutter hätte das Tuch in ihren Flitterwochen gekauft. Ein winziges Etikett hängt noch an ein paar letzten dünnen Fäden daran: *100 % Soie. Fabriqué en France.* Sie muss es als Halstuch getragen haben, ein Streifen pfirsich- und preiselbeerfarbener Seide, wie ein Schmuckstück lose um den Hals geschlungen.

Wenn ich an meine Mutter denke, sehe ich immer die Frau auf dem Tuch vor mir. Eine hochgewachsene Frau mit einem großen Sonnenhut, die einen schicken Pudel an der Leine durch Paris führt.

Leider haben wir keine Fotos mehr aus meinen ersten Jahren. Dad sagt, sie sind alle verlorengegangen, als kurz nach Mutters Tod bei uns eingebrochen wurde. Die Räuber haben sämtliches Bargeld mitgenommen, das Silberbesteck, den Küchengrill und Dads Laptop, auf dem alle Fotos gespeichert waren. Meine Eltern hatten sie nie ausgedruckt oder Abzüge gemacht. Sagt er jedenfalls.

Allerdings frage ich mich, warum ein Babyfoto von mir in einem Plexiglasrahmen auf seinem Schreibtisch steht, wenn sie niemals Abzüge gemacht haben.

«Bist du sicher, dass du keine Sicherungskopien hast?», habe ich ihn neulich erst gefragt – aus heiterem Himmel.

Er saß am Schreibtisch und grübelte über irgendwelchen Tabellen auf seinem Bildschirm. Er hatte keine Ahnung, wovon ich sprach. «Sicherungskopien?»

«Von den Fotos», sagte ich. «Von Mutter. Von uns. Uns allen zusammen.»

Dad schüttelte den Kopf. «Es gibt keine.» Er strich mir über die Wange. «Keine Sorge. Du wirst schon Freunde finden», sagte er und widmete sich wieder seinem Bildschirm.

Erst war ich mir nicht sicher, warum er das gesagt hatte. So ohne jeden Zusammenhang.

Also war ich in mein Zimmer zurückgegangen, um weiter auf den Parkplatz zu starren. Dabei kam mir plötzlich der Gedanke, dass Dad vielleicht glaubt, ich würde in letzter Zeit deshalb so viel an Mutter denken, weil ich einsam bin und mir Sorgen mache, dass die anderen mich hier auf der Insel vielleicht nicht mögen werden. Weil ich Angst davor habe, in einer neuen Schule anzufangen. Angst habe, keine Freunde zu finden.

Und damit hat er vielleicht sogar recht.

Ich krieche wieder unter die Bettdecke und vergrabe die Nase in Mutters Halstuch.

Es ist das Einzige, was ich von ihr besitze. Jahrelang hat es immer unter meinem Kissen gelegen, bis –

Es klopft.

Irgendetwas klopft ans Fenster. Ein Ast? Ich fahre herum. Doch davon wird mir schwindelig. Das Zimmer dreht sich mit mir. Mir wird übel.

Es klopft wieder. Diesmal kommt es vom ... Spiegel? Aus dem *Inneren* des Spiegels? Das Glas vibriert bei jedem Klopfen. Als wäre ein Geist darin eingesperrt und wolle heraus.

Ich kriege Angst.

Doch dann wird mir klar, dass das Klopfen von der Tür neben dem Spiegel kommt.

«Elizabeth», sagt Stiefmutter draußen im Flur. «Bist du wach?»

Ihre Stimme klingt wie immer arrogant. Und angespannt. Ihre Fingernägel klackern ungeduldig gegen das Türblatt. Zehn flammend rote Dolche, bereit, sich mir ins Herz zu bohren.

Ich antworte nicht.

Klack-klack-klack machen Stiefmutters Fingernägel, ruhelos, genervt.

Schließlich geht die Tür quietschend auf.

Und da steht sie, mit einem gefrorenen Lächeln im Gesicht.

«Du liegst ja noch im Bett», stellt sie fest.

«Entschuldigung, aber hatte ich gesagt, dass du reinkommen darfst?» Oje. Ich schon wieder. Die respektlose Göre.

Stiefmutter seufzt laut.

Ich kann ihr ansehen, dass ich eine Riesenenttäuschung für sie bin. Ich zerstöre ihr Glück. *Auf was habe ich mich da bloß eingelassen?*, fragt sie sich bestimmt.

Hoffentlich sieht sie, dass es mir mit ihr genauso geht.

«Ist Dad unten?», frage ich. «Ich habe ihn nicht gehört.»

Stiefmutter starrt mich einfach nur an.

«Hallo?», sage ich. «Dad?»

Sie sieht mich an, als hätte ich den Verstand verloren. Als hätte ich mir einen Vater nur ausgedacht. Als hätte er nie existiert. Als –

«Es ist schon spät», sagt sie bedächtig. «Du willst doch nicht den ganzen Tag verschlafen, oder?» Sie schaut sich um. «Ich wünschte wirklich, du würdest diese Umzugskisten auspacken. Es ist ein so schönes Zimmer. Du würdest dich viel wohler fühlen.»

«Meinst du, *ich* würde mich wohler fühlen oder *du*? Ich persönlich mag es nämlich unordentlich.»

«Dann mach wenigstens dein Bett!», sagt sie. «Und häng deine Sachen auf.» Ihre Augen huschen an der offenen Badezimmertür vorbei. «Das Bad ist das reinste Chaos!»

Mit einem Bein im Zimmer, mit dem anderen draußen steht sie da und funkelt mich an. «Na gut, mach, was du willst!», sagt sie schließlich und zieht sich zurück.

Ich höre die Treppenstufen knarren.

Sie behandelt mich, als wäre ich ihr Dienstmädchen!

Ich hasse mein Leben!

Ich springe wütend auf. Doch dann wird mir wieder schwindelig, und ich kippe benommen gegen die Kommode. Ich schließe die Augen und warte darauf, dass das Zimmer aufhört, sich zu drehen.

Ich gehe zur Tür, um sie zuzuknallen, doch ich bremse mich. Es ist vielleicht schlauer, kein Theater zu machen und mich nachher bei Dad über sie zu beschweren. Womöglich hat er uns in seinem Arbeitszimmer nebenan sowieso gehört.

Ich entdecke meinen Hoodie unter dem Bett, ziehe mich hastig an und gehe in den Flur hinaus. Dann klopfe ich an die Tür von Dads Arbeitszimmer.

«Frühstück, Dad?», frage ich.

Keine Antwort. Ist er schon unten?

Ich öffne die Tür. Sie führt in mein Bad.

Hä?

Ich sehe keinen Schreibtisch. Kein Babyfoto. Keinen Computer. Keinen Dad.

Und überhaupt: Seit wann hat mein Bad zwei Türen?

Es ist, als hätte Dad nie existiert.

Werde ich verrückt?

Panisch renne ich nach unten.

3. Kapitel

Der Junge

Ich stoße die Tür zu unserer Küche auf. Dad ist nicht da. «Wo ist mein Vater?», frage ich Stiefmutter und gebe mir Mühe, meine Angst vor ihr zu verbergen. «Was geht hier vor?»

Stiefmutter, die mit dem Rücken zu mir vor der Arbeitsplatte steht, dreht sich um. Ihre Bewegungen sind langsam und kontrolliert. «Bitte nicht so laut», sagt sie ruhig. «Und mach die Tür zu. Es zieht.»

Ihre Stimme mag ruhig klingen, aber ihre Augen schleudern Blitze.

Ich schließe die Tür, laut, aber nicht zu laut.

Stiefmutter bleckt die Zähne. Ihre messerscharfen roten Nägel wollen mich aufschlitzen und mein Herz fürs Mittagessen herausschneiden. Mit ihrem spitzen Kinn weist sie auf die Tür zum Schmutzraum.

Gott bewahre, dass jemand, der sich im Schmutzraum die schlammverkrusteten Schuhe auszieht, mit anhört, wie wir uns streiten. Oder dass ein Lebensmittellieferant erfährt, dass wir keine glückliche Familie sind.

Der Schmutzraum hat vier Türen. Eine führt in unsere private Küche, eine nach draußen zum Parkplatz, eine führt zu einem Hotelflur, der in die Lobby übergeht (unsere Abkürzung ins Hotel). Die vierte Tür führt in die Spülküche, wo früher die Küchenhelfer den Hühnern die Köpfe abgeschlagen, die Federn ausgerupft und ihre blutigen Eingeweide herausgenommen haben.

Dad lacht, wenn ich so etwas erzähle. «Du hast zu viel Phantasie, meine Liebe», sagt er dann und streicht mir sanft über die Wange.

Die Spülküche grenzt an die Hotelküche, mit ihrem ganzen auf Hochglanz polierten Hightech-Edelstahl, und hinter der Küche liegt der Speisesaal.

«Bitte drück dich etwas genauer aus», sagt Stiefmutter vor der Küchentheke. «Was meinst du mit ‹was geht hier vor›?»

«Ich meine, wo ist Dad?», frage ich noch einmal, noch lauter diesmal.

«Psst.»

Das Küchenfenster steht offen, und draußen geht eine Frau vorüber, wahrscheinlich ein Gast auf dem Weg zum Parkplatz. Sie schaut zu uns herüber. Sie hat halblange, zerzauste blonde Haare. Als sie Stiefmutter sieht, winkt sie und geht dann ihrer Wege.

«Unser Artist-in-Residence», sagt Stiefmutter. «Die Gastkünstlerin. Ich habe sie eingeladen, hier zu wohnen und zu arbeiten.»

Einen Moment lang überlege ich, wie es wohl sein mag,

eine Artist-in-Residence zu sein. Es klingt so großartig und erhaben, fast königlich. Wie der perfekte Job oder etwas, das ich eines Tages selbst gern wäre: eine Künstlerin, die irgendwo arbeiten und kostenlos wohnen darf.

Doch der Gedanke währt nicht lange, denn Stiefmutter sagt gerade: «Sie muss dich nicht meckern hören.»

«Na und», erwidere ich. «Wo ist Dad?»

«In Port Wicken. Er holt ein paar Sachen ab, die wir brauchen. Und dein neues Bücherregal. Es ist mit der frühen Fähre gekommen.»

Ich werde also doch nicht verrückt. Dad ist am Leben!

Doch schon macht mir etwas anderes Sorgen. «Mein neues Bücherregal?», frage ich.

Stiefmutter verzieht überrascht die Lippen. Sie haben die gleiche Farbe wie ihre Nägel: ein kräftiges Ochsenblutrot. Und eine doppelte Schicht Lipgloss.

Doch dann dämmert es mir: «Ach ja, richtig. Mein neues Bücherregal.»

Sie nickt. «Du hast deinem Vater versprochen, deine Kisten auszupacken. Und zwar heute. Weißt du noch?»

Ich schnappe mir ein Croissant aus dem Brotkorb auf dem Tisch und beiße hinein. Ich kaue langsam, um mir eine Antwort zu überlegen.

Ich kann mich dunkel erinnern, dass ich Dad um des lieben Friedens willen versprochen habe, meine Bücher auszupacken. Und jetzt fällt mir auch wieder ein, dass sein Arbeitszimmer hinter dem Empfang in der Lobby liegt, hinter der Rezeption, gleich neben Stiefmutters

Büro. Wieso hatte ich denn gedacht, es ist oben? Anscheinend hat der Albtraum mein Erinnerungsvermögen durcheinandergewirbelt.

Als ich mich zu Stiefmutter umwende, beginnt sich vor meinen Augen wieder alles zu drehen. Ich greife nach dem Tisch, um mich festzuhalten.

Ein äußerst merkwürdiges Gefühl überkommt mich. Als hätte ich mich ... verirrt. Als wäre ich auf der falschen Bühne gelandet und wüsste weder, welche Rolle ich zu spielen habe, noch wie mein Text lautet.

«Ist was?», fragt Stiefmutter.

«Alles gut», sage ich, verärgert darüber, dass sie meine Verwirrung spürt.

Sie schüttelt seufzend den Kopf. «Warum bist du nur immer so mürrisch, Schatz? Die meisten Mädchen würden auf der Stelle mit dir tauschen. Du lebst hier doch wie eine Prinzessin.»

Ich gebe keine Antwort, sondern gieße mir stattdessen aus einer Karaffe ein Glas frisch gepressten Orangensaft ein.

Es klopft an die Tür zum Schmutzraum. Wahrscheinlich jemand vom Personal. Die Tür ist von der anderen Seite mit einem elektronischen Zahlenschloss gesichert. Um sie zu öffnen, muss man einen Code eingeben.

Da ich näher an der Tür stehe als Stiefmutter, mache ich sie auf.

Es ist ein Junge. Ich erkenne ihn sofort. Er ist ungefähr so alt wie ich, vielleicht ein bisschen älter. Ich habe ihn schon ein paar Mal von weitem gesehen, als er im Speisesaal bediente, oder bei den Carricks, auf der zwei Meilen entfernten Schaffarm seiner Familie. Ich war neulich Nachmittag mit Dad dort, um Käse abzuholen. Hinter der Scheune spielte jemand mit einem Hund Stöckchenholen. Das war er gewesen, der Junge aus dem Speisesaal. Ich hatte ihm einen Moment lang zugesehen. Sein seidiges, rötlich blondes Haar glänzte in der Sonne wie eine goldene Krone. Und vor ein paar Tagen, auf meinem Spaziergang mit Dad, habe ich ihn von einer niedrigen Klippe springen sehen.

Er stand einfach da. Am Rand der Felsen. Und ich sah zu, wie er die Arme hob, sich mit den Füßen abstieß und ins Meer sprang.

Also, ja, ich habe ihn schon häufiger gesehen, aber noch nie so nah vor mir. So wie jetzt, an der Tür zum Schmutzraum.

«Sie wollten mich sehen?», sagt er zu Stiefmutter, und ich bemerke einen leicht schief stehenden Eckzahn.

«Ja, Mack», sagt Stiefmutter. «Komm bitte herein.»

Ich mache Platz, und er kommt in die Küche.

Er heißt also Mack. Vielleicht eine Abkürzung für Macaulay. Oder Macbeth. Schreckliche Namen.

Er sieht sich verlegen um.

«Kennst du Elizabeth schon, Mack?», fragt Stiefmutter ihn.

«Lizzy», verbessere ich sie schnell.

Ihre Nase zuckt fast unmerklich. Sie mag es nicht, wenn

man sie verbessert. Und aus irgendeinem Grund mag sie auch meinen Spitznamen nicht.

Der Junge dreht sich zu mir um.

Mein Magen zieht sich zusammen. Aber auf angenehme Weise. Wie wenn man mit einem superschnellen Aufzug im Erdgeschoss ankommt, der Magen aber noch im 25. Stock hängt.

Mack nickt mir zu – allerdings ziemlich gleichgültig.

Ich lächle ihn trotzdem an. Ich kann nicht anders. Es ist ein Reflex. Doch schon im nächsten Moment frage ich mich, ob ich vielleicht Croissantkrümel zwischen den Zähnen habe.

Ich schließe den Mund.

Mack murmelt etwas in meine Richtung. Dann dreht er sich wieder zu Stiefmutter um.

«Ich wollte mich noch einmal persönlich bei dir bedanken, dass du uns gestern bei diesem Computerproblem geholfen hast», sagt sie zu ihm. «Du hast uns gerettet. Wirklich. Elizabeths Vater hat mir alles erzählt.»

«*Lizzys* Vater», werfe ich ein.

Der Junge sieht mich verwundert an und richtet den Blick dann wieder auf Stiefmutter.

«Er hat gesagt, du bist ganz schön schlau», sagt sie.

«War keine große Sache», sagt der Junge achselzuckend.

«Du bist nur bescheiden.» Stiefmutter wendet sich an mich. «Mack ist ein echter Computerprofi.»

Auf seinen Wangen bilden sich rote Flecken.

Einen Moment lang herrscht peinliches Schweigen. Erwartet Stiefmutter, dass ich irgendetwas sage?

«Cool!», sage ich zu Mack. «Ich hatte eigentlich vor, den Hotelcomputer mit einem Schadprogramm zu infizieren. Du kannst mir gern helfen.»

Macks Augen weiten sich, und mir fällt auf, wie unglaublich grün sie sind.

«Elizabeth!», schimpft Stiefmutter. «Also wirklich!»

Mack spürt die dicke Luft zwischen uns. Er schaut von Stiefmutter zu mir. Dann wieder zu ihr. «Brauchen Sie noch irgendwas?», fragt er diplomatisch. Offensichtlich will er sich vom Acker machen.

«Nein, vielen Dank, Mack», sagt Stiefmutter ein wenig verlegen. «Bitte grüß deine Eltern von mir.»

Mit einem Nicken wendet er sich um und geht zur Tür. Ich will gerade einen schlauen Spruch loslassen, so etwas wie *Adiós, Amigo, wir sehen uns im Darknet*, als er mir zuvorkommt – und mich mit einem Lächeln überrascht. Vielleicht lese ich zu viel hinein, aber es liegt etwas Verschmitztes in der Art, wie er die Mundwinkel hochzieht, etwas Verstohlenes, als wären wir Komplizen. Als teilten wir ein großes Geheimnis.

Schön wär's.

4. Kapitel

Dad

D ie Tür fällt hinter Mack ins Schloss.
Stiefmutter schäumt. Ihre Augen ziehen sich zu dunklen Schlitzen zusammen. «Wir mögen nicht immer einer Meinung sein, Elizabeth, aber widersprich mir bitte nicht in Gegenwart der –»

Draußen, in unserem privaten Eingang, wird es laut. Ich höre Schlüssel klirren und die Stimme meines Vaters: «Ich bin wieder da!»

Die Küchentür geht auf, und Dad kommt herein. Hinter ihm sehe ich einen großen flachen Karton an der Treppe lehnen. Die Sonne ist herausgekommen, und helles Licht fällt ins Wohnzimmer. Es ist ein schöner, offener Raum. Wenn man von oben die Treppe runterkommt, hat man den Überblick über die zwei hübschen kleinen Sitzinseln.

«Guten Morgen, Prinzessin», sagt er und gibt mir ein Küsschen, ehe er zu Stiefmutter geht. Er streichelt ihren Nacken und vergräbt die Nase in ihrem Haar.

Ich kann dieses Geschmuse nicht ausstehen. Gruselig!

Stiefmutter dreht sich zu Dad um, und er nimmt sie in den Arm. Das gefällt mir noch weniger.

Sie haben offenbar komplett vergessen, dass ich da bin.

Ich schleife einen Stuhl über den Steinfußboden. Das macht höllischen Krach. Ich setze mich hin.

Erschrocken lassen Dad und Stiefmutter voneinander ab. Dad sieht kurz so aus, als wolle er mit mir schimpfen, aber dafür ist er viel zu lieb.

Mein Vater ist wirklich ein toller Vater. Er ist gutherzig und geduldig, und dazu sieht er auch noch gut aus. Eigentlich wundert es mich, dass er so lange gebraucht hat, eine neue Frau zu finden.

Dad schaut auf die Küchenuhr. Jetzt hat er es eilig. Er gießt sich einen Becher Kaffee ein, gibt Milch dazu und geht dann in Richtung Schmutzraum, um die Abkürzung ins Hotel zu nehmen. Er hat eine dringende Telefonkonferenz, entschuldigt er sich, die den Rest des Vormittags dauern wird. Er ist bereits spät dran.

Gerade als sich die Tür des Schmutzraums wieder schließt, fällt mir mein Versprechen wieder ein. «He! Was ist mit meinem Regal?», rufe ich, aber er ist schon weg.

Ich. Hasse. Mein. Leben.

Der Hausmeister hat keine Zeit, mir zu helfen, den schweren Karton mit meinem Regal nach oben zu schaffen. Im Westflügel gibt es einen Notfall, irgendein geplatztes Wasserrohr. In den nächsten Stunden kann ich mit keiner Unterstützung rechnen.

Stiefmutter würde mir ja liebend gern helfen, das Bücherregal aufzubauen, behauptet sie, aber sie hätte eine Besprechung nach der anderen mit den Leuten aus dem Wellnessbereich, der Buchhaltung, dem Restaurant und der Hauswirtschaft. Und jetzt auch noch der Rohrbruch im Westflügel. «Ich denke, du kriegst das allein hin», sagt sie zu mir.

Oh-oh. Ich weiß, wohin das führen wird.

«Und räum bitte dein Frühstück weg», fügt sie auf dem Weg aus der Küche hinzu. «Damit meine ich auch die Croissant-Krümel auf dem Fußboden.»

Dort, wo ich vorhin gestanden habe, sehe ich ein Häuflein Krümel auf den Fliesen.

Ha. Ich weiß *genau*, wohin das führen wird. Es ist nur noch eine Frage der Zeit, bis sie mir befiehlt, in der Spülküche zu schlafen, mit nichts als Mäusen und Küchenschaben zur Gesellschaft.

Ich wiederhole: Ich. Hasse. Mein. Leben.

Ich habe gerade die Krümel aufgefegt, als es an der Vordertür klingelt. Es ist noch mal Mack. Anscheinend hat Dad ihn irgendwo erwischt und ihn gebeten, mir mit dem schweren Karton zu helfen.

Mir fällt auf, dass Mack jetzt schwarze Sneaker mit orangefarbenen Sohlen anhat und nicht mehr die schwarzen Lederhalbschuhe, die er beim Kellnern trägt. Seine Schicht ist also zu Ende.

Wir schleppen den Karton die zwei Treppen hinauf.

Meine Zimmertür ist zum Glück geschlossen. Mack soll das Chaos da drinnen nicht sehen. «Wir können es hier draußen lassen», sage ich zu ihm.

«Echt? Direkt vor der Tür?»

«Ja.»

«Dann stolperst du aber vielleicht drüber.»

Ich zucke die Achseln.

Wir legen den Karton ab.

«Danke», sage ich und lächle ihn an.

Er lächelt zurück, wobei mir sein schiefer Eckzahn entgegenlinst.

Ich überlege, wie es sich wohl anfühlt, mit der Zunge über einen schiefen Eckzahn zu fahren.

Vielleicht kann er Gedanken lesen, denn er wird rot.

Ich ebenfalls.

«Du ... äh ... du hast da was unter der Nase», sagt er.

Ich fahre mit den Fingern unter der Nase entlang, doch da ist nichts. Dann wird mir klar, was er meint.

«Das ist ein Leberfleck», sage ich.

5. Kapitel

Jemand beobachtet mich

Ich gehe ans Fenster und schaue nach Norden. Ich sehe ein paar Autos, die langsam die Straße entlangtuckern, und ... ja ... vielleicht jemanden auf einem Fahrrad. Ich hole mein Fernglas. Ich habe es vor zwei Wochen am Bikini Beach gefunden, hinter ein paar Felsen, halb versteckt unter einer Lage Seegras. Es ist ein bisschen verrostet. Dad meinte, dass es eine ganze Weile dort gelegen haben muss. Aber es funktioniert.

Ich richte das Fernglas aufs Fahrrad. Es ist Mack. Genau kann ich ihn nicht erkennen, aber die orangefarbenen Sohlen seiner Sneaker schon. Er trägt eine schwarze Jacke, die sich hinter ihm im Wind bläht.

Ich schaue Mack eine Weile durchs Fernglas nach – bis er plötzlich stehen bleibt und in seiner Jacke herumsucht. Er zieht sein Handy heraus. Wahrscheinlich hat ihn jemand angerufen. Er telefoniert, dann sieht er sich um, als wolle er sich orientieren. Er dreht sich zum Hotel um und schaut geradewegs zu mir.

Das ist unheimlich. Ich verspüre den Drang, mich zu

ducken. Oder hinter den Vorhang zu schlüpfen. Aber kann er mich wirklich sehen?

Ich lasse das Fernglas sinken und schaue wieder hin. Mit bloßem Auge kann ich ihn nicht erkennen. Also kann er auch mich nicht sehen.

Als ich das Fernglas noch mal vor die Augen hebe, sitzt Mack wieder auf dem Fahrrad und fährt weiter. Wahrscheinlich ist er –

Hinter mir macht mein Computer *Pling!*. Eine E-Mail. Ich gehe zum Schreibtisch.

Den Absender kenne ich nicht. Vielleicht eine Spam-Mail: administrator@bbm_ac.com.

Ich beuge mich über den Tisch und lese die E-Mail.

```
Ein Geräusch in der Dunkelheit riss
Elizabeth aus dem Schlaf. Erschrocken lag
sie im Bett, so still wie möglich, hielt die
Luft an und lauschte. Was konnte das sein?
Schwaches Mondlicht strömte in ihr Zimmer.
Eisige Nebelschwaden drifteten wie Geister
durch das offene Fenster. Entsetzt sah sie
zu, wie sich der Nebel erst in Federbüschel,
dann in Geier verwandelte. Sie
```

Das ist alles. Nur das steht in der Mail.

Ich starre auf den Bildschirm. Was soll das bedeuten?

Der Text erinnert mich an meinen Traum von heute Morgen. Ich hatte von einem plötzlichen Geräusch geträumt, das mich aus dem Schlaf riss. Und von Geiern, die über mir schwebten.

Wie seltsam ist das denn?

Wer hat mir das geschickt? Und was bedeutet bbm_ac.com?

Ich setze mich an den Schreibtisch und tippe die URL der Mail in das Suchfenster ein. Warte darauf, dass sich eine neue Seite öffnet. Der Bildschirm wird grau. Quer über der ganzen Seite steht: `Safari konnte die URL nicht öffnen.`

Ich lade die Seite neu.

Immer noch nichts. Der Host bbm_ac.com scheint nicht zu existieren.

Ich will gerade aufstehen und ans Fenster zurückkehren, als es wieder *Pling!* macht.

Es ist eine weitere E-Mail vom administrator@bbm_ac.com.

```
Am nächsten Morgen in aller Frühe wurde
Elizabeth von einem Geräusch geweckt.
Erschrocken lag sie im Bett, so still
wie möglich, hielt die Luft an, lauschte und
bemühte sich, den Schleier der Dunkelheit
zu durchdringen, der den Raum noch immer in
seinem Bann hielt.
Schwaches Mondlicht schien in ihr Zimmer.
Eisige Nebelschwaden waberten wie Geister
durch das offene Fenster. Sie schwebten
```

> über ihr, warteten darauf, dass sie wieder einschlief.
>
> Eine Holzdiele knarrte.
>
> *Lauf weg!*, dachte Elizabeth. *Jetzt! Sofort!*
>
> Doch sie war zu langsam. Lange, knochige Finger, zehn rasiermesserscharfe Fingernägel, ochsenblutrot lackierte Stahlklingen, packten ihre Kehle.
>
> Es war Stiefmutter.

Ich spüre, wie mir die Farbe aus dem Gesicht weicht. Das ist mein Traum! Fast genau so habe ich Stiefmutter in meinem Traum gesehen!

Ich lese die beiden Texte wieder und wieder, vergleiche sie. Es gibt kleine Unterschiede, aber ansonsten sind sie mehr oder weniger gleich. Im zweiten fehlen die Geier, aber man weiß, man spürt immer noch, dass sie da sind, auch wenn sie nicht ausdrücklich erwähnt werden. Außerdem beginnt der zweite Text mit den Worten *Am nächsten Morgen in aller Frühe*, was bedeutet, dass bereits *vorher* etwas geschehen ist. Aber was? Was ist zuvor geschehen? Und wie kann es überhaupt sein, dass jemand meinen Traum kennt? Warum hat man mir das geschickt?

Ich habe Angst. Mein Herz hämmert mir gegen die Rippen, als wäre ich einen Marathon gelaufen.

Wer hat mir diese E-Mails geschickt? Wer könnte von meinem Traum wissen?

Mit einem *Pling!* erscheint eine dritte E-Mail auf meinem Bildschirm.

```
Elizabeth war schrecklich durcheinander,
unzählige Fragen quälten sie. Wer war sie?
Sie schien sich von Tag zu Tag mehr zu
verändern. Wohin führte ihr Weg? Welchen
Sinn hatte ihr Leben? Würde sie jemals
Liebe finden?
Das hier war mehr als nur «die Pubertät», das
spürte sie. Es war mehr als nur eine heftige
Abneigung gegen ihr derzeitiges Leben.
Elizabeth ahnte, dass mit ihr etwas
Monumentales geschah, jetzt, in diesem
Moment, etwas Unbegreifliches. Etwas
Seltsames. Und Beängstigendes.
Sie wollte es aufhalten.
Aber wie?
Und was war ‹es›?
Was es auch sein mochte, Elizabeth hatte
das Gefühl, keinerlei Macht darüber zu
haben, was mit ihr geschah. Sie hatte
keine Kontrolle über ihr Schicksal – als
könnte jederzeit, jeden Moment jemand einen
Bleistift in die Hand nehmen und ihren Namen
durchstreichen oder mit einem Radiergummi
ihre Träume ausradieren; ihr Leben würde
jeden Moment –
```

Mein Leben würde was? Was?

«Wer bist du?», schreie ich den Computer an. «Wovon redest du?»

Mein Blick fällt auf mein Handy. Ich öffne meine Mails.

Die E-Mails sind auch auf meinem Telefon.

Ich drücke in der letzten Mail auf Antworten. `Wer bist du?`, tippe ich. `Was willst du von mir?`

Ich schicke die E-Mail ab, laufe im Zimmer hin und her, während ich auf Antwort warte.

Mein Computer macht *Pling!*.

Diesmal ist der Absender nicht administrator@bbm_ac.com, sondern Mailer-Daemon. `Re: Undelivered Mail returned to sender. I'm sorry to have to inform you that your message could not be delivered to one or more recipients. It's attached below.`

Während ich die Worte anstarre, wird mir bewusst, dass ich ein Stockwerk tiefer Stiefmutter auf ihrem Laptop tippen höre. Das *Klack-Klack-Klack* ihrer Nägel, die auf die Tastatur einhacken, ist unverkennbar.

Ich ziehe meine Schuhe aus und schleiche barfuß die Treppe hinunter. Die Schlafzimmertür steht offen. Ich sehe Stiefmutter mit ihrem Laptop am Schminktisch sitzen, den sie als Arbeitsplatz benutzt.

Warum ist sie überhaupt da? Sie hat doch gesagt, sie hätte den ganzen Tag über Besprechungen. Ich lehne mich kurz an das Geländer, die Stufe knackt unter meinem Gewicht.

Stiefmutter dreht sich um und sieht mich. «Oh», keucht sie und klappt schnell ihren Laptop zu. «Hast du mich erschreckt.»

Was versteckt sie auf ihrem Laptop?

«Hast du mir gerade E-Mails geschickt?», fauche ich.

Stiefmutter starrt mich verblüfft an. «Was?»

«Ob du mir gerade E-Mails geschickt hast?», kreische ich.

Ihr Blick ist klar und kalt. «Vergreif dich nicht im Ton, junge Dame.»

Ich starre sie nur an.

«Warum sollte ich dir eine E-Mail schreiben?», sagt sie dann beherrscht. «Wenn ich etwas von dir will, frage ich dich. Persönlich.»

Ich beäuge ihren Laptop. «Und was hast du gerade geschrieben?»

Sie lacht. «Wenn du herkommst und mit mir redest wie ein normaler Mensch, verrate ich es dir.»

Ich nehme sie beim Wort und gehe die Stufen hinab in ihr Schlafzimmer. Der Teppich ist so dick, dass ich das Gefühl habe, davon verschluckt zu werden. Ich grabe die Zehen hinein, um das Gleichgewicht nicht zu verlieren.

Stiefmutter zeigt auf einen Sessel. Als ich mich setze, versinke ich darin. Wie in Treibsand.

«Ich habe für die Wochenzeitung etwas über das Hotel geschrieben», erklärt sie.

Ich sehe sie skeptisch an.

«Unser Artist-in-Residence wird hier im Hotel bald

ein paar ihrer Werke vorstellen. Ich muss den Text gleich rausschicken.»

«Du schreibst für die Zeitung?»

«Manchmal. Wenn die Leute da zu faul sind, es selbst zu machen. Eigentlich wollte ich früher mal Schriftstellerin werden, aber dann habe ich beschlossen, die Menschheit zu retten, und bin Krankenschwester geworden.»

«Das wusste ich nicht», sage ich und stehe abrupt auf. Mir gefällt die Richtung nicht, die dieses Gespräch nimmt. Demnächst unterhält sie sich noch mit mir, als wären wir beste Freundinnen auf einer Pyjamaparty.

«Hör mal, Elizabeth –», sagt Stiefmutter.

Aber ich stürme bereits die Treppe wieder hinauf, will in mein Zimmer – *uff*. Ich stolpere über den blöden Karton.

Ich knalle die Tür hinter mir zu, schließe ab und werfe mich aufs Bett.

Ich bin verwirrt. Wie kann Stiefmutter – oder sonst jemand – von meinen Träumen wissen? Die Einzige, mit der ich je über Stiefmutter gesprochen habe, ist meine Therapeutin. Aber ich habe Dr. Goodwin gegenüber weder die Geier, noch Stiefmutters «rasiermesserscharf manikürte Fingernägel» erwähnt. Das macht alles überhaupt keinen Sinn. Und doch weiß jemand etwas über mich, das er oder sie nicht wissen sollte. Und wer immer es ist, weiß genau, wo ich zu finden bin.

6. Kapitel

Eine Entscheidung

«Was ist los, Prinzessin?», fragt Dad beim Mittagessen.

Stiefmutter ist wieder mit ihren Besprechungen beschäftigt, deshalb sind wir nur zu zweit. Nur mein Dad und ich. Es ist ein bisschen wie früher, bevor dieses ganze Stieffamilientheater in unser Leben kam.

Ich will ihm von den Mails erzählen.

Aber irgendwie auch nicht.

Vielleicht würde es mir bessergehen, wenn ich es täte. Dad würde mich trösten. Aber er würde wahrscheinlich auch denken, dass mit mir irgendetwas nicht stimmt. Dass ich halluziniere. Oder paranoid bin. Oder schizophren. Also sollte ich ihm vielleicht doch lieber nichts erzählen.

Ich könnte ihm natürlich die E-Mails zeigen, damit er mir glaubt. Aber dann würde er vielleicht denken, dass ich sie selbst geschrieben hätte. Oder noch schlimmer: Er würde wissen, was ich über Stiefmutter denke. *Lange, knochige Finger, zehn rasiermesserscharfe, ochsenblutrot lackierte Nägel.*

Besonders schmeichelhaft ist das nicht.

Ich könnte alles abstreiten. Behaupten, dass die Person, die diese E-Mails schreibt, mir die Worte in den Mund legt. Aber dann würde mein Vater mich fragen, warum ich mich über das, was eine fremde Person mir schreibt, so aufrege, wenn es gar nicht stimmt.

Ich stecke also in der Zwickmühle.

Dad sieht mich an. Er hat mich etwas gefragt: *Was ist los, Prinzessin?* Und ich habe noch nicht geantwortet. Er lächelt mir aufmunternd zu.

Ich beschließe, ihm nichts von den E-Mails zu erzählen. Bestimmt gibt es irgendeine logische Erklärung dafür. Ich will mir die Sache lieber noch mal genauer ansehen, ehe ich sie mit Dad bespreche.

«Nichts ist los», sage ich.

Manchmal habe ich den Verdacht, dass Dad insgeheim froh ist, wenn ich für mich behalte, was ich wirklich denke. Weil wir dann nicht über Gefühle sprechen müssen. Wir sind beide nicht besonders gut darin, uns über unsere geheimsten Gedanken und Gefühle auszutauschen.

Dad schaut mich kurz prüfend an, dann fragt er: «Und, wie ist es mit dem Bücherregal gelaufen?»

«Okay.»

«Dann steht es also?»

«Mack hat mir geholfen, es nach oben zu schaffen, aber aufbauen konnten wir es noch nicht.»

«Warum nicht?»

Ich zucke nichtssagend mit den Achseln und wechsle das Thema: «Regina ist heute Morgen einfach in mein Zimmer geplatzt. Sie hat zwar angeklopft, aber dann hat sie einfach die Tür aufgemacht, ohne dass ich ‹Herein› gesagt hatte. Wir haben doch ausgemacht, dass sie warten soll, oder etwa nicht?»

«Regina tut wirklich, was sie kann, Prinzessin», sagt Dad.

Er beugt sich näher zu mir, zuckt bei der Bewegung jedoch zusammen.

«Was ist?», frage ich. «Was ist los?»

Dad hebt den Arm, den er sich vor ein paar Tagen aufgeschürft hat, als er beim Joggen gestürzt ist. «Nichts. Bei bestimmten Bewegungen tut es einfach ein bisschen weh. Wahrscheinlich war es nicht besonders schlau, dein Bücherregal ins Haus zu tragen.»

Mit zusammengekniffenen Augen betrachte ich die Schürfwunde. «Das ist ganz rot. Und geschwollen. Vielleicht hat es sich entzündet?»

Er wischt meine Bedenken beiseite. «Halb so schlimm. Alles gut.»

Dann sieht er mich prüfend an. «Sag mal, was ... stört dich an Regina eigentlich so?»

Ich zucke die Achseln. «Sie tut immer so, als wäre ich nicht ... keine Ahnung ... nicht gut genug?»

«Ist das eine Frage oder eine Behauptung?»

«Beides.»

Dad hält meinem Blick stand.

Ich schaue auf meinen Teller.

Ich sollte weiterreden. Ihm sagen, dass Stiefmutter alles so haben will, wie sie es sich vorstellt. Dass sie die Perfektion in Person ist. Dass ich mich unvollkommen fühle, wenn sie mich ansieht.

Und ich sollte ihm sagen, dass ich sie nicht mag, weil sie versucht, meine Mutter zu sein. Was sie nicht ist und niemals sein wird. Sie ist nicht warm wie die Farbe Pfirsich.

Sie wird nicht von Dämonen getrieben. Sie *ist* ein Dämon.

Aber das sage ich nicht.

Das Schweigen hält an, während wir essen.

Schließlich sagt Dad: «Mackenzie ist ein guter Junge.»

«Mackenzie?»

«Der Computerprofi. Mack.»

«Ach so.»

Er heißt also Mackenzie. Nicht schlecht. Ich bin froh, dass es nicht Macbeth ist. Oder Macaulay. Denn schön wäre es nicht, wie ein Mörder oder ein ehemaliger Kinderstar zu heißen.

«Der Junge weiß alles über Computer, was es zu wissen gibt», sagt Dad.

Plötzlich geht mir ein Licht auf. Mack! Der Computernerd. Vielleicht kann er mir helfen herauszufinden, von wem diese E-Mails stammen.

Dad steht auf und räumt unsere Teller weg. «Und was steht heute Nachmittag auf dem Plan?», fragt er.

«Ich mache eine Radtour», erkläre ich, als hätte ich das schon seit Tagen geplant.

«Ach?», sagt er überrascht. «Gehst du auf Entdeckungstour?»

«So was in der Art», sage ich.

Dad ist zu Recht überrascht. Ich bin seit fast vier Wochen hier und habe noch kein einziges Mal Anstalten gemacht, die Insel zu erkunden.

Auch wenn es mir leidtut, Dad schon wieder zu enttäuschen, ist die Erkundung der Insel so ziemlich das Letzte, was ich im Augenblick im Sinn habe. Ich lüge zwar nicht gern, aber er soll ruhig glauben, was er glauben möchte.

Ich werde Mack einen Besuch abstatten. Hoffentlich ist er zu Hause und springt nicht wieder von irgendeiner Klippe.

Dad strahlt mich an. «Ein kleiner Ausflug wird dir guttun. Die Insel ist wunderschön.»

Ich nicke. «Ich werde nach der Magie Ausschau halten, von der du mir erzählt hast.»

«Aber vergiss dein Handy nicht. Man kann sich hier leicht verirren.»

«Mein Handy?», wiederhole ich. «Auf keinen Fall.»

Mein Handy werde ich bestimmt nicht vergessen. Es ist mein Beweis.

Auch wenn ich mich die ganze Zeit frage: Mein Beweis für *was*?

7. Kapitel

Die Straße

Die Schaffarm der Carricks liegt ungefähr drei Kilometer die Straße entlang, die hinter dem Hotel vorbeiführt. Die Sonne ist überraschend warm, die Seeluft erfrischend, und ich freue mich darauf, Mack wiederzusehen. Als ich die Stelle erreiche, an der ich ihn vor ein paar Stunden auf dem Fahrrad gesehen habe, bleibe ich stehen und drehe mich um – genau wie er. Ich suche die steinerne Fassade des Hotels nach meinem Zimmerfenster ab, wandere mit den Augen bis zum zweiten Stock hinauf und dann ganz nach links, zum letzten Fenster.

Ich bin erleichtert. Aus dieser Entfernung konnte Mack niemals sehen, dass ich ihn mit dem Fernglas beobachte.

Das Hotel, von pinkfarbenem Heidekraut umgeben, thront majestätisch auf den Klippen, hinter ihm am fernen Horizont zeichnet sich die raue Berglandschaft einer Nachbarinsel ab. Das Meer wirkt glatt wie ein Gemälde, wie ein blaugrauer Streifen auf einer Leinwand.

Ob das die Magie ist, von der Dad gesprochen hat?

Eine Biene summt um meinen Kopf. Ich scheuche sie weg. Aber sie erinnert mich an die vor mir liegende Aufgabe.

Auf einmal habe ich Angst.

Wird Mack mir helfen können?

Weiter vorn kann ich gerade eben die Schaffarm der Carricks erkennen. Ein reetgedecktes Dach. Grüne Felder.

Während ich den Anblick auf mich wirken lasse, fällt mir auf, dass dicke dunkle Regenwolken heranrollen und sich vor die Sonne schieben. Woher kommen diese Wolken plötzlich? Auf einmal sind sie überall, riesig und grau quellen sie auf, wie Rauchschwaden aus den Schloten von Industrieanlagen.

Im nächsten Moment beginnt es zu nieseln. Bis ich mein Regencape übergezogen habe, schüttet es. Durch den Regenvorhang erkenne ich schemenhaft ein verfallenes Gebäude oberhalb von mir, ein Haus vielleicht, zu dem einige steinerne Stufen hinaufführen.

Ich bin diese Straße schon oft entlanggeradelt – sie führt in die Stadt und nach Port Wicken. Trotzdem habe ich hier noch nie Steinstufen bemerkt, die die Böschung hinaufführen zu ... ja, zu was eigentlich? Was es auch sein mag, von hier unten kann ich erkennen, dass es Wände und ein Dach hat. Wie Augenhöhlen in einem Totenschädel gähnen Löcher in den Mauern, wo vermutlich einmal die Fenster waren. Ich werde mich dort oben unterstellen, bis der Regen nachlässt.

Ich lasse mein Fahrrad unten stehen und steige die verfallenen Stufen hinauf, stolpere und falle hin. Überall liegen lose Steine. Büsche und heruntergefallene Äste versperren mir den Weg. Es sieht aus, als wäre schon seit Jahren niemand mehr hier gewesen, seit Jahrzehnten, vielleicht sogar Jahrhunderten.

Dicke, kieselsteinartige Regentropfen prasseln auf mich herab. Es hagelt. Und es tut weh! Ich muss mich unterstellen – und zwar sofort.

Meine Kapuze rutscht mir vom Kopf und gibt meinen Nacken frei. Hagelkörner rutschen mir den Rücken hinab. Ich schaudere.

Endlich erreiche ich den Unterstand. Über mir bombardieren Hagelkörner das nur teilweise erhaltene Dach. Hoffentlich bricht das Gebäude nicht über mir zusammen.

Zitternd vor Kälte harre ich in der einsamen Ruine aus.

Der Sturm legt sich allmählich. Ich sehe zu, wie sich die Sonne durch die Wolken schiebt und sie zwingt, sich zu ergeben. Ich frage mich, ob das Gebäude früher eine Kapelle war, denn auf der anderen Seite kann ich hinter einem Tor Grabsteine erkennen. Einige liegen auf der Seite, umgeworfen von den Kräften der Zeit.

Faustgroße Hagelkörner schmelzen in der warmen Sonne.

Ich öffne das Tor, das ein metallisches Quietschen von sich gibt, und betrete den Friedhof.

Das Gelände ist von einem Wäldchen umgeben und mit Sonnenlicht besprenkelt.

Wo bin ich?

Mir ist schwindelig.

Ich schließe die Augen und lehne mich an das Tor. Ein Luftzug streicht über mein Gesicht. Hinter mir höre ich den Wind durch die Risse in der Steinmauer fegen. Er erzeugt ein unheimliches Geräusch, als würde jemand stöhnen.

Oder flüstert mir jemand ins Ohr?

Ich reiße die Augen auf und fahre herum.

Es ist niemand da.

Aber irgendetwas hat mich erschreckt.

Ich laufe die Treppe hinunter, hebe mein Rad auf und fahre so schnell ich kann zur Schaffarm der Carricks.

Ein Collie taucht hinter dem Haus auf und stürmt auf mich zu. Mr. Carrick folgt dicht dahinter. Er trägt einen blauen Arbeitsoverall und Gummistiefel. Mir fällt auf, dass er ein klein wenig hinkt. Er zieht ein kariertes Taschentuch aus der Hosentasche und wischt sich damit den Schweiß ab.

«Was kann ich für dich tun, junge Dame?», fragt er mich.

«Ist Mack zu Hause?», frage ich. «Ich habe ein Problem mit meinem Handy.»

Mr. Carrick lacht. «Das sagen sie alle.» Er stößt die Haustür auf.

8. Kapitel

Die Einsatzzentrale

Als ich an Macks Tür klopfe, ertönt ein knappes «Herein».

Das Zimmer ist dunkel. Die Vorhänge sind zugezogen. Eine kleine Leselampe, befestigt an einem Brett an der Wand, beleuchtet Mack, der an seinem Schreibtisch sitzt. Ihr Lichtstrahl liegt wie ein Glorienschein auf seinem rötlich goldenen Haar. Er sieht fast aus wie ein Heiliger, denke ich.

Mack ist ganz auf seine Arbeit konzentriert.

Das Zimmer sieht ein bisschen aus wie eine Weltraumkontrollstation oder eine Art provisorische Einsatzzentrale. Macks Arbeitsplatz erstreckt sich über die gesamte Länge der Wand. Es gibt einen großen Mittelteil, vor dem er auf seinem Schreibtischstuhl sitzt, sowie zwei Ecktische in unmittelbarer Reichweite seines Drehstuhls und seiner Arme.

Auf dem Schreibtisch reihen sich Computer, Monitore, Konsolen und technische Gerätschaften aneinander, einige davon sind übereinandergestapelt.

Mack sitzt mit dem Rücken zu mir.

Ich mache die Tür leise hinter mir zu und warte darauf, dass er sich umdreht. Aber das tut er nicht.

«Was ist?», fragt er ungeduldig, ohne sich umzudrehen. Er tippt auf einer Tastatur herum.

Vermutlich hält er mich für seine Mutter. Es gibt keinen Grund, sich umzudrehen.

Ich räuspere mich.

Das weckt seine Aufmerksamkeit. Vermutlich räuspert sich seine Mutter anders.

Mack dreht sich um – und springt auf. Er ist überrascht und anscheinend nicht besonders erfreut, mich zu sehen. «Was machst du denn hier?», fragt er. Nicht gerade unhöflich, aber auch nicht sehr einladend.

Aber vielleicht täusche ich mich auch.

«Bist du sicher, dass ich das sehen soll?», fragt Mack, nachdem ich ihm die Situation grob geschildert habe.

«Ich wünschte, du müsstest es nicht. Aber ich habe wohl keine andere Wahl, oder?»

Ich halte seinem Blick stand. Mack hat wirklich schöne grüne Augen und dichte Wimpern. Außerdem kann ich aus der Nähe und im richtigen Licht erkennen, dass seine Augen einen bernsteinfarbenen Ring um die Pupille haben, wie eine Sonnenblume.

«Nein», sagt er, als er verlegen wegschaut. «Vermutlich hast du keine andere Wahl. Es sei denn, du willst Mr. Riddel unten im Hi-Fi-Schrägstrich-Handy-Schrägstrich-Computer-Schrägstrich-Elektroschrottladen fragen.»

Ich rümpfe die Nase. Mr. Riddel ist ein merkwürdiger Typ. Ich bin ihm einmal bei der Post und einmal draußen vor seinem Laden neben der Fish-'n'-Chips-Bude begegnet. Er trägt Jeans mit Schlag, T-Shirts mit alten Rock-'n'-Roll-Bands, Bart und Pferdeschwanz. Dad meint, er wäre ein alter Hippie, der das Haus seiner Tante geerbt hat und sich darin einen Laden für sein Hobby eingerichtet hat: Elektronik. Ich war noch nie drinnen, aber ich habe mir das Schaufenster angesehen.

«Er hat eine Wii im Schaufenster stehen», sage ich. «Damit habe ich gespielt, als ich fünf war. Und sie ist nicht mal runtergesetzt.»

«Und einen Atari ST 1040.»

Ich habe keine Ahnung, was ein Atari ST 1040 ist. Was wahrscheinlich beweist, wie alt das Ding ist.

«Aber Riddel ist in Ordnung», sagt Mack. «Er hat ein paar coole Sachen in seinem Laden, die nie jemand zu Gesicht kriegt. Abgesehen von mir.»

Ich zucke gleichgültig die Achseln.

Macks Augen huschen durchs Zimmer. «Irgendwo hier gab es einen Hocker.»

Er scheint sich daran zu gewöhnen, dass ich mich in seinem Allerheiligsten aufhalte.

Ich entdecke den Hocker auf der anderen Zimmerseite. Ein Wäschekorb steht darauf. «Da drüben», sage ich und zeige hin.

Ich folge Mack zu dem Wäschekorb. Er erwischt mich dabei, wie ich seine frisch gewaschenen Unterhosen beäuge, die zuoberst auf dem Wäschestapel im Korb liegen. Er lässt den Korb lachend auf den Boden fallen und trägt den Hocker zum Schreibtisch rüber. Dann lädt er mich mit einer Handbewegung ein, mich neben ihn zu setzen.

Ich setze mich.

«Du willst also, dass ich den Absender der E-Mails rausfinde?», fragt er.

«Das ist der Plan. Ich habe dem Absender administrator@bbm eine E-Mail geschickt, aber sie kam mit einem Mailer-Daemon zurück.»

Er setzt sich ebenfalls. «Die E-Mails hast du heute bekommen?»

Ich nicke.

«Und du bist sicher, dass sie für *dich* bestimmt sind?»

«Ich kriege sie schließlich, oder nicht? An meine Adresse. Und sie *handeln* von mir. Ich habe dir doch gesagt, dass der Absender meinen Namen benutzt.»

«Elizabeth ist ein ziemlich verbreiteter Name.»

«In den Mails stehen Sachen über mich, die ... ziemlich stimmen.»

Er sieht mich einen Moment lang an und sagt dann: «Vielleicht hat jemand dein Tagebuch gelesen.»

Ich verdrehe die Augen. «Ich habe kein Tagebuch.»

Er hebt die Augenbrauen: «Wirklich nicht?»

«Nein, wirklich nicht», beharre ich.

«Es ist pink», behauptet er.

Dr. Goodwin rät mir ständig, Tagebuch zu schreiben. Es könnte mir helfen, meint sie, aber ich habe es nie getan. Und selbst wenn, hätte ich mir dafür mit Sicherheit kein pinkes ausgesucht.

Mack zuckt die Achseln. «Ich habe dich neulich unten am Strand gesehen. Du hast in irgendetwas Pinkes geschrieben.»

«Vielleicht hast du mich mit jemandem verwechselt. Denn ich habe kein Tagebuch. Und wenn, würde ich es nicht an den Strand mitnehmen. Außerdem habe ich dich noch nie am Strand gesehen. Abgesehen von neulich, als du von der Klippe gesprungen bist.»

Mack lacht auf. «Das ist mein Hobby.»

«Ich dachte, Computer wären dein Hobby.»

Er schlägt sich an die Stirn. «Ach, das habe ich ganz vergessen. Heutzutage darf man ja nur noch ein Hobby haben.»

Ich kichere. «Ich habe nicht mal *eins*.»

«Gar keins?»

Ich zucke die Achseln. «Früher wollte ich gern Steppen lernen, aber ...»

Mack sieht mich einen Moment lang an, dann stößt er sich vom Schreibtisch ab und rollt mit seinem Stuhl rückwärts zu meinem Rucksack, der in der Nähe seines Bettes steht. Er hebt ihn auf und kommt zu mir zurückgerollt. «Dann zeig mir die E-Mails», sagt er und reicht mir den Rucksack.

Ich hole mein Handy heraus.

«Oh», sagt er. «Du hast deinen Laptop gar nicht mitgebracht?»

Ich schlage mir an die Stirn. «Ach, das habe ich ganz vergessen. Heutzutage darf man nur noch Laptops haben.» Ich werfe ihm einen vernichtenden Blick zu. «Ich habe nur einen Desktop. Und irgendwie passte der nicht in meinen Rucksack.»

Er lacht und tippt auf meinem Handy herum. «Schade, aber mit diesem Gerät können wir nicht den vollständigen E-Mail-Header sehen. Das hat mit der Software zu tun.»

Mir gefällt die Art, wie er ‹den vollständigen E-Mail-Header› sagt. Es klingt so professionell.

Trotzdem bin ich enttäuscht. «Dann kannst du mir also nicht helfen?»

«Das habe ich nicht gesagt. Ich versuche nur, dir die Situation zu erklären, Lizzy.»

«Ach so. Okay.»

Lizzy. Wie er meinen Namen sagt, gefällt mir auch. Und dass er sich meinen Spitznamen gemerkt hat.

Er wischt und tippt auf meinem Handy herum. Hierhin und dorthin. «Du hast dein WLAN an», stellt er fest.

«Und?»

«Das solltest du ausschalten, wenn du es nicht benutzt. Es schont den Akku. Die meisten Leute vergessen das oder kümmern sich einfach nicht darum. Außerdem kann dein Handy nicht gehackt werden, wenn du das WLAN ausstellst.»

«Hattest du vor, dich in mein –»

Er schüttelt mit einem leisen Lachen den Kopf. Dann wird er wieder ernst. «Also schön, hör zu. Wir machen Folgendes. Wir melden uns bei deinem Provider an, laden die E-Mails auf meinen Computer und untersuchen sie dort. Aber dafür brauchen wir dein Passwort. Hast du es?»

«Na klar.» Ich tippe es ein. Aber vorher muss er sich umdrehen.

Eine ganze Weile ist es still im Raum. *Es ist eine Rohtextdatei* war das Letzte, was Mack sagte, um das Gewirr aus Buchstaben und Zahlen im E-Mail-Header zu erklären. Ich kann in dem Buchstaben- und Ziffernsalat zwar hin und wieder ein Wort erkennen, aber eigentlich verstehe ich nur Bahnhof.

Das einzige Geräusch in Macks Zimmer ist das gelegentliche Klackern seiner Finger auf der Tastatur. Ich schiele zu ihm rüber. Er liest gerade die E-Mails. Ich frage mich, was er von mir denkt, wenn er damit fertig ist. Es ist mir peinlich, dass er dann wissen wird, was ich von Stiefmutter halte. Andererseits hat er die dicke Luft zwischen uns heute Morgen in der Küche sowieso mitbekommen. Und ehrlich gesagt, ist es auch irgendwie erleichternd, einen Mitwisser zu haben.

Ich schaue auf mein Handy und lese die E-Mails noch einmal.

Draußen höre ich einen Hund bellen und irgendein Motorengeräusch.

Außerdem bemerke ich einen göttlichen Geruch, der langsam in unsere Richtung wabert. Unten wird gebacken. Mein Magen knurrt, und ich schaue schnell auf, um zu sehen, ob Mack es gehört hat. Er hat und sieht mich an.

Dann lächelt er.

Und ich kann mir aus nächster Nähe seinen schiefen Eckzahn ansehen. Er gefällt mir.

Ich frage mich, wie es wohl wäre, Mack zu küssen.

Bei dem Gedanken muss ich tief durchatmen.

Der Kuchenduft von unten steigt mir zu Kopf, und mir wird schwindelig.

Ich will unbedingt etwas von diesem Kuchen.

Aber noch mehr will ich, dass Mack mich küsst. Oder ich ihn.

Plötzlich klopft es.

Wir schrecken beide zusammen.

«Ja?», sagt Mack, nicht sonderlich beglückt darüber, wie es scheint.

Die Tür geht auf, und der Duft von Frischgebackenem schwebt herein.

Es ist Macks Mutter.

Mrs. Carrick ist hübsch. Und rundlich. Sie hat rote lockige Haare, Unmengen davon, die sich auf ihrem Kopf auftürmen wie eine Krone aus üppig blühenden Ringelblumen. Sie trägt ein Tablett. Ich sehe zwei Gläser Milch und eine große Schüssel mit Keksen.

«Ich habe ein paar Haferkekse für euch», sagt sie fröhlich, als sie das Tablett auf Macks Schreibtisch stellt. «Warm schmecken sie am besten.»

Mrs. Carrick lächelt mich an, und ein plötzliches Gefühl von Glück durchströmt mich.

Der Duft ist berauschend. Noch nie im Leben war ich so wild auf einen Haferkeks wie jetzt.

Fasziniert schaue ich der rundlichen Erscheinung hinterher, als sie das Zimmer verlässt.

Irgendetwas in mir schmerzt.

Ich wünschte, ich hätte eine Mutter, die backt.

9. Kapitel

Gute Neuigkeiten, schlechte Neuigkeiten

Ich habe mehr als die Hälfte der Kekse in der Schüssel gegessen und staune über mich selbst. So gierig war ich noch nie. Was ist mit mir los?

Ich sitze auf dem Hocker und warte darauf, dass Mack endlich etwas zu den E-Mails sagt. «Und?», frage ich ungeduldig.

Er nimmt mein Handy. «Ich glaube nicht, dass ich dir helfen kann», sagt er.

Ich stoße die Luft aus. «Mist.»

«Ich kann den Absender nicht rauskriegen», fährt er fort. «Die haben ihre IP-Adresse mit einem VPN versteckt. Ich kann nicht erkennen, ob die E-Mails von jemandem hier auf der Insel stammen oder aus Norwegen oder der Südsee oder von jemandem –»

«Einem VPN?»

Er holt tief Luft, so als ob er gleich ins Wasser springen will, öffnet den Mund und –

«Bitte in einem Satz», sage ich.

Er klappt den Mund wieder zu, als würde eine einfache

Antwort seine mentalen Fähigkeiten übersteigen. Oder meine.

Er sieht mich ruhig an. «Willst du es wirklich wissen?»

Ich schüttele den Kopf. «Nein, eigentlich nicht.»

«Willst du wissen, was eine IP-Adresse ist?»

Ich habe eine vage Ahnung, dass eine IP-Adresse den geographischen Standort eines Computers verrät. «Muss ich das genau wissen?»

«Wenn du Hacker sein willst, ja, sonst vielleicht nicht.»

«Ich will nur wissen, wer mir diese E-Mails schickt. Sie machen mir Angst. Ich will, dass er damit aufhört.»

«Oder sie», sagt Mack mit einem Augenzwinkern.

«Was soll das denn heißen? Dieses Zwinkern.»

«Sieh mal, Lizzy. Du bist cool. Ehrlich. Und diese ganze Geschichte» – er wackelt mit dem Handy in der Hand – «ist ziemlich clever. Aber –»

«Aber was?»

Er glaubt mir nicht! Das ist es. Oder er hält mich für verrückt. Vermutlich denkt er noch, ich hätte die E-Mails selbst geschrieben.

«Aber was?», frage ich wieder, diesmal lauter. «Was?»

«Hey! Jetzt dreh mal nicht gleich durch, weil –»

Mein Handy macht *Pling!*. Mack erschrickt so sehr, dass er es fallen lässt.

Ich will danach greifen, aber er ist schneller.

Mack schaut aufs Display. «Von deinem Freund, dem Administrator», sagt er und setzt *Freund* in Anführungszeichen. Dann öffnet er die Nachricht.

«Stopp! Gib es mir!», sage ich und will ihm das Handy aus der Hand reißen, aber Mack hält es kichernd über seinen Kopf.

Wieder versuche ich, danach zu greifen. Doch er schiebt mich weg.

«Gib her!», verlange ich.

Er steht auf. «Hier ist es!» Er springt auf sein Bett und hüpft darauf herum, als wäre es ein Trampolin. «Hier ist es!»

Ich bin stinkwütend. Was für ein blöder Jungenkram!

Mack steigt vom Bett und liest die E-Mail laut vor. «‹Er lächelte sie an. Elizabeth konnte sich aus nächster Nähe seinen schiefen Eckzahn ansehen.›»

Seinen schiefen Eckzahn?! O Gott!

«‹Er gefiel ihr. Dann –›»

«Stopp!», schreie ich.

Mack schüttelt sich vor Lachen. «‹Dann›», liest er weiter, «‹fragte sie sich, wie es wäre, Mack zu küssen. Sie –›»

Mack hebt ruckartig den Kopf und mustert mich. Sein Gesicht ist knallrot. «Was?», sagt er ungläubig. «Mack? Ich? Das hier handelt von mir?» Schweigend liest er den Rest zu Ende. Als er fertig ist, starrt er mich mit schmalen Augen an.

Ich mache einen Satz nach vorn, und diesmal schaffe ich es, ihm das Handy aus der Hand zu reißen. Ich schnappe meinen Rucksack und laufe zur Tür. Doch Mack versperrt mir den Weg.

«Lass mich gehen», sage ich.

Er rührt sich nicht.
Frustriert wirbele ich herum und lese den Text.

```
Er lächelte sie an. Elizabeth konnte sich
aus nächster Nähe seinen schiefen Eckzahn
ansehen. Er gefiel ihr. Dann fragte sie
sich, wie es wäre, Mack zu küssen. Sie
wollte es, wollte es sehr.
Sie holte erwartungsvoll Luft und atmete
das köstliche Aroma von frischgebackenem
Kuchen ein, das von unten heraufzog: warme
Butter, Teig, der im Ofen braun wurde,
karamellisierender Zucker. Sie hatte das
Gefühl, von dem berauschenden Duft gleich
ohnmächtig zu werden. Sie -
```

Es ist mir dermaßen peinlich.

«Das hast du gerade geschrieben», sagt Mack, der mich wütend zu sich umdreht. «Stimmt's?»

«Nein!»

«Hältst du mich für blöd? Ich sitze hier und versuche, dir zu helfen, und du hockst daneben und schickst dir selbst heimlich alberne liebeskranke E-Mails!»

Liebeskranke E-Mails? «Nein, das ist nicht wahr!»

«Und ich zerbreche mir den Kopf, wie ich dir das VPN erklären soll, dabei wusstest du die ganze Zeit bestens Bescheid.»

Wieder *plingt* mein Handy.

Ich schaue aufs Display. Meine Hand zittert.
Mack sieht ebenfalls hin.

```
Es war klar, dass Mack ihr nicht glaubte.
Warum sollte er auch? «Das hast du gerade
geschrieben», sagte er wütend. «Stimmt's?»
«Nein!»
«Hältst du mich für blöd? Ich sitze hier
und versuche, dir zu helfen, und du hockst
daneben und schickst dir selbst heimlich
alberne liebeskranke E-Mails, um so zu tun,
als würde dich jemand stalken. Und mich
machst du zum Deppen!»
«Nein!», schrie Elizabeth. «Das ist nicht
wahr!»
«Und ich zerbreche mir den Kopf, wie ich
dir das VPN erklären soll, dabei wusstest
du die ganze Zeit bestens Bescheid.»
```

«Was zur ...?», sagt Mack. Er ist ganz blass, und seine Augen sind weit aufgerissen. Er weicht einen Schritt zurück – als wäre mein Handy eine Pistole und ich würde ihn damit bedrohen.

Mein Gesicht ist feucht. Ich weine.

«Wie hast du das gemacht?», fragt er. «Das habe ich gerade erst gesagt. Vor einer Minute. Hast du eine App, die unsere Gespräche aufnimmt und sofort umwandelt in –»

Pling!

Keiner von uns rührt sich. Keiner sagt etwas.

Schließlich reißt Mack mir das Handy aus der Hand und liest die nächste Nachricht. Dann gibt er es mir zurück. Ich lese die Nachricht ebenfalls.

```
Keiner von beiden rührte sich. Keiner sagte
etwas.
Plötzlich zerriss ein Klopfen an der Tür
die Stille.
Es war Mrs. Carrick. «Noch ein paar Kekse?»,
fragte sie.
```

Wir sehen vom Handy auf, und unsere Blicke treffen sich. Dann –

Es klopft an die Tür.

Uns stockt der Atem.

Es klopft noch mal.

«Ja?», sagt Mack. Es ist fast ein Flüstern.

Macks Mutter öffnet die Tür. «Noch ein paar Kekse? Ich dachte – Herrje! Was ist passiert? Ihr seht aus, als hättet ihr gerade ein Gespenst gesehen.»

Besorgt kommt sie ins Zimmer.

Schließlich findet Mack seine Sprache wieder. «Alles okay, Mum», sagt er. Er nimmt die Kekse und schiebt seine Mutter zur Tür. «Bitte lass uns allein.»

Sie sieht erst mich und dann Mack an, forscht in unseren Gesichtern.

«Wir *arbeiten*, Mum», sagt Mack flehend.
Das sagt er wahrscheinlich immer, wenn er allein sein will. *Ich arbeite.*
Sie lächelt. «Okay. Viel Spaß.»

Die Tür fällt hinter Macks Mutter ins Schloss.
Ich wünschte, sie wäre dageblieben. Ich habe Angst.
Mack geht zum Fenster und zieht die Vorhänge zurück. Sonnengelbes Nachmittagslicht strömt ins Zimmer.
Ich muss die Augen zusammenkneifen, so grell ist es.
Mack bleibt eine Weile am Fenster stehen.
Ich setze mich auf die Bettkante. Sie ist näher als der Hocker, und ich fühle mich ein bisschen schwach.
Schließlich geht Mack zu seinem Schreibtisch und holt eine Packung Taschentücher. Er reicht sie mir und setzt sich neben mich.
Ich merke erst jetzt, dass ich weine.
Keiner von uns sieht den anderen an. Ich wische die Tränen ab und putze mir die Nase.
«Okay», sagt Mack. «Ich habe eine gute Neuigkeit.»
Ich sehe ihn erwartungsvoll an.
«… und eine schlechte. Welche willst du zuerst hören?»
Ich muss schlucken. «Wohl besser die schlechte», sage ich, damit wir es gleich hinter uns bringen.
«Du hast echt ein Problem, Lizzy», sagt er. «Ein richtig großes Problem.»
Ich nicke. «Und die gute Neuigkeit?»
Er legt mir die Hand auf die Schulter. Sie brennt ein

Loch in mein Top. «Ich weiß nicht, ob es dir was bringt», sagt er, «aber ich glaube dir.»

Viel bringt mir das nicht, nein. Aber es ist besser als nichts. Und es tut mir gut.

10. Kapitel

Das Date

Als Mack und ich zum Hotel zurückradeln, scheint uns die Sonne direkt ins Gesicht. Wir halten an, damit Mack seine Sonnenbrille aufsetzen kann. Ich habe meine vergessen.

Es ist windig. Ich streiche mir die Haare aus dem Gesicht. «Mein Vater sagt immer, das Wetter im Norden ist so launisch wie ein Teenager», sage ich.

Mack grinst.

Ich mag es, wie seine rötlichen Augenbrauen über den Rand der Sonnenbrille lugen.

«Ich bin spät dran», sagt er.

Mack will Geld für seine Elektronik zusammensparen, deshalb übernimmt er heute Abend im Speisesaal auch die Spätschicht. Er muss um halb sechs da sein – in zehn Minuten. Allerdings scheint es ihn nicht weiter zu beunruhigen, dass er zu spät kommen könnte, was sehr wahrscheinlich ist, denn er fährt nicht weiter, sondern fängt an, mit seinem Handy zu fotografieren. Ein Bild nach dem anderen: das Hotel Ainsley Castle hoch oben auf der Klippe; der von Bäumen gesäumte Weg, der zum Ainsley Forest und der Burgruine führt. Dann zeigt er nach Westen, zur Küste und auf das blaugraue Meer unter uns. «Da unten gibt es einen tollen Strand», sagt er. «Er ist ein bisschen abgelegen. Der Sand ist so fein, dass man ihn in eine Sanduhr füllen könnte.»

«Keine Steine? Wie am Bikini Beach?»

«Am Bikini Beach?»

«Dem Strand am Hotel. Ich nenne ihn so.»

Er lacht.

Dann zeigt er wieder zur Küste. «Ich zeige dir irgendwann mal meinen Strand. Er ist wunderschön. Egal wohin du guckst, ein Bildschirmschoner nach dem anderen.»

Ein Bildschirmschoner nach dem anderen. So was kann auch nur einem Nerd einfallen.

Der Wind wirbelt meine Haare in alle Richtungen. Ein paar Strähnen fallen mir vor das linke Auge. Ich schiebe sie zurück.

Der Wind weht sie wieder nach vorn.

Ich schiebe sie noch mal zurück, aber der Wind ist hartnäckig.

Mack streckt die Hand aus und streicht die losen Strähnen hinter mein Ohr.

Ich bin überwältigt.

Das ist das Intimste, was ich je mit einem Jungen erlebt habe.

Mein Ohr kribbelt von Macks Fingerspitzen.

«Ich habe dich schon ein paar Mal gesehen. Aber …»,

er schaut verlegen zu Boden. «Na ja, du bist quasi Prinzessin. Du gehörst zur Königsfamilie. Als Tochter der Chefin. Deshalb –»

«Tochter?», wiederhole ich empört.

«Na gut, Stieftochter.»

«Ich bin überhaupt nichts. Jedenfalls noch nicht.»

Mack zuckt die Achseln.

«Und Prinzessin bin ich schon gar nicht. Weder quasi noch sonst wie.»

Er lacht.

Meine Wangen glühen – und das nicht von der Sonne.

Er scharrt mit den Füßen.

Ich ebenfalls.

Mack wird definitiv zu spät zur Arbeit kommen.

Wir stehen nahe beieinander, mein Herz hüpft in der Brust wie eine Boje im unruhigen Meer. Es schlägt irritierend laut. Aber es ist zu windig, als dass Mack es hören könnte. Hoffe ich jedenfalls.

Es könnte sein, dass wir uns gleich küssen – nicht, dass ich viel Ahnung hätte, wann aus einem Gedanken ein Kuss wird. Aber es fühlt sich definitiv so an, als ob –

Wie aus dem Nichts rast ein Auto an uns vorbei, hupt und hüllt uns in eine Staubwolke.

Wir springen an den Straßenrand.

Natürlich ist der Kuss, falls es überhaupt einer werden sollte, damit für immer verloren.

Macks Rad ist umgefallen. Er hebt den Rucksack auf und wischt ihn ab. An der Seite baumelt etwas Metallisches an einem Ring, das er auf Kratzer untersucht. Es sieht aus wie ein Brillenetui aus Alu, eines von den schmalen Dingern für Alte-Leute-Brillen. Mack sieht, dass ich es beäuge.

«Das teste ich gerade», sagt er. «Zusammen mit Mr. Riddel. Ein neuartiges Funkgerät, das ziemliche spannende Sachen kann.»

Ich nicke geistesabwesend, denn ich habe gerade die Steinstufen bemerkt, die den Hügel zur Kapelle hinaufführen.

Mack folgt meinem Blick. «Eine verfallene Kirche. Warst du schon auf Ainsley Castle?»

«In der Burgruine? Noch nicht. Aber ich kann sie von meinem Zimmerfenster aus sehen.»

«Du solltest hingehen.»

«Ich weiß.» Mir fällt etwas ein. «Stimmt es, dass es dort spukt?»

Er wirft mir einen skeptischen Blick zu.

«Regina hat mal erzählt, dass ein Mädchen darin spuken soll, das als Hexe verbrannt wurde, obwohl sie unschuldig war.»

Er zuckt die Achseln und steigt auf sein Rad. «Ich bin spät dran», sagt er wieder.

Ich steige ebenfalls auf.

Trotzdem scheint keiner von uns losfahren zu wollen.

«Ich habe um neun Uhr Schluss», sagt er.

«Okay.»

«Wir ... könnten ein bisschen abhängen», sagt er. «Am ... Bikini Beach.» Er setzt Bikini Beach in Anführungszeichen. «Uns den Sonnenuntergang ansehen.»

«Und ein paar gute Bildschirmschoner-Fotos knipsen», füge ich hinzu, ganz schwindelig vor Freude. Ein Date!

Wir verabreden uns an den Bänken neben den Stufen, die zum Strand hinabführen.

Ein Sonnenuntergang am späten Abend!

Ich bin zum allerersten Mal froh darüber, so weit oben im Norden zu sein.

Mack hat es jetzt eilig. Zusammen gehen wir durch den Personaleingang ins Hotel. Hier war ich noch nie. Drinnen befindet sich der Serviceaufzug. Auf einem Schild an der gegenüberliegenden Doppelschwingtür steht: *Nur für Personal.* Mack drückt einen der Türflügel auf.

Aus der Hotelwäscherei dringt der Geruch von Waschmittel zu uns. Es riecht sauber und feucht.

«Um neun», sagt Mack. «Bei den Bänken. Okay?»

Es klingt fast wie eine Drohung. Ich kichere.

Die Aufzugtür geht auf, und zwei Männer in Handwerker-Overalls kommen heraus. Sie grüßen Mack und gehen an uns vorbei durch die offene Tür.

Mack senkt die Stimme zu einem Flüstern. «Keine Angst, Lizzy. Es muss für die E-Mails eine logische Erklärung geben. Wir kommen schon noch dahinter.»

Ich nicke.

Mack bleibt kurz in der Tür stehen und lächelt mir zu, genau wie heute Morgen in der Küche. Verschmitzt, vielleicht ein bisschen verschwörerisch, so als wolle er mir sagen, dass wir jetzt Komplizen sind, die ein großes Geheimnis teilen.

Und das tun wir ja auch.

«Um neun», sagt er dann und verschwindet.

Die Tür fällt hinter ihm zu.

Niemand ist zu Hause. Dafür steht Stiefmutters Laptop einladend auf dem Küchentisch. Ich gäbe wer weiß was dafür, mir ihre E-Mails mal gründlich anzusehen.

Soll ich?

Ich ziehe die Jalousien herunter. Wenn ich Stiefmutter oder Dad aus dem Hotelflur in den Schmutzraum oder durch unsere Eingangstür ins Haus kommen höre, müsste mir eigentlich genügend Zeit bleiben, meine Spuren zu verwischen.

Okay. Ich tu's.

Ich öffne den Laptop. Er ist bereits hochgefahren. Gut.

Doch meine Freude währt nicht lange. Ein Fenster geht auf und fragt nach dem Passwort.

Ein Passwort? Es ist nicht der Hotelcomputer. Er ist nur für ihren persönlichen Kram. Warum sperrt sie ihn mit einem Passwort? Vielleicht verheimlicht sie irgendetwas vor mir. Und vor Dad.

Frustriert gehe ich in mein Zimmer hinauf und lese noch einmal sämtliche E-Mails des Administrators.

Irgendetwas muss ich doch übersehen haben. Aber was?

Ich lege mich auf mein Bett.

Ich schrecke hoch. Habe ich etwa geschlafen? Erschrocken schaue ich auf meine Uhr. Es ist fast Zeit für mein Treffen mit Mack.

Ich ziehe mir frische Klamotten an und putze mir die Zähne. Dann stehe ich eine Weile vor dem Spiegel und stelle mir unseren ersten Kuss vor. Ich sehe Mack und mich auf den hohen Felsen oberhalb vom Bikini Beach stehen. Hinter uns ist alles hell vom silbrig-sanften Licht des Mondes. Ich frage mich, ob –

Mein Handy klingelt.

«Habe ich dich geweckt?», fragt Dad.

«Nein.»

«Ich habe vor einer Stunde nach dir gesehen. Du hast fest geschlafen.»

«Zu viel frische Luft, schätze ich.»

«Und? Hast du was von der Magie der Insel entdeckt?», fragt er.

Für einen kurzen Moment kann ich mich an nichts anderes erinnern als an den Besuch bei Mack. Doch dann fallen mir die Ruine der Kapelle und der Friedhof ein. «Ich bin in einen Hagelsturm geraten. Solche Hagelkörner habe ich noch nie gesehen. Sie waren so groß wie meine Faust.»

«Es hat gehagelt? Wann denn?»

«Kurz nachdem ich losgefahren bin.»

«Beim Hotel war gar nichts.»

Ich überlege, ob ich ihm von der Ruine erzählen soll, doch dann sagt er: «Ich bin gerade in Crownburgh. Die Architekten haben für Regina und mich gekocht. Für dich steht was in der Küche. Okay?»

«Okay.»

«Sicher?» Er klingt besorgt. «Weil –»

«Weil was, Dad? Weil du sofort nach Hause kommst, wenn ich mich einsam fühle? Mir geht's gut! Wirklich. Ich sehe mir nachher den Sonnenuntergang an.»

«Ach ja?»

Er will, dass ich mehr erzähle. Doch das tue ich nicht.

«Allein?» Er lässt nicht locker.

Weiß er, dass ich mich mit Mack treffen werde? Soll ich es ihm sagen?

«Ich will ein paar Fotos machen», sage ich. «Das schaffe ich auch allein.» Ich ahme die Stimme eines Dokumentarfilmsprechers nach: «Entdecken Sie die Magie des nordischen Sonnenuntergangs, ganz weit oben, dort, wo der dunkelste aller dunklen Himmel auf das Ende der Welt trifft.»

Dad lacht.

Im Hintergrund höre ich Stiefmutter sagen: «Graham. Die Suppe.»

«Ich muss Schluss machen», sagt Dad. «Die böse Hexe des Nordens ruft nach mir.»

Jetzt muss ich lachen.

«Pass auf», sagt Dad. «Wir werden uns morgen nicht sehen. Ich muss früh los. Ich habe einen Termin auf dem Festland.»

«Das wusste ich gar nicht.»

Es ist Dads erster Trip auf das Festland, seit wir hergekommen sind. Und mein erster Tag ganz allein mit Stiefmutter.

«Soll ich dir für die Fahrt ein Sandwich machen?», frage ich.

Bevor wir hierherzogen, habe ich Dad für seine Tagesreisen immer eine Lunchbox mit Proviant mitgegeben.

«Regina hat schon etwas für mich zurechtgemacht. Ihren Geflügelsalat mit Walnüssen. Das nächste Mal, ja, Schatz?»

Ich bin enttäuscht. Das war bisher immer *meine* Aufgabe.

Vermutlich merkt Dad, dass ich enttäuscht bin. Er wechselt das Thema. «Was hast du morgen vor?», erkundigt er sich.

«Keine Ahnung.»

«Vielleicht solltest du Mackenzie bitten, dir mit dem Bücherregal zu helfen.»

«Mack?», frage ich.

«Genau.»

«Der Geek. MacGeek.»

Dad lacht wieder. «Sehr clever.»

Ich bringe meinen Vater gern zum Lachen.

Und ich bin gern clever.

«Graham!», sagt Stiefmutter praktisch direkt ins Telefon.
«Gute Nacht, Prinzessin», sagt Dad. «Ich hab dich lieb.»
«Ich dich auch.»
Wir legen auf.
Ich glaube, er weiß, dass ich Mack mag.

11. Kapitel

Das Passwort

Mack lässt sich neben mich auf die Bank fallen.

«Hey», sage ich.

Er riecht nach Pommes. Wahrscheinlich hat er in der Hotelküche welche gegessen, bevor er herkam. Im roten Abendlicht sehe ich in seinem Mundwinkel einen Rest Ketchup.

Ich bin mir nicht sicher, ob ich ihn noch küssen will.

«Ich habe nachgedacht», sagt Mack. «Über den Administrator.»

«Und?»

Er lässt einige Sekunden verstreichen, sitzt einfach nur da und sieht zu, wie unter uns die Wellen gegen die Felsen branden.

Ich höre eine einsame Möwe schreien. Als ich aufschaue, segelt sie über das Meer davon. Ich wünschte, ich könnte ebenfalls wegfliegen.

«Okay», sagt Mack. «Pass auf. Ich zitiere die E-Mails: ‹Ein Geräusch in der Dunkelheit riss Elizabeth aus dem Schlaf.› Oder: ‹Eine Holzdiele knarrte.› Oder –» Er hält inne.

«Oder?»

«Das hier», fährt er fort. «‹Keiner von beiden rührte sich. Keiner sagte etwas. Plötzlich: ein Klopfen an der Tür. Es war Mrs. Carrick. ‚Noch ein paar Kekse?' fragte sie.›» Mack sieht mich an. «Nach was klingt das für dich?»

«Nach einer Geschichte?», sage ich.

«Ganz genau.» Er zieht den Reißverschluss seiner Kapuzenjacke zu. Es ist kühl hier draußen. «Es erinnert an ein Buch.»

Ich nicke. «Ich weiß. Das ist ja das Unheimliche daran!» Meine Stimme klingt laut. «Schlimm genug», fahre ich noch lauter fort, «dass der oder die, wer auch immer dahintersteckt, weiß, was in meinem Kopf vorgeht und sogar Dinge vorhersagt. Obendrein schreibt die Person auch noch, als wäre mein Leben irgendein Roman! Wenn ich es nicht besser wüsste –»

«Pst», flüstert Mack. «Nicht so laut.»

Ich habe ein Pärchen erschreckt, das gerade die Treppe vom Strand heraufgestiegen ist. Sie denken, ich hätte sie angeschrien.

Mack hat recht. Ich bin zu laut.

Ich atme tief durch.

Die frische Seeluft kitzelt in meiner Nase.

Irgendwas Wichtiges wollte ich gerade sagen, aber jetzt habe ich vergessen, was es war. Etwas, das mit einer Geschichte zu tun hat. Aber es ist weg. Mit dem Wind davongeweht. Weit hinaus aufs Meer.

Mack und ich sitzen eine Weile schweigend da und betrachten den Sonnenuntergang.

Die Felsen sehen aus, als stünden sie in Flammen, so sehr leuchten sie in den unterschiedlichsten Orangetönen. Der ganze Himmel ist von Farben überzogen. Ganz oben erstreckt sich ein breiter Streifen blauen Himmels. Dicke, weiße Schäfchenwolken mit pink schimmernden Rändern treiben darüber. Darunter folgt ein oranges Band. Und darunter ein magentaroter Streifen. Sie alle spiegeln sich im Meer: Auf der glatten, silbrigen Oberfläche lodern die Farben.

Es ist so schön, dass es weh tut.

Wir sitzen da und sehen die Sonne langsam im Meer versinken.

«Und was passiert jetzt?», frage ich, als der gelbe Ball hinter dem Horizont verschwunden ist.

«Es wird dunkel, und die Sterne kommen heraus.»

Ich boxe ihm sanft gegen den Arm. «Haha. Ich meine wegen der E-Mails.»

«Ich würde sagen, wir warten darauf, dass der Administrator den nächsten Schritt macht. Dann sehen wir weiter.»

Es gefällt mir, dass er «wir» sagt.

«Vielleicht ist es ja auch vorbei», sagt er. «Und der Administrator hat sich einem neuen Projekt zugewandt.»

«Ja. Vielleicht langweilt er sich mit mir.»

«Vielleicht.»

Aber daran glaubt wohl keiner von uns wirklich.

«Irgendeine Idee, wer es sein könnte?», will Mack wissen.

«Meine zukünftige Stiefmutter steht ganz oben auf meiner Liste.»

«Regina? Wirklich?» Er lässt sich das durch den Kopf gehen. «Sie ist nicht besonders begabt, was Computer angeht. Das ist keiner auf der Insel. Abgesehen von Mr. Riddel. Und mir – irgendwie.»

Irgendwie? Es gefällt mir, dass er so bescheiden ist.

«Und ein paar Touristen», fügt er hinzu.

Er sieht mich einen Moment lang prüfend an. «Warum sollte deine Stiefmutter so gemein zu dir sein?»

Ich schnaufe. «Also erstens ist sie nicht meine Stiefmutter – jedenfalls noch nicht. Und zweitens wäre es ja nicht das erste Mal, dass eine Stiefmutter fies zu ihrer Stieftochter ist.»

Er setzt seine Kapuze auf.

Der Wind ist noch stärker geworden.

Ich schließe den obersten Knopf meiner Strickjacke. «Sie wollte früher Schriftstellerin werden.»

«Echt?»

«Kennst du ihr Computerpasswort?»

Mack macht schmale Augen.

Oh-oh. Vielleicht gibt es eine Art Ehrenkodex für Computernerds.

«Nein», sagt er.

Ich bin mir nicht sicher, ob er damit meint, ‹Nein, ich kenne ihr Passwort nicht› oder ‹Nein, ich werde es dir nicht verraten». Ich kann aber sehen, dass er mit sich und seinem Ehrenkodex kämpft. Dafür mag ich ihn sogar noch mehr.

«Das kann ich nicht tun, Lizzy», sagt er schließlich. «Aber was ich dir sagen kann, ist, dass Frauen ihres Alters ziemlich nachlässig sind, was Passwörter angeht.»

«Wie das?»

«Sie schreiben gern ihren Namen rückwärts.»

«Echt?»

«Total bescheuert.»

Ich erzähle ihm lieber nicht, dass ich hin und wieder ebenfalls meinen rückwärts geschriebenen Namen als Passwort verwende. «Nur das?», frage ich. «Vorname, Nachname, Alter?»

«Unterschiedlich.»

Ich habe das Gefühl, dass er mir lieber nicht zu viel verraten will. Aber dann sagt er: «Normalerweise schreiben sie den ersten Buchstaben ihres Namens groß – am Ende, wenn sie rückwärts schreiben. Und manchmal hängen sie den Namen ihres Ehemanns mit an.»

«Verstehe.»

«Und vielleicht das Datum, an dem sie sich kennengelernt oder geheiratet haben. Oder sich das erste Mal geküsst haben.»

Wir prusten los. Der Gedanke ist total albern.

Wahrscheinlich will er damit andeuten, wo ich mit der Suche nach Stiefmutters Passwort anfangen soll. Ich wünschte nur, ich hätte noch weitere Anhaltspunkte. Womöglich sind die beiden wieder geschieden, ehe ich das Passwort herausgefunden habe.

«Irgendwelche anderen Verdächtigen?», fragt Mack und reißt mich damit aus meinen Gedanken.

Ich zucke die Achseln.

«Ich vermute», sagt er, «dass es jemand über fünfunddreißig ist. Ich meine, wer schreibt denn heute noch E-Mails? Doch nur alte Leute, oder?»

Ich merke, dass ich im Augenblick zu erschöpft bin, um das Ganze zu Ende zu denken.

«Und? Wollen wir zum Strand runtergehen?», fragt er.

Ich antworte mit einem Gähnen.

Er lacht.

«Tut mir leid», sage ich. «Ich weiß, dass es meine Idee war, aber ...»

«Dann morgen?»

«Musst du nicht arbeiten?»

«Ich habe um zwei Uhr Schluss. Wir könnten uns wieder hier treffen. Vielleicht gehen wir dann zum anderen Strand.»

«Dem Bildschirmschoner Strand?»

Er nickt und lächelt.

«Und wenn es regnet?», frage ich.

«Dann machen wir etwas anderes.»

«Ich meine, wo sollen wir uns treffen, falls es regnet?»

«Drinnen. Am Personaleingang.»

Es ist still im Haus, und es brennt kein Licht. Dad und Stiefmutter sind immer noch bei den Architekten.

Auf dem Weg zu unserer Wohnung ist mir eingefallen, dass Dad letzten Juli im Hotel Ainsley Castle abgestiegen ist, und zwar als Maisies Mutter mich eingeladen hatte, die Sommerferien mit ihnen auf Mallorca zu verbringen. Wahrscheinlich hat er damals Stiefmutter kennengelernt. Ich könnte einfach Julidaten mit ihren rückwärts geschriebenen Namen kombinieren. Das wäre zumindest ein Anfang.

Ich ziehe meine Strickjacke aus, gehe in die Küche und setze mich vor Stiefmutters Laptop.

Zwanzig Minuten später gebe ich auf. Ich habe wirklich alles versucht: Dads und Stiefmutters Namen rückwärts, vorwärts und seitwärts geschrieben, kombiniert mit sämtlichen Daten im Juli – alles ohne Erfolg. Mir fehlt einfach die Hartnäckigkeit, die Hacker zum Knacken von Passwörtern vermutlich brauchen. Ich bin froh, dass es Menschen wie Mack gibt, weiß aber jetzt, dass ich keine Laufbahn als Kryptologin anstreben werde.

Als ich wieder in meinem Zimmer bin, schaue ich in die Nacht hinaus. Der leuchtende Mond steht hoch und rund am Himmel. Die alte Burg Ainsley Castle hebt sich als schwarzes Gemäuer gegen den immer dunkler werdenden Himmel ab. Ich nehme mein Fernglas in die Hand.

Ich bin zu weit entfernt, um irgendwelche Details zu

erkennen, trotzdem kann ich durch das Fernglas das Unheimliche und Geheimnisvolle an der Burgruine erkennen. Ich verstehe gut, warum die Leute sie für verwunschen halten.

Ich schwenke den Blick langsam an der Ruine entlang. Wolken ballen sich über der Burg zusammen, und aus Nordosten zieht Nebel auf, der den Burgturm verhüllt. Große, schwarze Vögel, Raben vermutlich, fliegen in der Ruine ein und aus. Es ist windig, und die Bäume sind –

Oh! Was ist das? Ein Licht? Irgendetwas flackert.

Ich schwenke ein Stück zurück ... Da. Das könnte eine Laterne sein. Oder eine Taschenlampe. Darf man sich dort oben im Turm denn aufhalten?

Ich stelle das Fernglas scharf.

Aber das Licht ist verschwunden.

12. Kapitel

Port Wicken

Das Dröhnen eines Hubschraubers – *schwupp-schwupp-schwupp* – weckt mich auf. Wahrscheinlich ist es Dad, der zum Festland gebracht wird.

Ich dusche, ziehe mich an und bin schon vor neun unten in der Küche. Als ich die Milch aus dem Kühlschrank holen will, stoße ich aus Versehen einen Plastikbehälter um. Er springt auf, und sein Inhalt kippt auf den Küchenboden. Es ist Stiefmutters «berühmter Geflügelsalat». Igitt – wie das stinkt! Ich glaube, er ist schlecht geworden. Von heute an werde ich ihn Stiefmutters «berühmten Übelsalat» nennen.

Ich werfe alles weg.

Nach dem Frühstück bleibe ich noch am Küchentisch sitzen, schaue den Sonnenblumen draußen vor dem Fenster beim Wachsen zu und überlege, was ich bis zum Mittag und meinem Treffen mit Mack unternehmen soll.

Die Antwort lässt nicht lange auf sich warten.

«Elizabeth!»

Es ist Stiefmutter. In einem roten Overall. Sie sieht aus, als wolle sie zum Fallschirmspringen.

«Du bist ja ganz weggetreten», sagt sie streng, als wäre es verboten, eine Blume zu betrachten oder vor sich hinzuträumen.

Ich antworte nicht.

Sie kommt einen Schritt näher. Ihr Parfüm steigt mir in die Nase. Es riecht aufdringlich süß.

«Ich fahre in die Stadt», sagt sie. «Ich will meine Geschichte abliefern. Es wird nicht allzu lange dauern.»

Irgendetwas daran stört mich. Wollte sie die Geschichte nicht per *E-Mail* schicken? Und zwar *gestern*?

Ich komme zu dem Schluss, dass sie mir nicht die Wahrheit sagt.

«Und was hast du heute vor?», will sie wissen.

«Keine Ahnung.»

Sie zuckt die Achseln und geht.

Ich warte darauf, sie wegfahren zu hören. Wenn sie nach rechts abbiegt, Richtung Süden, nach Crownburgh, weiß ich, dass sie lügt. Denn das Redaktionsbüro des Wicken Weekly befindet sich in Port Wicken, im Norden.

Doch ich höre kein Auto.

Auf Zehenspitzen schleiche ich ins Wohnzimmer, ans Fenster, das nach vorne zeigt, und spähe hinaus. Stiefmutter pumpt die Reifen ihres Fahrrads auf.

Warum nimmt sie das Fahrrad und nicht das Auto?

Auf einmal bin ich ganz versessen darauf zu wissen,

wohin sie fährt. Sie ist meine Hauptverdächtige. Ich muss sie unbedingt im Auge behalten.

Ich renne nach oben und hole meinen Rucksack. Durch das Flurfenster im zweiten Stock sehe ich Stiefmutter mit ihrem Fahrrad nach links abbiegen – in Richtung Port Wicken. Ich schnappe mir das Fernglas und mein Handy, renne wieder nach unten und springe auf mein Rad. Am Fuß des Hügels kann ich sie gerade noch erkennen.

Stiefmutter biegt von der Straße nach links auf einen Weg ein, auf dem ich noch nie gewesen bin. Ich habe keine Ahnung, wo er hinführt. Vielleicht ist es eine Abkürzung nach Port Wicken?

Der Weg ist schmal. Kein Wunder, dass sie das Auto zu Hause gelassen hat. Außerdem ist er holprig. Gut, dass ich ein Mountain Bike habe. Nur schade, dass ich meinen Vollschutzhelm vergessen habe. Zugegeben, ich sehe damit aus wie Darth Vader, aber ich fühle mich deutlich sicherer damit. Dieser Weg hat Buckel, die mir richtig Angst machen, vor allem, wenn es bergab geht.

Allerdings erkenne selbst ich, dass es eine atemberaubende Strecke ist, mit den majestätischen Bergen in der Ferne, dem nebelverschleierten Gipfel von Ben Drahrebe am Horizont und dem mit grauen Wolkentupfen übersäten blauen Himmel. Ich fahre an plätschernden Bächen und grünen Weiden vorbei, an Heidekraut, grasenden Schafen und windschiefen Holzzäunen. Links von mir sind Klippen. Unten sehe ich das raue, aufgewühlte Meer, aus dessen wogenden Massen seltsam geformte Felsen ragen. Ein riesiger Brocken sieht aus wie ein aufgetauchter Killerwal.

Stiefmutters roter Overall macht es mir leicht, ihr zu folgen. Ich könnte sie einholen, wenn ich wollte, aber ich halte natürlich Abstand.

Huch! Jetzt ist sie vom Fahrrad gefallen.

Ich springe hastig aus dem Sattel und ducke mich hinter ein paar Sträucher. Ich will nicht, dass sie mich sieht, wenn sie aufsteht und sich umdreht.

Ich sehe zu, wie sie sich aufrappelt und abklopft, sich dann wieder aufs Rad setzt und weiterfährt.

Ich radle hinterher, an einsamen Cottages vorbei, und dann sehe ich, was Stiefmutter zu Fall gebracht hat: ein Schlagloch. Ich kann gerade noch bremsen und das Loch umfahren.

Draußen auf dem Meer sehe ich Boote. Sie wirken winzig im Vergleich zur Fähre, die von Port Wicken nach Snelhar Skerry unterwegs ist, ihrem nächsten Halt. Ich fahre an einzelnen Häusern vorbei. Die Leute leben hier ziemlich isoliert; bis zur Stadt ist es vermutlich noch ein gutes Stück zu laufen. Die Namen auf den Briefkästen verraten mir, wer hier wohnt: Mr. und Mrs. McWilliams, die Algees, Familie Dinwiddle.

Weiter vorn ist Stiefmutter vor dem Zaun eines Hauses stehen geblieben.

Ich ducke mich hinter einen Baum und sehe, wie sie

klingelt, wartet, dann auf die Armbanduhr schaut und ihre Fahrt fortsetzt.

Wer wohnt dort?

Ich springe aufs Rad und fahre hinüber.

Auf dem Klingelschild steht Tyrone Riddel.

Mr. Riddel? *Der* Mr. Riddel aus dem «Hi-Fi-Schrägstrich-Handy-Schrägstrich-Computer-Schrägstrich-Elektroschrottladen»? Der einzige andere erfahrene Computernerd auf der Insel neben Mack?

Was könnte Stiefmutter von ihm wollen? Er ist doch bloß ein schräger Vogel mit fettigen Haaren und Hippie-Jeans.

Es sei denn ...

Ich wage den Gedanken kaum zu Ende zu denken: Stecken Mr. Riddel und Stiefmutter womöglich unter einer Decke? Hilft er ihr, diese E-Mails ohne IP-Adresse zu verschicken?

Ich steige auf mein Rad und schaue wieder auf den Weg. Er verläuft in einem Bogen nach rechts, ich habe Stiefmutter aus den Augen verloren.

Ich gebe Gas.

Trete schneller und schneller.

Ich darf sie nicht aus den Augen verlieren.

Ich bin außer Atem und kriege Seitenstechen vor Anstrengung.

Meine Finger sind ganz steif, so fest umklammere ich den Lenker.

Meine Knie tun weh.

Mist! Wo ist sie?
Ich fahre um die nächste Kurve.
Und sehe sie vor mir.
Ich werde langsamer und atme durch.

Ich komme in der Nähe des Hafens nach Port Wicken hinein.

Sie haben sich große Mühe gegeben, dem Ort einen fröhlichen Anschein zu geben, ganz bestimmt, um von der Langeweile der Insel abzulenken. Die meisten Häuser sind in bunten Farben gestrichen, genauso wie die Boote, die im Hafenbecken munter auf und ab wippen. Die Männer, die die Boote steuern, tragen orangefarbene, leuchtend blaue oder grüne Overalls. Aufgerollte, buntgestreifte Taue liegen auf den Landungsstegen wie dösende Schlangen.

Ich entdecke Stiefmutter, die gerade an der Schule vorbeifährt. Natürlich ist die Schule heute, mitten in den Schulferien, menschenleer. Aber in wenigen Wochen werde ich hier den Großteil meiner Zeit verbringen.

Als ich daran vorbeifahre, steigt ein vertrautes Grauen in mir hoch. Neue Schulen machen mir Angst. Neue Freunde, neue Lehrer, neue Fächer, neue Probleme. Ich überlege, ob Mack hier auch hingeht. Oder auf ein Internat auf dem Festland. Ich werde ihn fragen. Es wäre schön, an meiner neuen Schule wenigstens einen Menschen zu kennen.

Stiefmutter nimmt Kurs auf das Stadtzentrum. Sie radelt die Haupteinkaufsmeile, Crownburgh Road, entlang. Es ist eine enge Straße, an der viele Touristen entlangschlendern. Stiefmutter springt vom Rad und schiebt.

Ich ebenfalls.

Weiter vorn befinden sich einige hübsche Restaurants, Cafés und niedliche Pensionen, ein Ärztehaus, die Apotheke, Boutiquen, ein Wollladen, ein (bereits geöffneter) Pub, die Post, eine Bingohalle, und – ich wusste es! – ohne auch nur hinzusehen, marschiert Stiefmutter geradewegs am Redaktionsbüro des Wicken Weekly vorbei. Sie biegt nach rechts in eine Seitenstraße ein.

Ich gehe schneller, doch als ich die Gasse erreiche, ist Stiefmutter schon verschwunden. Ich renne durch die Gasse und komme an der Easton Lane wieder heraus, einer engen Parallelstraße der Crownburgh Road. Aber Stiefmutter ist nirgends zu sehen.

Wo kann sie nur sein?

Ist sie vielleicht auf dem Weg zu Mr. Riddels Laden?

Ich biege links ab, dann wieder links, lande aber nicht in der Crownburgh Road. Habe ich mich verlaufen? Ich gehe den gleichen Weg zurück. Kurz darauf bin ich wieder in der Crownburgh Road.

Und da ist sie!

Ich folge ihr.

Wusste ich's doch! Sie eilt an *Mrs. Little's Fish-'n'-Chips*-Bude vorbei und bleibt genau vor *Mr. Riddel's Bits-'n'-Chips*-Laden stehen. Mrs. Little findet den Witz mit dem Ladennamen bestimmt lustig.

Ich warte, bis Stiefmutter ihr Fahrrad abgestellt hat und in Mr. Riddels Laden geht. Dann lehne ich mein Rad an *Mrs. Little's Fish-'n'-Chips*-Bude und nähere mich vorsichtig dem Computerladen.

Ich spähe durchs Fenster und sehe, wie Stiefmutter ihren Rucksack abnimmt, hineingreift und einen nicht ganz flachen Briefumschlag herauszieht.

Mr. Riddel tritt neben Stiefmutter und deutet hinter sich. Die beiden verschwinden für ein paar Minuten. Ich frage mich gerade, ob es sich lohnt, noch weiter zu warten, als die beiden in den vorderen Teil des Ladens zurückkehren. Will sie schon wieder los?

Ich drehe mich schnell um und verstecke mich in einer nahen, schmalen Gasse. Ich glaube nicht, dass Stiefmutter mich gesehen hat, trotzdem klopft mein Herz so schnell, als wäre ich gerade den Ben Drahrebe hochgeklettert.

Der faulige Gestank von verwesendem Fisch, der neben mir aus einem Müllcontainer steigt, dringt mir mit ekelhafter Intensität in die Nase. Fliegen umschwirren meinen Kopf. Ich muss würgen. Soll ich einfach gehen? Aber ich weiß nicht, ob Stiefmutter den Laden schon verlassen hat. Ich will ihr auf keinen Fall begegnen.

Plötzlich macht mein Handy in meiner Tasche *Pling!*.

Eine neue E-Mail.

Schon bevor ich nachschaue, weiß ich, von wem sie ist.

Und dann schaue ich nach.

Sie ist vom Administrator.

13. Kapitel

Mr. Riddel

Mir wird schlecht – vom fauligen Fischgeruch in der Gasse und von der Panik, die mich überfällt. Ich lese die E-Mail.

```
Elizabeth merkte, dass ihre Stiefmutter
Mr. Riddels Laden verlassen wollte. Hektisch
suchte sie ein Versteck. Gerade noch
rechtzeitig flüchtete sie in eine enge
Gasse neben dem Laden. Das Herz klopfte ihr
bis zum Hals. Sie roch den fauligen Gestank
toter Fische, der einem Müllcontainer hinter
ihr entstieg. Es würgte sie. Sie musste weg.
Gerade wollte sie ihr Versteck verlassen,
als ihr Handy klingelte. Sie traute ihren
Augen kaum. Die E-Mail stammte von -
```

An dieser Stelle endet die E-Mail.

Mit zitternden Fingern schiebe ich mein Handy in die Tasche meiner Strickjacke.

Mir ist heiß.

Und kalt.

Ich bin sicher, dass Stiefmutter mir diese Mail gerade eben geschrieben hat. Ganz bestimmt wurde sie von einem Computer in Riddels Laden durch das Cyberspace direkt in mein Handy geschickt.

Was soll ich jetzt bloß machen? Was –

«Elizabeth!»

Ich springe aus den Schuhen – nicht wörtlich, aber genau so fühlt es sich an.

Es ist Stiefmutter.

«Ich dachte mir doch, dass du das bist», sagt sie.

Mir bleibt nichts anderes übrig, als aus der Gasse zu treten.

«Was machst du denn hier?», fragt Stiefmutter. «Beim Müll?»

«Ich ... ich habe ... mein Fahrrad gesucht. Ach, da ist es ja!», sage ich und gehe zu *Mrs. Little's Fish-'n'-Chips*-Bude zurück, wo mein Fahrrad steht. «Ich wusste nicht mehr, wo ich es abgestellt habe.»

Stiefmutter mustert mich von Kopf bis Fuß. «Warum hast du mir nicht gesagt, dass du in die Stadt willst?»

«Ich muss dir doch nicht alles erzählen, oder?»

Sie lacht. «Nein, *alles* musst du mir nicht erzählen. Aber vielleicht hin und wieder ein *bisschen*.»

Ich bin froh, dem Fischgestank zu entkommen, aber Stiefmutters viel zu süßes Parfüm ist auch nicht viel besser.

«Hast du deine Geschichte abgegeben?», frage ich.

Sie wirkt überrascht. «Ja, habe ich, stell dir vor.»

Lügnerin.

Sie streicht sich einige Haare aus den Augen. Einer ihrer Fingernägel ist abgebrochen. Seine scharfe Kante sieht gefährlich aus. Damit könnte man jemandem direkt ins Herz stechen.

Sie folgt meinem Blick. «Ich bin vorhin vom Rad gefallen», sagt sie. «Zum Glück habe ich mir dabei nur den Fingernagel abgebrochen.» Sie streckt die Hand mit dem abgebrochenen Nagel in meine Richtung.

Ich zucke zusammen.

Sie lacht auf. «Was ist denn mit dir los? Du machst ein Gesicht, als wollte ich dir die Kehle aufschlitzen. Ich will doch nur meinen Nagel glattfeilen.»

Sie fasst über meine Schulter und fährt mit dem Fingernagel über die Ziegelsteinmauer, als wäre sie eine Nagelfeile, auf und ab, dann nach rechts und nach links, um ihm eine Form zu geben.

Wie eklig ist das denn?

Stiefmutter bläst sich den Staub von ihrem Finger. «Das sollte reichen, bis ich nach Hause komme», sagt sie und schaut sich um. «Ich bin hier fertig. Kommst du mit mir zurück?»

«Ich habe noch ein paar Sachen zu erledigen», erkläre ich.

«Sachen?»

Jetzt, wo sie extra danach fragt, weiß ich genau, was ich

zu tun habe. Ich will Mr. Riddel einen Besuch abstatten.
«Ich muss in den Schreibwarenladen.»

Sie richtet ihren Röntgenblick auf mich. «Warum denn das?»

«Warum?», sage ich. «Weil ich ein Notizheft brauche.»

«Ach, wirklich?» Wieder mustert sie mein Gesicht.

Ich denke nicht, dass sie mir glaubt.

Wir sind also quitt.

Ich sehe ihr nach, wie sie in der Menge verschwindet.

Bei Mr. Riddel hängt eine Kuhglocke über der Ladentür. Sie macht einen Heidenlärm, als ich eintrete.

Mr. Riddel ist am Telefon und lotst jemanden durch irgendein Computerproblem. Es klingt, als hätte er gerade erst angefangen und würde einige Zeit brauchen. Gut – in der Zwischenzeit kann ich ein bisschen herumschnüffeln.

Mr. Riddel wandert auf und ab, was mir Gelegenheit gibt, ihn zu betrachten. Er ist ziemlich groß und dünn und viel älter als Dad. Seine langen, schlohweißen Haarsträhnen hat er zum Pferdeschwanz zurückgebunden; außerdem hat er ein langes Ziegenbärtchen. Er trägt superenge Jeans, Cowboystiefel aus Schlangenleder und ein Batikshirt von *Grateful Dead*, auf dem ein Skelett Banjo spielt. Sein Gürtel hat eine riesige Indianer-Silberschnalle mit einem Türkis in der Mitte.

Der Mann ist derartig gruselig ...

In diesem Laden sieht es definitiv schlimmer aus als in meinem Zimmer. Überall liegt Technikkram herum:

Drähte und Kabel, LCD-Bildschirme, große und kleine, Telefone und uralte Plattenspieler. Eine monstergroße Computertastatur in Beige bedeckt die Hälfte eines Tisches. Sie sieht aus wie ein billiges Plastikspielzeug. Ich schaue genauer hin.

Aha! Das ist der Atari, von dem Mack gesprochen hat. Ein Computer aus dem Mittelalter. Der Bildschirm daneben nimmt den restlichen Platz des Tisches ein.

Überall liegen glänzende grüne Platinen herum. Sie stammen vermutlich aus toten Faxgeräten, Telefonen und Druckern. Von oben besehen erinnern sie mich an Luftaufnahmen von Miniaturstädten.

Mr. Riddel ist immer noch am Telefon.

Auf dem Weg in den angrenzenden Raum komme ich an einem Ständer mit Batterien vorbei. Ich beschließe, ein paar AAA-Batterien zu kaufen.

Es riecht nach Räucherstäbchen hier hinten.

Auf einer langen Arbeitsfläche sind verschiedene Handys ausgestellt. Einen Schreibtisch gibt es auch, mit einem Computer, einem Tesa-Abroller, einem uralten Kassettenrecorder mit CD-Deck und einem Festnetztelefon. Vermutlich ist es Mr. Riddels Arbeitsplatz, an dem er Bestellungen aufgibt und so was. Eine leere Teetasse fällt mir auf, ein Brieföffner, ein Stapel Papiere, Stifte und –

Mir stockt der Atem. Denn was liegt für alle sichtbar mitten auf Mr. Riddels Schreibtisch? Ein Umschlag mit dem Logo von Hotel Ainsley Castle. Es ist der Umschlag, den Stiefmutter ihm gegeben hat! Er ist aufgeschlitzt, und sein Inhalt liegt auf dem Tisch: ein kleiner, oranger USB-Stick von der Größe eines Würfelzuckers und ein Notizzettel mit Stiefmutters Handschrift. Er beginnt mit «Lieber Tyrone».

Ich kann kaum glauben, dass sie Mr. Riddel beim Vornamen nennt. Als wären sie beste Freunde. «Lieber Tyrone, anbei alles, was du brauchst, einschließlich der Texte. Sie ahnt –»

«Wie kann ich dir denn helfen, junge Dame?»

Ich schnappe nach Luft.

«Oje, ich wollte dich nicht erschrecken», sagt Mr. Riddel.

Mir ist der kalte Schweiß ausgebrochen. Meine Ohren beginnen zu jucken. Meine Hände sind feucht. Die Packung mit den Batterien fällt mir aus der Hand.

Mr. Riddel hebt sie auf. «Willst du die haben?»

Ich schüttle den Kopf. Ich muss sofort hier raus.

Wenn ich das Mack erzähle: Mr. Riddel und Stiefmutter sind Komplizen!

14. Kapitel

Rosa Schwäne

Ich hatte einen wirklich aufregenden Vormittag und habe Mack viel zu erzählen. Ich bin zwar nicht ganz sicher, was das alles zu bedeuten hat, aber zusammen kommen wir bestimmt dahinter.

Das Wetter ist umgeschlagen. Als es Zeit wird, mich mit Mack zu treffen, schüttet es draußen. Ich nehme die Abkürzung durch das Hotel zum Personaleingang: vom Schmutzraum ins Hotelfoyer, das zur vorderen Eingangshalle führt, dann mit dem Serviceaufzug ein Stockwerk hinunter.

Es ist fast zwei Uhr, als ich endlich vor der Doppelschwingtür mit dem Schild *Nur für Personal* stehe. Die Flügel schwingen auf ... und ein Ehepaar kommt heraus, beide sogenannte Wellnesstherapeuten, die ich auch von der Hotelbroschüre kenne. Sie machen Anwendungen mit komischen Namen wie Lomi Lomi oder Abhyanga. Sie grüßen mich – und ein Aroma von Pfefferminz zieht hinter ihnen her.

Um fünf nach zwei Uhr kommt die Buffetdame,

Mrs. Freebairn, durch die Tür. Sie ist eine dralle Mittsechzigerin mit hummerrot gefärbtem Haar. Sie trägt nur traditionelle Kleidung im Schottenmuster zur Arbeit: wadenlange Kiltröcke, weiße Blusen mit Puffärmeln und passende Karostolen, die sie über die Schulter wirft und mit einer juwelenbesetzten Brosche feststeckt. Mir ist aufgefallen, dass sie immer eine große, schwere Lederhandtasche mit sich herumschleppt. Die erinnert mich an die Arztkoffer in alten Spielfilmen. Sie hat sie auch jetzt bei sich.

«Oh, hallo, Elizabeth, Liebes», sagt sie, als sie mich sieht. «Kann ich dir irgendwie behilflich sein?»

Verlegen schüttele ich den Kopf. «Ich warte nur auf jemanden. Er hat sich verspätet.»

«Er?», hakt sie mit einem Zwinkern ein.

Mrs. Freebairn ist die einzige Person, die mich Elizabeth nennen darf, ohne dass ich sie verbessere. Sie ist ein durch und durch netter Mensch, jemand, der keine Angst hat, kreischenden Kindern mitten in einem Wutanfall die Wange zu streicheln. Es ist verblüffend, wie sehr die Kinder das beruhigt und wieder zu normalen Menschen macht. Außerdem begrüßt sie sämtliche Hotelgäste mit Namen, was alle lieben. Sie kriegt bestimmt jede Menge Trinkgeld. Vielleicht trägt sie deshalb diese Riesentasche mit sich herum. Entweder das, oder sie plündert das Buffet.

Wenn es gute Feen wirklich gäbe, hätte ich Mrs. Freebairn in Verdacht. Ich wünschte von ganzem Herzen, sie wäre meine.

«Kenne ich ihn vielleicht?», fragt Mrs. Freebairn.

«Wen?»

«Dein Date.»

«Oh.» Ich werde rot.

«Wie auch immer: Achte nur darauf, dass du zu Hause bist, ehe die Uhr zwölf schlägt», sagt sie mit einem sanften Lächeln. Sie wirft einen Blick auf ihre Armbanduhr. «Zwölf Uhr Mitternacht, natürlich.»

Als Nächstes kommen drei polnische Zimmermädchen, gefolgt von zwei schwulen Kellnern aus Finnland, die sich fröhlich unterhalten. Mack ist nicht bei ihnen. Inzwischen ist es zehn nach zwei. Ich frage mich, ob er unser Date vielleicht vergessen hat – oder etwas anderes dazwischengekommen ist. Ich schaue auf mein Handy, ob er mir eine Nachricht geschrieben hat.

Hat er nicht.

Um halb drei komme ich zu dem Schluss, dass Mack nicht auftauchen wird.

Ich könnte heulen.

Ich kehre in die Wohnung zurück, gehe in mein Zimmer hinauf und schließe die Tür hinter mir ab. Ich will nicht, dass Stiefmutter hereinplatzt. Ich will mit *niemandem* reden. Nicht einmal mit Dad, der sowieso nicht da ist.

Wie blöd war ich, mit einzubilden, ich hätte auf dieser schrecklichen, trostlosen Insel einen Freund gefunden.

Ich hole das Tuch meiner Mutter aus der Kommode. Ich schmiege mein Gesicht in die Seide ...

Das ist doch lächerlich! Ich werde nicht eine Sekunde länger in meinem Zimmer hocken und meine Wunden lecken. Ich gehe eine Runde schwimmen!

Ich lege das Tuch an seinen Platz zurück, ziehe mir meinen orangen Badeanzug an und darüber den samtigen Bademantel, den Maisies Mutter mir letztes Jahr auf Mallorca gekauft hat. Blassrosa Schwäne mit leuchtend orangen Schnäbeln schwimmen in einem knallpinken Teich mit türkisen Wellenlinien. Stiefmutter hat vor kurzem Flipflops in Knallpink und Orange entdeckt, die wunderbar dazu passen, und obwohl es mir unangenehm ist, Geschenke von ihr anzunehmen, muss ich zugeben, dass die Flipflops zusammen mit dem Bademantel und meinem Badeanzug richtig gut aussehen.

Ich verlasse das Haus und gehe schnell zum Badehaus und Wellnessbereich hinüber. Beim Eintreten bemerke ich auf den Stufen etwas Glänzendes. Es ist ein alter Penny. Ich stecke ihn in die Tasche meines Bademantels. Einen Glückspenny kann ich gut gebrauchen: Mein Leben steht eindeutig unter keinem guten Stern.

Das normale Becken wird von einer Gruppe Wasseraerobic-Freaks belegt, überwiegend Frauen in den Fünfzigern und Sechzigern mit schlabbrigen Oberarmen. Mit kleinen Schaumstoffhanteln tanzen sie zu lauter, fröhlicher Discomusik.

Ich flüchte in den Wellnessbereich, laufe den Schwitzkorridor (mein Name dafür) mit den verschiedenen Saunen entlang und gehe in den Außenbereich, in dem sich ein beheiztes Langschwimmbecken befindet.

Ich bin die Einzige hier draußen. Es hat aufgehört zu regnen, aber die nächsten grimmigen Wolken ballen sich bereits zusammen.

Ich gleite durch das Becken, das Wasser trägt mich, es schmiegt sich an mich. Ich schwimme die Bahn hinauf und wieder hinab, hin und her, mit gleichmäßigen Zügen, atme ein, atme aus, keine Frauen mit schlabbrigen Oberarmen versperren mir den Weg, keine Aerobic-Musik, keine Schaumstoffhanteln. Meine verletzten Gefühle schmerzen immer noch, aber vielleicht ein kleines bisschen weniger.

Müde vom Schwimmen klettere ich schließlich auf eine Luftmatratze und lasse mich treiben ...

Ich schlage die Augen auf.

Offensichtlich bin ich beim Dahintreiben eingedöst. Wie lange war ich weg?

Etwas spritzt mir ins Auge.

Es regnet. Schon wieder.

Ich. Hasse. Dieses. Wetter.

Ich rolle von der Luftmatratze, schwimme zum Rand und steige aus dem Becken.

Hastig schlüpfe ich in meinen rosafarbenen Schwanenbademantel und in meine Flipflops und eile ins Trockene. Ich gehe durch den Spa in Richtung Ausgang, durchquere den Schwitzkorridor, vorbei an der Finnischen Sauna, dem Maurischen Dampfbad, dem Salzdampfbad, dem Laconium, was immer das sein soll, dem Tauchbecken und der –

Hä?

Ein seltsamer Anblick lässt mich wie angewurzelt stehen bleiben. An einem Kleiderhaken vor dem Tepidarium hängt ein Bademantel, der genauso aussieht wie meiner: blassrosa Schwäne mit orangen Schnäbeln gleiten über einen leuchtend pinken Hintergrund mit türkisfarbenen Wellen.

Direkt darunter steht ein Paar Flipflops genau wie meine, nur dass sie Türkis und Orange sind statt Grellpink und Orange.

Der Bademantel und die Flipflops haben meine Größe.

Auch der Stoff des Mantels fühlt sich gleich an. Der gleiche flauschige Frottee wie bei mir. Ich fahre mit der Hand über den Stoff und lasse sie in der rechten Tasche verschwinden, greife tief hinein –

Was?!

Meine Hand kommt mit einem alten Penny wieder zum Vorschein.

Erschrocken lasse ich ihn fallen. Er landet mit einem leisen Klimpern auf dem Boden, wo er noch ein, zwei Male hochspringt. Ich hebe ihn hastig wieder auf und lasse ihn schnell in die Tasche fallen wie eine heiße Kartoffel.

Ich greife in meine eigene Tasche. Der Penny, den ich draußen vor dem Badehaus gefunden habe, ist noch da.

Ich habe Angst.

Wie hoch ist die Wahrscheinlichkeit, dass jemand anderes einen Bademantel mit rosa Schwänen in meiner Größe besitzt? Und dass ein alter Penny in der rechten Tasche steckt?

Wem auch immer dieser Bademantel gehört, muss im Tepidarium sein. Vorsichtig öffne ich die Tür.

Es ist dunstig hier drinnen, und ich kann kaum etwas erkennen.

Die Tür fällt mit einem Klicken hinter mir zu.

Als sich der Dunst ein wenig legt, sehe ich schemenhafte Umrisse, die – oh! Das sind Riesenmenschen!

Aber dann erkenne ich, dass es nur Statuen sind.

Hier ist niemand. Jedenfalls niemand Lebendiges.

Unheimlich ist es trotzdem. Alles ist aus Stein und mit kleinen weißen Mosaikfliesen bedeckt. Wände. Boden. Liegen. Säulen.

Es ist makellos. So wie man sich einen Wartesaal zum Himmel vorstellen würde. Weiß, rein, spiegelblank.

Ich gehe in den Korridor zurück, wo mich kühlere Luft umweht.

Der Bademantel ist vom Haken verschwunden.

Die Flipflops ebenfalls.

15. Kapitel

Das Mädchen

Ich wünschte, ich könnte mit Dad reden. Aber ich weiß, wenn ich ihn anrufe, lande ich doch nur auf seiner Mailbox. Außerdem, was soll ich ihm erzählen? Die Wahrheit? Er würde denken, dass ich allmählich durchdrehe.

Denn das ist genau das, was ich denke.

Ich werde eine warme Dusche nehmen und mir frische Klamotten anziehen. Vielleicht sieht die Welt danach anders aus.

Als ich zur Tür hereinkomme, steht Stiefmutter in der Küche und telefoniert. Sie winkt mir zu, ohne mich auch nur anzusehen, ihre spitzen, roten Fingernägel schimmern im Licht der Deckenlampe. Den abgebrochenen Nagel hat sie repariert, wie ich sehe.

Ich zittere auf dem Weg nach oben. In meinem nassen Badeanzug und dem feuchten Bademantel bin ich durchgefroren bis auf die Knochen. Ich gehe vom Flur aus direkt ins Bad.

Das heiße Wasser ist eine Wohltat.

Als ich nach dem Duschen in mein Zimmer komme, merke ich nicht sofort, dass etwas nicht stimmt – nur dass ein Flügel des Erkerfensters offen steht und es reinregnet.

Merkwürdig. Ich kann mich nicht erinnern, ihn geöffnet zu haben. Ich mache das Erkerfenster überhaupt nur selten auf.

Ich schließe das Fenster, drehe mich um, und in diesem Moment springt es mir förmlich ins Gesicht: Jemand ist in meinem Zimmer gewesen. Die Kisten wurden an die Wand geschoben, zwei davon sind leer und flach zusammengelegt.

«Wie bitte?!»

Meine Augen hetzen durch den Raum.

Mein Bett ist gemacht! Das tue ich nie und habe es mit Sicherheit auch nicht getan, bevor ich schwimmen gegangen bin. Mein Nachthemd – das sehe ich erst jetzt – liegt akkurat zusammengefaltet auf der zusätzlichen Sommerdecke, die ebenfalls akkurat gefaltet am Fußende liegt.

Auch meine schmutzigen Klamotten liegen nicht mehr auf dem Boden, wo ich sie gestern fallen gelassen habe.

Ich reiße meinen Schrank auf. Alles hängt ordentlich auf Kleiderbügeln. Sogar meine graue Jogginghose und der Hoodie.

Ich ziehe eine der mittleren Kommodenschubladen auf. Meine T-Shirts sind sauber zusammengelegt und sogar nach Farben sortiert. Blaue, rote, sonstige, jeweils in getrennten Stapeln.

Ich ziehe die oberste Schublade auf. Moment! Das Seidentuch meiner Mutter fehlt. Ich habe es hier hineingetan. Ganz sicher!

Ich öffne eine Schublade nach der anderen und finde das Tuch schließlich in der untersten, zusammen mit einigen Gürteln und Stirnbändern und Haarreifen. Als ich das letzte Mal nachgesehen habe, war alles noch in der obersten Schublade.

Das ist Stiefmutters Werk! Wie kann sie es wagen? Es muss passiert sein, während ich schwimmen war.

Ich ziehe Jeans und T-Shirt an und springe die Treppe runter, immer zwei Stufen auf einmal, und stürme in die Küche.

Aber Stiefmutter ist mittlerweile nicht mehr da.

Ihr Parfüm kann ich allerdings noch riechen.

Sie hat mir eine Nachricht dagelassen: *Bin im Büro, falls du irgendetwas brauchst. Komme gegen sieben zurück. Regina.*

Ich laufe auf und ab, denke nach, schäume vor mich hin. Was soll ich tun? Es passiert so viel auf einmal. Soll ich zur Rezeption gehen und Stiefmutter den Kopf abreißen? Oder lieber Dad anrufen?

Ich höre ein Geräusch im Flur. Ist sie das?

Als sie nicht hereinkommt, gehe ich hinaus, um sie zur Rede zu stellen.

Doch da ist niemand.

Auch im Wohnzimmer ist niemand. Ich beschließe, dass das Geräusch aus dem Schmutzraum gekommen sein muss. Vielleicht eine Lieferung.

Ich gehe in die Küche zurück, setze mich hin und sehe eine Weile zu, wie es draußen tröpfelt und dann wieder aufhört.

Die Sonne kommt heraus.

Ich beschließe, Dad anzurufen.

Ganz in Gedanken gehe ich wieder hinauf, drücke leise meine Zimmertür auf, trete ein – und erstarre.

Zwei Menschen sitzen auf der Kante meines Bettes.

Ich kann ihre Gesichter nicht direkt sehen, denn ... sie *küssen* sich.

Auf *meinem* Bett.

Einen Moment lang sehe ich wie versteinert zu.

Er hat rotblonde Haare, fällt mir auf.

Und sie hat –

«Aahh!», schreit das Mädchen, als es mich in der Tür entdeckt.

Der Junge schreckt zusammen und dreht sich zu mir.

Es ist Mack. «Ach du Sch–»

Das Mädchen klappert mit den Zähnen.

Meine Zähne klappern ebenfalls.

Das Mädchen wimmert.

Ich ebenfalls.

Zentimeter für Zentimeter schiebe ich mich rückwärts aus der Tür, weiche zurück in den Flur, wo ich mich mit dem Rücken an die Wand presse.

Das muss ein Albtraum sein. Ich zittere am ganzen Körper. Gleich mache ich mir in die Hose.

Ich warte einen Augenblick. Dann spähe ich um die Ecke in mein Zimmer.

Das Mädchen sitzt immer noch auf der Bettkante.

Mack kauert in der Nähe meiner Kommode an der Wand.

Ich trete ins Zimmer. «Was geht hier vor?»

«Ich weiß es nicht», sagt das Mädchen.

Ich kenne diese Stimme.

Wir starren uns an.

Das Mädchen trägt meinen orangen Badenzug. Dabei kann ich durch die geöffnete Badezimmertür sehen, dass mein oranger Anzug noch zum Trocknen in der Dusche hängt.

Außerdem sehe ich meinen rosafarbenen Schwanenbademantel an einem Haken an der Tür hängen.

Wobei mir bewusst ist, dass der lose zusammengebundene Schwanenbademantel, den das Mädchen trägt, haargenau so aussieht.

Ich sehe sie an.

Und sie sieht mich an.

Sie sieht aus wie ich.

Und ich sehe aus wie sie.

Sie ist ich, und ich bin sie.

Die Anspannung ist unerträglich. Das Mädchen wird kreidebleich und sackt auf dem Bett zusammen.

Ich glaube, sie ist ohnmächtig geworden.

Vielleicht werde ich das auch gleich. In meinen Ohren dröhnt es. Geräusche verzerren sich zu einem statischen

Rauschen, als würde ich einen Radiosender hören, der nicht richtig eingestellt ist.

Mir ist schwindelig. Das Zimmer dreht sich.

Ich glaube, mir wird schlecht.

Ich laufe ins Badezimmer und übergebe mich.

Ich knie vor dem Klo, spüle und atme dann tief durch.

Jetzt geht es mir etwas besser.

Ich stelle mich ans Waschbecken, lasse mir Wasser über die Hände laufen, spüle mir den Mund aus und spritze mir kaltes Wasser ins Gesicht.

Ich trockne mich ab.

Dann schaue ich in den Spiegel.

Das bin ich, die ich dort im Spiegel sehe.

Ganz sicher.

Wer ist dann dieses andere Mädchen?

Mack und das Mädchen sind immer noch in meinem Zimmer. Also bilde ich es mir nicht ein, das hier passiert wirklich.

Mack steht jetzt neben meinem Schreibtisch, seine Augen sind so groß wie Untertassen.

Das Mädchen bewegt sich wieder. Ich sehe zu, wie sie sich im Bett aufsetzt. «Ich bin ohnmächtig geworden», sagt sie und massiert sich die Stirn. Mir fällt auf, dass sie meinen Haarreifen trägt. Den mit den Glitzersteinen.

Mack lässt sich auf meinen Schreibtischstuhl fallen.

Seine Hände zittern. Er presst sie zusammen, damit das Zittern aufhört.

Ich mache einen Schritt auf ihn zu.

«Nein!», faucht er mich an. «Komm nicht näher. Keine von euch.»

«Bitte sagt mir, was hier vorgeht», flehe ich und schaue zwischen den beiden hin und her.

Das Mädchen starrt einfach zurück.

Ich mache einen Schritt in ihre Richtung. «Wer *bist* du?»

«Wer bist *du*?», fragt sie zurück und zieht den Gürtel ihres Bademantels enger.

Sie klingt genau wie ich.

Wir drei starren uns an.

«Du hast einen Leberfleck unter der Nase», sagte Mack schließlich zu mir. Dann wendet er sich an das Mädchen. «Aber du nicht.»

Sie sieht ihn ausdruckslos an, ohne zu verstehen, warum das gerade so wichtig ist.

Aber er hat recht. Sie hat keinen Leberfleck.

«Darüber habe ich mich vorhin schon gewundert», sagt er zu dem Mädchen. «Außerdem habe ich mich gefragt, warum du so –»

«Was?», will das Mädchen wissen. «Warum ich so was?»

«Warum du nicht so komisch bist wie –» Er sieht mich an. «Sie.»

«Komisch?», frage ich.

Mack zuckt die Achseln. «Du weißt schon ... irgendwie lustig.»

Er findet mich also lustig. Wirklich? Warum lachen wir dann jetzt nicht?

Mack runzelt die Stirn. Seine Augen wandern zwischen mir und dem Mädchen hin und her. «Soll das irgendwie ein Scherz sein? Weil –» Er steht wütend auf. «Weil das nämlich echt bescheuert ist! Ihr seid Zwillinge und habt mir einen dämlichen Streich gespielt, stimmt's?»

«Nein! Auf keinen Fall!», sagen das Mädchen und ich wie aus einem Mund, als hätten wir es geübt.

«Oder doch?», sagen wir dann. Wieder im Chor.

«Vielleicht bin ich ein Zwilling und wusste es gar nicht», sagt das Mädchen.

Ich mache noch einen Schritt auf sie zu. «Und du bist ...?»

Sie setzt sich aufrechter hin.

«Dein Name?», frage ich – ziemlich herrisch, wie ich zugeben muss.

Sie schluckt. «Elizabeth.»

«Elizabeth?!», rufe ich.

Sie zuckt zusammen. «Ja. Aber alle nennen mich Betty.»

«Betty?», sagt Mack. «Ich dachte, du heißt Lizzy. Gestern Morgen in der Küche hast du Lizzy gesagt.»

Keine von uns beiden hört ihm wirklich zu, so sehr sind wir mit uns beschäftigt. Das Mädchen sieht mich an. «Und du? Wie heißt du?»

Ich schlucke. «Elizabeth.»

Sie gibt ein kleines Keuchen von sich. «Und alle nennen dich ...?»

«Holly», sage ich.

Keine Ahnung, warum mir gerade dieser Name eingefallen ist. Seltsam.

«Lizzy», sage ich dann und verdrehe die Augen. «Das hast du doch gehört. Alle nennen mich Lizzy.»

«Ach, stimmt.» Sie überlegt einen Moment. «Wir könnten trotzdem Zwillinge sein. Die bei der Geburt getrennt wurden. Vielleicht ist es bloß ein Zufall, dass wir beide Elizabeth heißen.»

Das ist mir hier alles viel zu abgefahren. Ich will Antworten.

Ich drehe mich um und greife nach meinem Rucksack. «Ich rufe jetzt sofort meinen Vater an.»

«Ist er denn nicht da?», fragt Betty ängstlich.

«Was kümmert es dich, ob er hier ist oder nicht? Er ist mein Vater, nicht deiner.» Meine Finger zittern, aber ich schaffe es trotzdem, das Handy aus meinem Rucksack zu ziehen. «Er hat ein Meeting. Auf dem Festland.»

Mack und das Mädchen starren mich an.

Ich tippe Dads Nummer, doch der Anruf wird sofort an die Mailbox weitergeleitet. Soll ich ihm eine Nachricht hinterlassen?

Ich lege auf. «Mailbox», sage ich. «Er wird zurückrufen, wenn er meine Nummer sieht.»

«Ist er das?», fragt das Mädchen und hält ein Handy in

die Höhe. Es ist das gleiche Modell wie meines. Sie wischt von hier nach da und zeigt mir dann ein Foto.

Es ist ein Foto von Dad, das ich ebenfalls besitze.

«Das ist mein Vater», sage ich.

«Er ist *mein* Vater.»

«Woher hast du das?» Ich schaue sie eindringlich an. «Was machst du hier?»

«Wieso?» Sie sieht sich um. «Das ist mein Zimmer.»

«Nein, ist es nicht!» Ich gehe auf sie zu. «Hast du mein Bett gemacht? Und meine Klamotten aufgehängt?»

«Es ist *mein* Bett», sagt sie. «Ich mache es jeden Tag. Und es sind *meine* Klamotten. Die hänge ich immer auf.»

«Es sind *nicht* deine Klamotten!»

«Sind sie doch!»

«Nein, sind sie nicht!», schreie ich zurück.

Falls Stiefmutter unten sein sollte, wird sie gleich raufkommen, um nachzusehen, was der Radau zu bedeuten hat.

Ich schließe die Tür ab. Für alle Fälle. Dann laufe ich ins Badezimmer und verriegele auch dort die Tür zum Flur. Wir halten die Luft an.

16. Kapitel
Schock

Alles bleibt ruhig. Wir atmen wieder auf.

Das Mädchen namens Betty geht ins Bad und kommt mit einem Glas Wasser zurück.

Ich setze mich auf meinen Drehstuhl und rolle zum Bett hinüber, auf dem sie nun sitzt und Wasser trinkt.

Mack zieht eine meiner Umzugskisten zum Bett. «Ist die schwer. Was ist da drin?»

«Brettspiele», sagt Betty. «Und altes Spielzeug.»

«Nein», widerspreche ich. «Bücher. Ich lese viel.»

Mack taxiert uns einen Moment, dann klappt er die Kiste auf. «Bücher», verkündet er.

Betty und ich mustern einander.

Mir fallen ihre Hände auf und dass sie an den Fingernägeln kaut. Eine schlechte Angewohnheit, die ich selbst auch einmal hatte.

Aber ihre Haare gefallen mir. Sie sind kürzer geschnitten als meine. Und sie werden durch das Haarband zurückgehalten, sodass ihr die Locken nicht in die Stirn fallen wie bei mir. Ehrlich gesagt sieht es richtig hübsch aus, auch wenn ich den Glitzer-Haarreifen nicht mag.

Ich merke, dass auch Betty meine Haare betrachtet.

«Du trägst sie länger als ich», sagt sie höflich. «Das sieht gut aus.»

Ich gebe Betty einen Punkt für soziale Kompetenz: Sie hat mir ein Kompliment gemacht und das Eis gebrochen. Trotzdem vermute ich, dass sie noch unter Schock steht. Denn mir geht es ganz genauso.

«Du trägst deine Haare nach hinten», bemerke ich. «Mit dem Haarreifen siehst du aus wie eine Disney-Prinzessin.»

«Das solltest du auch versuchen», sagt sie hilfsbereit. «Wenn dir die Haare nicht in die Stirn fallen, kriegst du auch keine Pickel. Das weiß ich von Regina.» Sie betrachtet mich prüfend.

Ich ziehe mir ein paar Locken in die Stirn.

Mack räuspert sich. «Entschuldigung, bin ich hier der Einzige, der diese Situation komplett bizarr findet? Warum unterhaltet ihr euch über Frisuren?»

«Ich stehe unter Schock», sage ich.

«Ich auch», sagt Betty.

Wir starren uns weiter an.

Betty kichert.

«Was ist?», frage ich.

«Es muss der totale Hammer für dich gewesen sein, uns beim Küssen zu erwischen», sagt sie. «Das tut mir echt leid, aber ... du hättest vorher anklopfen können.»

Das sagt sie in aller Unschuld.

«Anklopfen?», fauche ich sie an. «Das hier ist *mein* Zimmer! Warum sollte ich an meine eigene Tür klopfen?»

Betty seufzt. «Okay, okay. Ich hab's kapiert.» Sie lächelt Mack an.

Er lächelt zurück. Und ich spüre sofort ein unangenehmes Stechen im Bauch. Eifersucht, nehme ich an.

Aber kann ich wirklich eifersüchtig sein auf ... auf eine Illusion? Denn das ist sie doch wohl, oder nicht? Ein Hirngespinst, ein Produkt meiner Phantasie, wie Dad sagen würde.

«Du bist nicht real», sage ich zu dem Mädchen.

«Entschuldige mal? Ich sitze hier. Oder etwa nicht?»

«Du bist bloß ein Produkt meiner Phantasie», sage ich.

«Und *meiner*», sagt Mack. «Denn ich sehe sie auch.»

Da ist was dran.

«Wie kann ich nicht real sein, wenn Mack mich ebenfalls sieht?», fragt Betty. «Warum redest du überhaupt mit mir, wenn ich nicht real bin? Und warum bist du eifersüchtig auf mich?»

«Eifersüchtig?», kreische ich. «Wer ist hier eifersüchtig auf wen? Warum sollte ich auf *dich* eifersüchtig sein?»

«Weil er ... du weißt schon ... weil er mich geküsst hat. Vielleicht wünschst du dir, dass er mit *dir* zusammen wäre?»

«Du hast ihn doch gehört, oder?» Ich zeige auf Mack. «Er hat gerade gesagt, dass er dich für Lizzy gehalten hat. Ergo hat er dich für mich gehalten. Das Mädchen mit dem

Leberfleck unter der Nase. *Sie* hat er geküsst. Oder es jedenfalls gedacht.»

Betty ist getroffen. «Stimmt das?», fragt sie Mack. «Hast du gedacht, ich wäre sie?»

Mack sieht ein wenig verwirrt aus, nickt aber.

Bettys Gesicht verzerrt sich.

Zerknrischt schaut Mack auf seine Schuhe. «Ich weiß nur, dass ich eine Verabredung hatte. Um halb vier. Mit –» Er sieht mich an. Dann Betty. «Mit Lizzy. Das dachte ich jedenfalls.»

«Eigentlich», werfe ich ein, «waren wir um zwei verabredet. Aber du bist nicht aufgetaucht.»

«Ich hatte dir eine SMS geschickt, dass ich es nicht schaffe.»

«Hast du nicht.»

«Doch, hat er», sagt Betty. «Ich habe sie bekommen.»

«Du hast eine SMS bekommen, die für *mich* bestimmt war?», frage ich und werde immer lauter. «Und du hast sie gelesen?»

«Er hat sie an *mich* geschickt», beharrt sie.

«Ich hatte geschrieben», sagt Mack zu mir, «dass ich dich um halb vier treffen will. Und dass wir mit den Rädern zu dem Strand rüberfahren.»

«Zum Bildschirmschoner Strand?», frage ich.

Er nickt.

«Welcher ‹Bildschirmschoner Strand›?», fragt Betty verwirrt. «Ich dachte, wir wollten zum Hotelstrand runtergehen. Ich war im Pool und dann –»

«Du wolltest runter zum Bikini Beach?», frage ich Betty ungläubig.

«Zum Bikini Beach? Was ist das?», fragt sie zurück.

«He!», sagt Mack und steht auf. «Ihr beiden hört euch total durchgeknallt an. Ernsthaft.»

Er hat recht. Das ist alles verrückt.

Wenn ich es mir recht überlege, waren die letzten beiden Tage *nur* verrückt.

Mir geht plötzlich durch den Kopf, dass Betty vielleicht etwas mit dem Administrator und diesen merkwürdigen E-Mails zu tun haben könnte.

Ist *sie* etwa die Administratorin?

Andererseits wirkt sie viel zu harmlos für so etwas.

«Also», sage ich, um die letzten Minuten zusammenzufassen. «Macks Nachricht war offensichtlich für *mich* gedacht. Punkt. Aus. Ende.»

Betty beißt sich auf die Unterlippe, um nicht loszuheulen. «Ich bin so durcheinander. Total durcheinander.»

Fasziniert sehe ich zu, wie sie an ihrer Lippe nagt, was auch ich mitunter tue, wenn ich richtig verzweifelt bin.

«Ich glaube, wir sind alle durcheinander», sagt Mack. Er geht zum Fenster und schaut einen Moment hinaus, ehe er sich wieder umdreht. «Es muss eine logische Erklärung geben für das, was hier passiert. Es *muss*. Doppelgänger tauchen nicht einfach aus dem Nichts auf. Es sei denn –»

«Was?», frage ich.

«Vielleicht solltest du von vorn erzählen», sagt er zu mir. Dann zeigt er auf Betty. «Ihr zuliebe.» Er schweigt einen Moment und fügt dann hinzu: «Und uns zuliebe auch.»

17. Kapitel

Langsame Leserin

Ich bin mir nicht sicher, womit alles angefangen hat. Mit dem ersten Schwindelanfall? Oder mit meinem gruseligen wiederkehrenden Albtraum über Stiefmutter? Oder mit den seltsamen E-Mails von administrator@bbm_ac.com? Und dann die ganzen Ungereimtheiten der letzten beiden Tage: dass ich erst dachte, das Büro meines Vaters wäre durch das Badezimmer mit meinem Zimmer verbunden. Oder dass das Seidentuch meiner Mutter nicht in der Kiste mit der Aufschrift *Persönlich – Hände weg!* war, sondern in der Kommode. Oder das plötzliche Auftauchen einer Steintreppe bei der Kapelle ...

Betty hört meiner Geschichte gebannt zu und knabbert dabei an ihren Fingernägeln. Nach ihrer Reaktion zu urteilen, kommen ihr einige Dinge bekannt vor.

«Mir ist heute Morgen auch schwindelig geworden», sagt sie aufgeregt, als ich mit meiner Erzählung fertig bin. Dann sieht sie zu Mack hinüber – und wird rot. «Und offensichtlich kennen wir beide Mack. Aber –»

Ich verdrehe die Augen. Dass wir Mack beide «kennen»,

behagt mir nicht. Das ist viel zu verrückt. Ob Betty auch schon in seiner Einsatzzentrale war?

«Aber», fährt Betty fort, «ich habe niemals komische E-Mails von jemandem bekommen, der klingt, als ob er mich stalken würde. Das ist total unheimlich. Und dass du Regina nicht magst, kann ich gar nicht verstehen. Sie ist supernett zu mir. Ich freue mich für Dad, dass er sie heiratet. Es tut ihm nicht gut, allein zu sein. Mutters Tod ist mehr als fünf Jahre her. Und –»

«Moment!», unterbreche ich sie. «Deine Mutter ist vor *fünf* Jahren gestorben?»

Sie seufzt. «Es war eine schreckliche Zeit. Ich war acht.»

«Du warst *acht*? Du kannst dich an deine Mutter erinnern?»

«Natürlich.»

Heftiger Neid steigt in mir auf. «Ich kann mich nicht an meine Mutter erinnern. Sie starb, als ich drei war.»

Betty sieht mich verblüfft an.

«Ich schätze, damit hat sich die Frage erledigt, ob wir Zwillinge sind», sage ich.

«Und warum?», will Betty wissen.

Langsam wird mir klar, dass Betty vielleicht gute Sozialkompetenzen hat, aber die hellste Kerze auf der Torte ist sie definitiv nicht. «Wenn wir Zwillinge wären», erkläre ich langsam, «wäre unsere Mutter ein und dieselbe Person und nur einmal gestorben.»

«Ach so, stimmt. Ich –»

«Entschuldigung», sagt Mack, «ich hoffe, ihr habt

nichts dagegen, wenn ich diese deprimierende Unterhaltung unterbreche?» Er sieht mich an. «Warum zeigst du ihr nicht einfach die E-Mails, Lizzy? Wir sollten alle auf dem gleichen Stand sein.»

«Aber ich bin noch nicht ganz fertig. Ich muss euch noch erzählen, was heute passiert ist. Dazu bin ich noch gar nicht gekommen.»

Also erzähle ich ihnen, wie ich Stiefmutter gefolgt bin. Dass sie gesagt hat, sie wolle zum Wicken Weekly, stattdessen aber einen Umweg genommen und zu Mr. Riddels Haus gefahren ist, ihn aber nicht angetroffen hat. Dass sie anschließend in die Stadt gefahren und in seinen Laden gegangen ist. Und dass sich in ihrem Umschlag ein USB-Stick befunden hat. «Kurz gesagt», fasse ich zusammen, «sie hat mich angelogen. Sie hat gesagt, sie will ihre Geschichte abliefern.»

«Ich gebe zu, das klingt ein bisschen verdächtig», sagt Betty, «aber vielleicht hat sie die Geschichte trotzdem abgegeben. Vielleicht ist es dir einfach entgangen. Du hast ja gesagt, du hättest sie in der Stadt für ein paar Minuten aus den Augen verloren.»

«Aber was ist mit dem Umweg über den Strandweg?», lasse ich nicht locker. «Ich glaube, sie wollte Mr. Riddel unter vier Augen sprechen und ist deshalb zu seinem Haus gefahren. Allerdings war er schon weg.»

«Vielleicht», sagt Betty. «Andererseits hat sie den Weg vielleicht nur genommen, weil er eine tolle Aussicht bietet.»

«Nein. Sie ist zu ihm gefahren, damit er mir eine weitere E-Mail ohne IP-Adresse schickt.» Ich wische über mein Smartphone. «Die hat sie mir geschickt, während sie in seinem Laden war.»

Ich zeige ihnen die E-Mail, die ich bekommen hatte, als ich mich in der Gasse versteckte, und die genau beschreibt, wie ich in der Gasse mit dem widerlichen Fischgestank stehe.

Betty wird ganz bleich. «Du denkst also, Regina hätte dir das geschickt? Aber warum?»

«Das genau wollen wir ja herausfinden», sagt Mack.

Betty deutet auf mein Smartphone. «Zeig mir bitte die anderen E-Mails.»

Ich gehe zu meinem Computer und rufe die E-Mails auf. Betty setzt sich auf meinen Drehstuhl und beginnt zu lesen.

Ich lasse mich erschöpft aufs Bett fallen.

Mack rutscht auf der Bücherkiste herum. Es sieht nicht sonderlich bequem aus.

Ich sollte Dad bitten, mir einen Sessel für Besucher zu besorgen.

«Oh. Mein. Gott.» Betty sieht von den E-Mails auf und wendet sich auf dem Drehstuhl zu uns um. «Die Sache mit Macks schiefem Eckzahn stimmt total.» Sie kichert.

Mack wird rot. Er steht auf, geht zum Erkerfenster und öffnet einen Flügel. Von den Tennisplätzen hören wir das dumpfe Aufschlagen der Bälle, die im steten Rhythmus hin und her fliegen. *Plop-Plop-Plop.*

Betty wendet sich wieder den E-Mails zu.

Wir warten.

Und warten.

Betty ist nicht nur nicht die hellste Kerze auf der Torte, bis sie eine Seite zu Ende gelesen hat, geht die Sonne mindestens zweimal auf ...

Plop-Plop-Plop.

Endlich ist sie fertig.

Sie sieht zuerst mich an.

Dann Mack.

Und dann wieder mich.

«Und?», frage ich.

«Ich denke, wir sollten die Mails Dad zeigen», sagt sie. «Wir müssen unbedingt einen Erwachsenen einweihen.»

«Er geht ja nicht ran.»

«Dann Regina.»

«Nein.» Langsam geht sie mir auf die Nerven. «Kapierst du es denn nicht? Sie ist doch diejenige, die die E-Mails verschickt.»

«Hey», sagt Mack, der vom Fenster zurückkommt und sich wieder auf die Bücherkiste setzt. «Kein Grund, sich anzumotzen.» Jetzt sieht er uns beide an. «Hört mir mal genau zu.»

Und das tun wir.

«Wir stecken hier mitten in einer total komplizierten Sache. Deshalb müssen wir einen Schritt nach dem anderen machen.» Er wartet einen Moment, vergewissert sich, dass wir auch wirklich zuhören. «Wir haben hier zwei Dinge, die miteinander konkurrieren. Da sind zum einen die E-Mails, richtig? Wer schreibt sie? Wer verschickt sie? Woher weiß diese Person, was in Lizzys Kopf vorgeht? Zum anderen haben wir euch beide. *Doppelgänger.* Und die Frage, wie so was überhaupt möglich ist. Wir können beides als Einzelprobleme betrachten, die nichts miteinander zu tun haben. Oder sie sind beide Teile eines einzigen Puzzles und gehören zusammen. Was ich für wahrscheinlicher halte. Die Frage ist: *Wie* gehören die E-Mails mit euch Doppelgängern zusammen? Erst wenn wir das herausgefunden haben, können wir, falls nötig, Alarm schlagen.»

«Du meinst, die Erwachsenen dazuholen, oder?», fragt Betty.

«Ja», sagt Mack. «Wenn wir verstehen, was hier vor sich geht, können wir, wenn es sein muss, die Erwachsenen mit einbeziehen.»

«Aber vielleicht können uns die Erwachsenen jetzt schon helfen, das alles zu verstehen», wendet Betty ein. «Vielleicht sind wir ja in Gefahr und brauchen ihren Schutz.»

Mack schüttelt den Kopf. «Hast du mal den Film *E. T.* gesehen? Denk daran, was passiert ist, als die Erwachsenen auf den Plan traten.»

«Sie haben ihn fast umgebracht», sagt Betty.

«Eben. – Ich mag gar nicht daran denken, was passiert, wenn sie sehen, dass es zwei von euch gibt, kapierst du?

Die Leute hier kennen nur eine Elizabeth. Sie würden Experten einschalten, DNA-Spezialisten und Psychiater.»

Betty wird blass. «Nein!»

«Ich sage ja nicht, dass das unbedingt passieren wird.»

«Aber du willst damit sagen», fasse ich das Ganze zusammen, «dass *du* das Puzzle selbst zusammensetzen willst.»

«Ich denke schon. Ja.»

Wieder wirft er mir dieses verschmitzte Lächeln zu, als wären wir Komplizen, als teilten wir ein großes Geheimnis. Und vielleicht tun wir das auch. Denn ich beginne langsam zu begreifen, wer Mack ist und wie er tickt. Er ist ein Problemlöser durch und durch, noch dazu ein sehr ehrgeiziger, jemand, der einfach nicht aufhört, ehe er den Code geknackt hat.

Er ist ein Tüftler.

Und ich bin die Aufgabe.

«Deshalb bleiben die Erwachsenen erst mal draußen», sagt Mack.

Betty runzelt die Stirn. «Also nur wir drei gegen ... den Rest der Welt?»

«Ich denke schon», sagt Mack.

Betty seufzt.

«Abgemacht?», fragt Mack.

Wir nicken.

18. Kapitel

Rot gegen Blau

Betty ist im Badezimmer, und zieht sich um. Jeans, ein Top, meine alten Sportschuhe.

Mack und ich sitzen da und lauschen dem *Plop-Plop-Plop* der Tennisbälle draußen.

Betty kommt aus dem Bad und lässt sich aufs Bett fallen. «Ich habe nachgedacht», sagt sie. Sie holt tief Luft. «Die E-Mails. Irgendwie hören sie sich an wie ... wie ein Buch.»

Irgendwie hören sie sich an wie ein Buch.

«Ich weiß», sage ich. «Echt schräg.»

Im nächsten Moment merke ich, wie es in meinem Kopf *Klick* macht. Riegel für Riegel fährt zurück, *Klick-Klack-Klack*. Eine Tür geht auf. Und ein Gedanke schlüpft heraus.

Ich schnappe ihn mir.

Es ist der Gedanke, der mir seit gestern ständig entwischt. Ich hatte ihn eine Nanosekunde lang, als ich mit Mack auf der Bank saß, aber dann war er fort.

Und jetzt ist er wieder da.

Der Gedanke ist so radikal, so unvorstellbar, dass es mir den Atem verschlägt.

Jetzt begreife ich auch, warum er mir entwischt ist: Ich hatte Angst vor dem, was er bedeutet.

«Was ist?», sagt Mack.

Bettys Augen werden schmal. «Du machst mir Angst», sagt sie. «Du solltest mal dein Gesicht sehen. Du beißt dir auf die Lippe.»

Sie hat recht. Ich kann Blut schmecken. «Okay, ich sage euch, was ich denke», sage ich mit dünner Stimme. «Es *klingt* nicht nur wie ein Buch. Es *ist* vielleicht eins.»

Mack atmet auf, als sei ihm eine schwere Last von den Schultern genommen. «Genau.»

Wahrscheinlich weiß er es schon eine ganze Weile, zumindest seit gestern Abend, hat aber darauf gewartet, dass ich endlich dahinterkomme. Außerdem kam noch Betty dazu, was alles noch komplizierter machte.

Meine Worte wirken in mir nach: *Es klingt nicht nur wie ein Buch. Es ist vielleicht eins.*

«Aber der Gedanke ist ... ungeheuerlich», sage ich. «Denn ... das würde bedeuten ... es würde bedeuten, dass ich ...»

«Was?», ruft Betty. «Was würde es bedeuten?» Sie tappt im Dunkeln, hat immer noch keine Ahnung, was hier eigentlich los ist. «Was?»

«Es würde bedeuten», sagt Mack, «dass Lizzy ... eine Figur in einem Buch ist.»

Ein kalter Schauer läuft mir über den Rücken.

«Eine was?», fragt Betty.

«Eine. Figur. In. Einem. Buch», sage ich immer genervter. «Was gibt's daran nicht zu verstehen?»

«Alles! In welchem Buch? Hat jemand über dich geschrieben? Und was hat das mit dem zu tun, was hier passiert?»

«Sie ist eine Figur in *diesem* Buch!», sagt Mack mit einer weit ausholenden Armbewegung.

«Willst du damit sagen, dass *das hier* ein Buch ist?» Betty macht ebenfalls eine weit ausholende Bewegung. Ihre Augen huschen von mir zu Mack. «Aber wenn Lizzy eine Figur in einem Buch sein soll, in *diesem* Buch, dann bedeutet das doch, dass wir *alle* Figuren wären.»

«Korrekt», sagt Mack. Er zuckt die Achsel: «Aber mach dir deswegen keinen Kopf.»

Betty wird blass. «Ich soll mir keinen Kopf machen?» Sie stampft mit dem Fuß auf wie ein Kleinkind, das einen Wutanfall hat. «Das kann einfach nicht sein!»

«Was spielt es für eine Rolle, ob es sein kann oder nicht?», sagt Mack. «Fakt ist, dass es wahrscheinlich so *ist*. Es ist eine absolut logische Erklärung.»

«Du findest es *logisch*, dass Lizzy eine Figur in einem Buch ist und wir deswegen auch?»

«Das schließt nicht aus, dass es auch noch andere schlüssige Erklärungen gibt», sagt Mack taktvoll.

Einen Moment lang bin ich erleichtert. Genau! Es muss noch eine andere logische Erklärung geben, die wir nur noch nicht sehen.

«Aber», sagt Betty, die mit einem Gedanken ringt. «Aber wenn das hier ein Buch ist, dann ... würde es ja bedeuten, dass ... wir gar nicht real sind.»

Bei dem Gedanken bleibt mir die Luft weg.

«Wer kann schon sagen, was real ist und was nicht?», sagt Mack. «Das ist lediglich eine Frage der Definition. Nur ein Beispiel.» Er hebt seinen Rucksack hoch. «Welche Farbe hat der?»

Ich kann Betty ansehen, dass sie ihn für verrückt hält.

«Welche Farbe?», fragt Mack noch einmal.

«Blau», sagt Betty argwöhnisch.

Er sieht mich an.

«Blau», sage ich.

Mack stellt den Rucksack wieder ab. «Ich würde auch sagen, dass er blau ist. Sind wir uns alle einig, dass die Farbe, die wir hier sehen, Blau ist?»

Betty und ich nicken.

Worauf will er hinaus?

«Tja», sagt Mack. «Wie man herausgefunden hat, *sehen* wir in Wirklichkeit aber nicht alle die gleichen Farben.»

«Das verstehe ich nicht», sagt Betty.

«Wissenschaftler gehen davon aus, dass dein Blau auch mein Rot sein kann. Oder umgekehrt. Oder irgendeine andere Farbe. Dein Rot ist mein Gelb. Worauf es hier eigentlich ankommt, ist, dass wir die Farbe, die jeder von uns hier sieht, als Blau *bezeichnen*. Wir nennen sie *Blau*. Darauf haben wir uns verständigt.»

Das ist mir ein bisschen zu hoch, was erst recht für

Betty gelten muss, aber ich versuche, es trotzdem zu verstehen. «Willst du damit sagen, wenn wir das, was wir hier erleben, als real definieren, dann *ist* es auch real?»

Betty sieht verloren aus.

Aber Mack grinst mich an. «Genau. Es ist nur eine Frage der Definition.»

Ich versuche, das in meinen Schädel zu bekommen.

«Allerdings ...», fährt Mack fort.

Ich wusste es. *Allerdings* kann nur etwas Schlechtes bedeuten.

«Allerdings gibt es noch ein viel wichtigeres Thema als die Frage, ob wir real sind oder nicht.»

«Nämlich?», frage ich.

«Eine der wirklich wichtigen Fragen ist: Warum gibt es *zwei* von euch? Wie kann –»

In diesem Moment fliegt bei Betty die Sicherung raus. Das ist zu viel für sie. Sie stößt einen lauten Schrei aus. Markerschütternd laut.

Draußen fliehen die Vögel aus den Bäumen.

Das *Plop-Plop-Plop* auf den Tennisplätzen verstummt.

«Ich mache nicht mehr mit!», schreit sie.

Sie wirbelt herum, schließt die Tür auf, um zur Treppe zu laufen ... und fällt über den Karton mit meinem Regal.

Ich ziehe sie wieder hoch. «Du kannst nicht einfach weglaufen!»

«Luft! Ich brauche Luft!»

Ich packe sie an den Schultern. «Wir müssen zusammenbleiben, bis wir wissen, was los ist. Niemand darf uns zusammen sehen. Wie sollen wir erklären, dass ich plötzlich einen Zwilling habe?»

«Soll das heißen, wir können nicht mehr raus?» Betty wird langsam hysterisch.

«Pass auf», sagt Mack zu mir. «Ich begleite sie. Wir gehen für ein paar Minuten runter an den Strand. Es wird schon nichts passieren.»

Ich bin hin- und hergerissen. Die Idee gefällt mir nicht. Aber Betty ist wirklich kreidebleich. Und Mack kann ich vertrauen. «Na gut», sage ich schließlich.

Mack schnappt seinen Rucksack.

«Vielleicht kann ich irgendeine Verkleidung finden. Dann komme ich nach», sage ich.

«Das könnte riskant sein.»

«Unten am Strand sind nur Gäste. Niemand kennt uns da. Ich texte dir, falls ich komme.»

Dann gehen sie.

Auf der Suche nach einer Idee für eine Verkleidung gehe ich zurück in mein Zimmer, als ich Mack im Erdgeschoss sehr laut «Regina!» sagen höre.

Stiefmutter? Sie ist hier?

Ich schleiche zum Treppengeländer, wo ich besser hören kann.

«Mack», sagt Stiefmutter, «was für eine Überraschung. Was machst du denn hier?»

«Ich habe Lizzy geholfen ... mit dem Bücherregal.»

«Schön! Vielen Dank. Darf ich sehen?»

«Nein!», ruft Betty.

«Warum nicht?», fragt Stiefmutter.

«Wir ... wir ... haben es noch nicht aufgebaut», sagt Betty. «Wir hatten es vor, aber dann ...» Sie wird immer leiser. «Tut mir leid, aber ...»

Stiefmutter stöhnt. «Liegt dieses Paket immer noch im Flur herum? Kommt, ich helfe euch, es wenigstens ins Zimmer zu tragen. Vor der Tür ist es eine Gefahr für alle.»

Die Stufen knarren.

Nein! Sie kommen rauf!

Ich schleiche ins Zimmer zurück und ziehe leise die Tür hinter mir zu.

Ich muss mich irgendwo verstecken.

«Nein, wirklich, Regina, es geht schon», höre ich Mack sagen. «Ich kann Lizzy helfen, das Regal ins Zimmer zu tragen. Machen Sie sich keine Mühe.»

Er versucht, sie aufzuhalten.

«Danke, Mack, aber dann weiß ich wenigstens, dass es nicht mehr im Weg herumliegt.»

Sie kommt! Ich höre sie auf der Treppe ...

Ich muss mich verstecken! Aber wo?

Unter dem Bett?

Im Schrank?

Im Badezimmer?

Ich schlüpfe ins Bad und verriegle die Tür.

Ich höre, wie die Zimmertür geöffnet wird. «Legen wir es erst mal unter das Bett», sagt Stiefmutter.

«Aber warum unters Bett?», fragt Betty, die wahrscheinlich fürchtet, dass ich mich dort versteckt haben könnte.

«Mir wäre es auch lieber, ihr würdet es aufbauen», sagt Stiefmutter. «Aber da das heute nicht mehr passieren wird, schieben wir es einfach unters Bett und aus dem Weg. In Ordnung?»

«Na gut», sagt Betty.

Ein Glück, dass ich mich nicht unter dem Bett versteckt habe.

«Bereit?», fragt Stiefmutter. «Eins, zwei, drei und hoch.»

Ich höre sechs Füße über den knarrenden Holzfußboden scharren, der Drehstuhl wird aus dem Weg geschubst, drei Leute keuchen vor Anstrengung.

«Eins, zwei, drei und ab», sagt Stiefmutter.

Der Karton plumpst mit einem dumpfen Geräusch auf den Boden. Die Badezimmertür klappert.

«Eins, zwei, drei», sagt Stiefmutter.

Ich höre, wie sie den flache Karton unters Bett schieben.

«Wunderbar», sagt Stiefmutter. Und dann: «Du meine Güte, Elizabeth!»

Oh-oh. Was ist denn jetzt?

Ich höre Stiefmutter durchs Zimmer gehen. «Du hast dein Zimmer aufgeräumt! Ich bin beeindruckt. Sogar ein paar Kisten hast du ausgepackt ... So ist es viel gemütlicher, nicht wahr?»

«Ja», sagt Betty brav. «Mir gefällt es auch besser so. Die anderen Kisten packe ich später aus.»

Betty ist so viel netter zu Stiefmutter als ich. Wenn sie nicht aufpasst, merkt Stiefmutter noch, dass was nicht stimmt.

«Und du hast alles ordentlich aufgehängt, ja?», sagt Stiefmutter. «Oder hast du wie üblich alles einfach in den Schrank gestopft?» Sie geht zum Schrank hinüber.

«Nein!», sagt Betty. «Nicht aufmachen!»

Sie glaubt, ich habe mich im Schrank versteckt.

«Dann hast du die Sachen also nicht aufgehängt?», sagt Stiefmutter und reißt die Schranktüren auf.

Ein Glück, dass ich mich nicht im Schrank versteckt habe.

«Du hast ja doch alles aufgehängt!», sagt Stiefmutter. «Wie wunderbar. Das hast du toll gemacht, Elizabeth.»

«Danke.»

Pause, dann: «Hm.»

«Was?», fragt Betty.

«Irgendwie siehst du ... anders aus. Was ist es nur? Irgendetwas ... stimmt nicht.»

O bitte, frag nicht, warum sie keinen Leberfleck unter der Nase hat!

«Anders?», sagt Betty. «Es ist gar nichts anders.»

«Was ist mit ... Ach, jetzt weiß ich es! Deine Haare! Was hast du mit deinen Haaren gemacht?»

«Mit meinen Haaren? Ach! Die habe ich ein bisschen abgeschnitten.»

«Du selbst?»

Betty zögert. Wahrscheinlich überlegt sie, ob das plausibel ist. «Was sagst du dazu, Regina? Gefallen sie dir?»

Oh, das ist wirklich clever von Betty. Sie lenkt Stiefmutter ab, indem sie sich bei ihr einschmeichelt. Noch ein Punkt für soziale Kompetenz.

«In der Tat, Elizabeth, sie gefallen mir.» Pause. «Ich hoffe, du hast die Haare auch entsorgt? Oder liegen sie noch im Badezimmer herum?»

«Nein.»

«Und hast du da ebenfalls aufgeräumt, wie ich dich gebeten hatte?»

O neeiin! Komm bloß nicht herein!

Ihre Hand liegt schon auf dem Türknauf. Ich kann es förmlich spüren. Eins, zwei, drei ...

«Stopp!», ruft Betty. «Lass das jetzt bitte. Mack und ich wollen zum Strand hinuntergehen!»

Totenstille.

Dann: «Na schön. Dann ab mit euch zum Strand.»

Ich höre die drei zur Tür gehen.

«Wie spät ist es?», fragt Stiefmutter.

«Fünf nach fünf», sagt Mack.

«Oje, ich bin spät dran. Kommt, ich begleite euch nach draußen. – Ach, bevor ich es vergesse, Elizabeth. Dein Vater bleibt über Nacht auf dem Festland. Es geht ihm nicht besonders gut. Er hat etwas Falsches gegessen, meint er.»

Dad ist krank? Etwas Falsches gegessen?

«Soll ich ihn anrufen?», fragt Betty. «Müssen wir uns Sorgen machen?»

«Ach, ich denke, am besten lassen wir ihn schlafen. Morgen früh ist er bestimmt wieder auf dem Damm. Mach dir keine Sorgen.»

Dann sind sie außer Hörweite.

19. Kapitel

Bikini Beach

Ich schleiche auf Zehenspitzen in den Flur. Den Stimmen nach zu urteilen, sind sie in der Küche. Ich höre, wie die Tür zum Schmutzraum aufgeht. Und wieder zufällt.

Sie sind weg.

Dad ist krank!

Ich wusste es! Bestimmt war es der Geflügelsalat, den Regina für ihn zubereitet hat! Vielleicht war das Absicht. Vielleicht hat sie ihn vergiftet. Und den Rest im Kühlschrank gelassen, damit ich auch davon esse. Vielleicht ist ihr erster Ehemann auch so gestorben. Ich muss Dad warnen.

Ich schnappe mein Handy und wähle seine Nummer. Wieder meldet sich sein Anrufbeantworter. «Dad», sage ich. «Regina hat mir erzählt, dass du krank bist. Bitte ruf mich an, wenn du das hier abhörst. Ich muss mit dir reden, okay? Bitte! Und, ja, ich hoffe, es geht dir besser.»

Ich stecke das Handy in meinen Rucksack.

Okay. Eine Verkleidung. Wie kann ich mein Gesicht verstecken? Vielleicht mit meinem Vollschutz-Fahrradhelm?

Ich laufe nach unten, hole den Helm aus der Ablagebank im Eingang und setze ihn auf.

Ich gehe zum Spiegel.

Keine Frage – ich sehe aus wie Darth Vader. So kann ich wohl kaum zum Strand hinuntergehen. Es würde mehr Aufmerksamkeit erregen als zwei Elizabeths.

Ich lege den Helm in die Bank zurück und hole meine Sonnenbrille aus dem Ablagefach. Vielleicht reicht es, wenn ich sie aufsetze und mir die Kapuze meiner Sweatjacke über den Kopf ziehe?

Ich laufe wieder nach oben und mache den Schrank auf, um die Jacke zu holen. Und da ist meine Antwort; sie hängt direkt vor meiner Nase an einem Haken auf der Innenseite des Schranks, wo Betty ihn wohl hingehängt hat: mein Safarihut! Er ist perfekt. Er hat ein schwarzes Netz, das rundherum von der Hutkrempe bis über meine Schultern fällt. Es hält beim Wandern nicht nur Midges ab, diese beißenden Fliegen, Mücken und andere Viecher, die uns im Sommer hier belästigen, sondern verbirgt vor allem mein Gesicht.

Ich schiebe meine Haare unter den Hut, setze die Sonnenbrille auf und lasse das Netz über Gesicht und Schultern fallen.

Dann schaue ich in den Spiegel. Damit wird mich niemand erkennen. Und außerdem bin ich jetzt gegen monstergroße Beißfliegenschwärme gewappnet.

Ich schreibe Mack: `Ich komme!`

Er schreibt zurück: `Sind am Ende vom Strand, in der Nähe der Felsen. Sei vorsichtig!`

Mack und Betty haben die Abkürzung durch die Hotellobby genommen. Die muss ich natürlich meiden. Ich werde den längeren Weg nehmen.

Ich sprinte zur Südseite des Hotels, an den Tennisplätzen vorbei. Es ist ein bisschen zu windig für Beißfliegen, außerdem werden sie normalerweise erst in der Dämmerung aktiv. Die Hotelgäste, die sich umdrehen und mich anstarren, halten mich wahrscheinlich für übervorsichtig – oder bescheuert. Egal.

Ich biege rechts ab und durchquere den Garten auf der Westseite. Zu meiner Linken liegt das Meer. Ich vermeide den Haupteingang und komme in der Nähe der Bänke bei den Steinstufen heraus, die zum Strand runterführen.

«Hallo, Elizabeth, mein Liebes!»

Es ist Mrs. Freebairn, die Buffetdame. Sie hat mich trotz meiner Verkleidung erkannt.

Das ist kein gutes Zeichen.

Oder haben mich meine Klamotten verraten? Schließlich sind wir uns vor etwa drei Stunden am Personaleingang begegnet.

«Du hast wohl Angst vor Beißfliegen, was?», fährt sie fort. «Aber dafür ist es heute zu windig, mein Herz.»

«Ich habe eine Allergie», sage ich. «Ich muss sehr vorsichtig sein.»

«Verstehe. Das wusste ich nicht.»

Ich zucke nur die Achseln.

Sie mustert mich eindringlich. «Seltsam. Ich dachte, ich hätte dich und Mack vor ein paar Minuten in der Lobby gesehen.» Dann beugt sie sich vor, als wolle sie mir ein Geheimnis zuflüstern. «Sei auf der Hut! Du hast irgendwo eine Doppelgängerin.» Ihr angenehmes, blumiges Parfüm weht mir entgegen. «Aber wenn du nichts verrätst, tue ich es auch nicht.» Sie zwinkert mir zu. «War nur ein Scherz, Liebes.»

Ich lächele matt.

«Nein, wirklich. Ist das nicht ein herrlicher Tag?», sagt sie. «Ich glaube, ich gönne mir ein bisschen Sonne. Wohin bist du unterwegs, wenn ich fragen darf?»

«Ich mache nur einen kleinen Strandspaziergang.»

«Dann beeile dich, Kindchen. Die Zeit wird knapp.»

Die Zeit wird knapp?

Mrs. Freebairn schaut zum strahlend blauen Himmel. «Das Wetter kann jeden Moment umschlagen.» Sie zwinkert mir abermals zu und geht davon.

Ich schaue ihr verwirrt hinterher, während sie zum Hotel zurückkehrt.

Bikini Beach ist eine kleine Bucht mit einem Kiesstreifen voller Treibholz und Seegras. Ich bin froh, dass ich Sneakers trage, mit denen es schwierig genug ist, auf den Steinen voranzukommen.

Es ist überraschend heiß. Ich spüre die Wärme aus

dem Boden aufsteigen, und die Sonne brennt auf meinen Hut.

Zwei fette, nervige Hornissen fliegen brummend an mir vorbei. Ich bin froh, dass ich das Netz trage.

Es ist nicht viel los am Strand. Ein paar Leute sonnen sich, andere waten durchs Wasser, schwimmen oder spielen Ball.

Soweit ich sehen kann, sind nur Hotelgäste da. Sie werden keinen Verdacht schöpfen.

Ganz am Ende des Strands lehnen Mack und Betty an einigen Felsblöcken, die mit gelben und pinkfarbenen Blumen überwachsen sind. Es ist der einzige wirklich hübsche Fleck an diesem winzigen Küstenabschnitt.

Als ich näher komme, sehe ich, dass Mack mit seinem Handy beschäftigt ist und Betty sich mit Sonnencreme einreibt. Eine kleine Blechdose mit Dundee Cake steht geöffnet neben ihnen. Mm, ich liebe Früchtekuchen!

Mack schaut von seinem Handy auf und grinst über meine Aufmachung.

«Mein Hut steht dir gut!», sagt Betty.

«Das ist *mein* Hut», sage ich, als ich mich neben sie setze. «Aber du kannst ihn gern aufsetzen, wenn du magst. Es ist heiß unter dem Ding.» Ich fächele mir mit dem Netz etwas Frischluft zu. «In meinem Zimmer war es kühler.»

Betty seufzt. «Tut mir leid. Ich musste unbedingt raus. Jetzt geht es mir besser.» Sie hält mir die Dose hin. «Frieden?»

Ich schiebe ein Stück Kuchen unter mein Netz. Der süße Mix aus Zucker, Butter und Früchten zergeht auf der Zunge.

«Also», sagt Mack, «zurück zu den beiden Eliza–»

Direkt hinter uns prallt ein Ball gegen die Felsen. Ein kleiner Junge kommt angerannt. Er murmelt eine Entschuldigung, schnappt sich den Ball und flitzt davon.

Als er außer Hörweite ist, setzt Mack neu an. «Also zurück zu den beiden Elizabeths», sagt er.

«Wir sind also keine Zwillinge, richtig?» Betty beißt auf eine Mandel, die sie vom Kuchen abgepult hat.

Mack nickt.

Ihre Stirn liegt vor Anstrengung in Falten. «Also, wenn wir akzeptieren, dass Lizzy eine Figur in einem Buch ist ... Elizabeth-Lizzy ...»

«... Und dass du die Figur Elizabeth-Betty bist ...», ergänze ich.

«Und wir einander ähnlich sind –»

«Aber trotzdem eindeutig verschieden –»

«Dann sind wir ganz offensichtlich ...»

«... *Variationen* voneinander.» Ich schaue Mack an. «Das ist nicht allzu schwer zu begreifen.»

Mack nickt. «Variationen. Genau. Aber ich glaube, es steckt noch mehr dahinter.»

Ich seufze genervt. «Mack, wenn du eine Theorie hast, warum spuckst du sie nicht einfach aus?»

Ich begreife allmählich, dass er manchmal ziemlich anstrengend sein kann.

Mack legt mir beruhigend die Hand auf die Schulter. «Du hast recht. Ich habe eine Theorie.» Er sammelt sich kurz, ehe er die Bombe platzen lässt. «Ich glaube, ihr stammt aus zwei verschiedenen Geschichten. Oder aus zwei verschiedenen Varianten derselben Geschichte. Das hier –» Er macht eine weit ausholende Armbewegung über den Strand. «Das ist Lizzys Geschichte. Und du, Betty, bist aus irgendeinem Grund hineingeraten.»

«Meinst du?» Sie hat Panik in den Augen.

«Die Frage ist also, warum du in dieser Geschichte bist.» Er zeigt auf mich. «Sie ist die Elizabeth, die ich kenne.» Dann wendet er sich wieder an Betty. «Und du bist eine etwas nettere Version der Lizzy, die ich kenne.»

«Bin ich das?»

Er hat recht. Betty *ist* viel liebenswerter als ich. Es fällt mir nicht schwer, das zuzugeben.

«Lizzy ist ein bisschen härter», sagt Mack mit einem Blick zu mir. «Sie hat mehr Ecken und Kanten.»

«Genau wie ein Diamant», grinse ich.

«Willst du damit sagen, dass ich aus einem anderen Buch stamme?», fragt Betty.

«Vermutlich», sagt Mack. «Oder aus einer anderen Version dieses Buches, einer anderen Fassung vielleicht.»

«Das klingt einleuchtend. Auch wenn *du* in beiden Versionen mehr oder weniger derselbe bist.» Sie wird rot.

Sie flirtet mit ihm!

Eine Woge der Eifersucht überkommt mich. Das hier

ist *meine* Geschichte, aber *sie* durfte den Jungen küssen! Das ist so was von ungerecht!

Mein Leben steht unter keinem guten Stern.

Ich nehme noch ein Stück Kuchen.

Mir fällt auf, dass ich zum zweiten Mal innerhalb von zwei Tagen mit Süßem versorgt werde. Wenn ich wirklich eine Figur in einem Buch bin, dann frage ich mich, warum mir der Autor oder die Autorin ständig was Süßes vor die Nase hält.

Ich seufze.

«Nimm's nicht so tragisch», sagt Mack. Mit einer Armbewegung deutet er auf den Strand, den blauen Himmel, die leuchtende Sonne und die spielenden Kinder. «Es könnte schlimmer sein.»

«Ich bin bloß ein Hirngespinst!», rufe ich empört. «Die Erfingung von irgendeinem Spinner! Das ist doch wohl schlimm!»

«Ich kann mir eine Menge Dinge vorstellen, die schlimmer sind», sagt Mack, der sich die klebrigen Finger an einem zerknüllten Taschentuch abwischt, das er aus seinem Rucksack gezogen hat. «Es könnte zum Beispiel ein total langweiliges Buch sein. Aber bisher war es ziemlich spannend.»

Meine Finger sind ebenfalls klebrig. Ich lecke sie ab.

Betty schaut mich an. «Als wir in Japan waren», sagt sie, «konnte ich an nichts anderes denken als an schottischen Früchtekuchen.»

«Du warst in Japan?» Ich bin geplättet. «Wie das?

Wann denn? Und warum?» Ich bin so neidisch! Warum darf Betty all die tollen Sachen machen? Küssen. Verreisen.

«Als ich elf war», sagt sie. «Dad hat für eine japanische Firma gearbeitet. Und wir –»

«He, Leute», sagt Mack, der sie unterbricht. «Wir müssen uns über wichtigere Dinge unterhalten als über Japan.»

«Ja, ja», sagen Betty und ich wie aus einem Mund.

«Dass du eine Figur aus einem Buch bist, Lizzy», sagt Mack, «ist nicht das wirkliche Problem. Das wirkliche Problem ist, was mit deiner Figur passieren könnte.»

«Okay. Dann sag mir, wa–»

Peng! Irgendetwas trifft mich am Kopf und landet ein paar Schritte entfernt.

Ein Frisbee.

Mein Hut und meine Sonnenbrille sind verrutscht. Der Hut liegt jetzt auf meiner Schulter.

«Entschuldigung!», ruft ein Mann, der auf uns zu läuft, um den Frisbee zu holen. Es ist der Wellnesstherapeut, den ich vorhin gesehen habe.

Das ist gar nicht gut.

«Ich hole ihn», ruft Mack und steht auf, um ihm zuvorzukommen.

Aber der Mann ist schneller.

Hektisch versuche ich, mir wieder Hut und Sonnenbrille aufzusetzen. Der Hut ist kein Problem, aber ein Bügel der Sonnenbrille hat sich im Netz verhakt. Gerade als es mir gelingt, sie wieder auf die Nase zu schieben, steht der Mann direkt vor uns.

«Tut mir leid. Alles okay mit dir?», fragt er mich.

Ich habe Angst, etwas zu sagen. Vielleicht erkennt er meine Stimme.

«Es geht ihr gut», sagt Betty. «Das ist übrigens meine Cousine Holly.»

Ich winke ihm kurz zu.

Er schaut mich skeptisch an. Kann er mich unter dem Netz, der Sonnenbrille und dem Hut erkennen?

«Alistair!», ruft seine Frau. «Komm schon!»

«Der Boss», sagt er und deutet auf seine Frau. Er nickt uns zu. «Mack. Elizabeth. Holly.»

Dann ist er wieder weg.

Wir atmen erleichtert auf.

«Wer war das?», fragt Betty. «Ich glaube nicht, dass er in meinem Buch auftaucht.»

«Einer von den Wellnesstypen aus dem Hotel», sagt Mack. «Ein totaler Angeber.»

«Das ist alles meine Schuld», sagt Betty. «Es war dumm von mir, an den Strand zu kommen. Wir sind hier viel zu sichtbar.»

Mack schnappt sich die Kuchendose und die Sonnencreme und stopft beides in seinen Rucksack. «Wir müssen irgendwohin, wo wir in Ruhe reden können. Aber wohin? Zurück auf dein Zimmer?»

Wir schauen zum Hotel.

Ich kneife die Augen zusammen, kann wegen der Sonnenbrille und dem Netz aber nicht viel erkennen. Ich hole mein Fernglas heraus und gebe es Betty. «Schau zur Treppe. Mit diesem Netz auf dem Kopf kann ich das nicht. Schau nach, ob sich jemand, den wir kennen, in der Nähe der Bänke aufhält.»

Betty stellt die Linsen scharf. «Also. Da ist die Treppe ... Und jetzt ... Oh! Da ist Mrs. Freebairn. Bei den Bänken.»

«Echt? Das ist nicht gut. Sie hat mich vorhin schon gesehen. Und erkannt. Trotz meiner Aufmachung. Wenn sie dort oben ist, können wir die Treppe nicht hinaufgehen. Wir müssen warten. – Bist du ganz sicher?»

«Ja, sie ist es definitiv. Jetzt strickt sie. Sie – oh!»

«Was?»

Betty lässt das Fernglas sinken. «Das ist vielleicht unheimlich. Sie hat mir gerade zugewinkt.»

«Wir sind zu weit weg. Sie kann uns gar nicht erkennen.»

«Egal!», sagt Mack und springt auf. Er schaut hinter sich, die Felsen hinauf. «Lasst uns gehen. Ich kenne einen Platz. Dort wagt sich kaum jemand hin, weil es von hier unten gefährlich aussieht, aber das ist es nicht – wenn man den Weg kennt. Kommt mit.»

20. Kapitel

Die Höhle

D er Weg über die Felsen ist steil, aber machbar. Ohne Mack, der zu wissen scheint, was er tut und wo es langgeht, hätte ich den Aufstieg nie gewagt. Hier hoch wagen sich sicher auch nicht viele Hotelgäste. Dennoch ist es einfacher, als es aussieht – trotz einiger loser Steine und Abschnitte mit dichten Dornensträuchern.

Das Heulen des Windes und das Donnern der Wellen, die gegen die Felsen schlagen, sind ohrenbetäubend. Mack muss schreien, um sich verständlich zu machen. «Es ist gleich hinter diesen Felsblöcken!»

Zwischen den Steinen hat sich Unkraut breitgemacht. Hier und da kann ich mich bequem daran hochziehen. Einige Felsblöcke sind allerdings glitschig, und es ist nicht einfach, sie zu überwinden. Andere wiederum sind mit scharfen Seepocken oder gezackten Muscheln überzogen. Wir können uns leicht die Hände daran aufreißen, wenn wir nicht aufpassen.

Kaum haben wir die Felsbarriere überquert, sehen wir nur wenige Meter unter uns eine weitere kleine Bucht.

Wir klettern hinab. Links von uns wirbelt das Meer herum wie kochendes Wasser in einem Topf, ehe es gegen die Felsen klatscht.

Der Abstieg ist tückischer als der Aufstieg. Zwei Mal lande ich auf dem Hintern, aber alles in allem meistern wir die Felsblöcke ganz gut.

In der kleinen Bucht ziehe ich mir als Erstes den Hut vom Kopf.

Mack hatte recht. Hier können wir reden. Die Bucht liegt gut versteckt: im Norden und Osten von steilen Klippen und im Westen vom Meer begrenzt, und nur von Süden aus über die Felsen zu erreichen.

Trotzdem hat die Zivilisation auch hier ihre Spuren hinterlassen: Der kleine Strand ist mit Steinstapeln übersät, einige davon sind so groß wie Mack. Manche Leute halten Steinstapel für Kunst. Ich bin mir da nicht so sicher, auch wenn ich manche der komplizierten Skulpturen, die so gefährlich frei in der windigen Meereslandschaft balancieren, faszinierend finde.

Ich spüre einen Regentropfen.

«Hier entlang, Hoheiten», sagt Mack. «Wie gehen in Deckung. Es fängt an zu regnen.»

Er führt uns zu den Klippen. Wir laufen ein Stück an der Steilwand entlang, dann deutet Mack auf eine Ansammlung von Felsblöcken.

Dahinter versteckt liegt der Eingang einer Höhle.

Wir müssen auf allen vieren kriechen, um in die Höhle zu kommen, aber drinnen können wir aufrecht stehen.

Es ist nicht gerade der einladendste Ort, den ich mir vorstellen kann. Die Höhle ist dunkel, kühl und feucht, ein übles Gemisch aus Schimmel, Erde und Algen liegt in der Luft. Aber sie wird uns trocken halten.

«Gibt es hier drinnen Fledermäuse?», will Betty wissen. «Ich mag keine Fledermäuse.»

«Es heißt, der eine oder andere Vampir würde gelegentlich dort hinten übernachten», sagt Mack und richtet den Strahl seiner Handytaschenlampe auf die hintere Wand. Dann leuchtet er zur Decke, wo wir etwas Dunkles hängen sehen.

Betty schnappt nach Luft.

«Was ist das?», frage ich mit zusammengekniffenen Augen.

«Sind das Fledermäuse?», flüstert Betty.

«Pst», sagt Mack, «sonst weckt ihr sie auf.»

«Was?»

«Huhu!», ruft Mack wie ein Gespenst. Sein Lichtstrahl bewegt sich unheimlich auf und ab. «Huhu!»

Kreischend rennen Betty und ich zurück zum Höhleneingang.

«Das sind bloß Baumwurzeln!», ruft Mack uns hinterher.

Baumwurzeln?

Wir gehen vorsichtig zurück.

«Sie wachsen durch die Felsspalten», sagt er.

Wir sehen genauer hin.
Ja. Es sind Baumwurzeln.
Wir regen uns wieder ab.
Draußen gießt es.

Die Höhle ist nicht besonders groß, vielleicht so groß wie unser Wohnzimmer. Mit unseren Handytaschenlampen suchen wir jeden Winkel ab, finden aber keine Fledermäuse. Dafür entdecken wir ein paar fliehende Spinnen und Käfer, die im Schein der Taschenlampen weghuschen, Zigarettenstummel und eine dunkle, puderartige Substanz, von der Mack behauptet, es seien Fledermausexkremente.

Es gibt hier also wirklich Fledermäuse.

Aber vermutlich keine Vampire.

Und es ist kühl. Mack breitet auf dem unebenen Höhlenboden seinen Regenmantel für uns aus. Ich schließe den Reißverschluss meiner Sweatshirtjacke und gebe Betty mein Regencape zum Überziehen.

Wir setzen uns hin, warten darauf, dass der Schauer aufhört, lauschen dem donnernden Meer und dem prasselnden Regen, der unaufhörlich auf den Strand klatscht.

«Mack», sage ich nach einer Weile. «Was hast du vorhin gemeint, als du sagtest, das Problem ist nicht, dass ich eine Figur in einem Buch bin, sondern was dieser Figur *passieren könnte*.»

Es ist dunkel in der Höhle, trotzdem kann ich im Licht unserer Handytaschenlampen das Grün in Macks Augen leuchten sehen, als er mich ansieht. Sein Blick ist ernst, aber freundlich.

«Meine Antwort wird dir nicht gefallen», sagt er.

Mack hat Kopien der Administrator-E-Mails auf seinem Handy und geht sie durch, bis er findet, was er sucht. «Hier. Ich zitiere: ‹Elizabeth hatte das Gefühl, keinerlei Macht darüber zu haben, was mit ihr geschah. Sie hatte keine Kontrolle über ihr Schicksal – als könnte jederzeit, jeden Moment jemand einen Bleistift in die Hand nehmen und ihren Namen einfach ausstreichen oder mit einem Radiergummi ihre Träume ausradieren; ihr Leben würde jeden Moment –› An der Stelle hört es auf.»

«Ihr Leben wird was?», fragt Betty. «Was?»

«Ich bin mir nicht sicher», sagt Mack und kratzt sich am Kopf. «Aber was mir wirklich Sorgen macht, sind die zwei Sätze davor.»

«Du meinst das mit dem Bleistift, der meinen Namen ausstreicht?», sage ich. «Und das Ausradieren meiner Träume?»

«Genau.»

«Ich dachte, das wäre eine Metapher. Ein Symbol für das Gefühl der Machtlosigkeit.» Ich werde rot. «Von wegen Pubertät und so.»

Mack sieht nicht so aus, als würde er meine Meinung teilen. «Ich glaube, es bedeutet mehr als das», sagt er. «Oder vielmehr, es bedeutet genau das, was da steht.»

«Dass ich –»

Pling! macht mein Handy.

Wir erstarren.

Langsam und mit angehaltenem Atem ziehe ich mein Handy aus der Tasche.

Ich schaue auf das Display.

«Es ist vom Administrator», sage ich.

Betty schnappt nach Luft.

«Lies vor», sagt Mack.

«Okay.» Meine Stimme zittert. «‹Elizabeth hatte das Gefühl, keinerlei Macht darüber zu haben, was mit ihr geschah. Sie hatte keine Kontrolle über ihr Schicksal – als könnte jederzeit, jeden Moment jemand einen Bleistift in die Hand nehmen und ihren Namen einfach ausstreichen oder mit einem Radiergummi ihre Träume ausradieren; als würde ihr Leben jeden Moment ablaufen –›»

«Das steht dort?», ruft Betty aus. «Im Ernst?»

Ich schlucke. «Genau so steht es hier. ‹Als würde ihr Leben jeden Moment ablaufen.› Ein blöder Satz. Kann ein Leben überhaupt ablaufen?»

«Lies weiter», sagt Mack.

«‹Als würde ihr Leben jeden Moment ablaufen und von Mächten ausgelöscht werden, gegen die sie nichts tun konnte. Jemand –›»

«‹Ausgelöscht›?», haucht Betty. Im Licht meines Handys sehe ich, dass ihr Gesicht so weiß ist wie Stiefmutters Luxus-Bettwäsche.

Ich bin bestimmt auch kreidebleich, aber ich lese weiter. «‹Jemand würde mit dem Finger auf die Löschtaste drücken, und Elizabeth würde für alle Zeiten in einem Meer aus Worten verschwinden.›»

Ich kriege keine Luft.

Meine Hände zittern so sehr, dass ich das Handy fallen lasse. Betty hebt es auf.

«‹Ja›», liest sie weiter vor, «‹sie war völlig machtlos. Wer immer Elizabeth gewesen war, würde aufhören zu existieren. Sie würde aus aller Erinnerung verschwinden. Für alle Zeiten. Um vielleicht eine andere zu werden. Es sei denn …› Das war's. Damit hört es auf: *Es sei denn.*»

Es sei denn?

Es sei denn, was?

«Der Autor spricht von Lizzys Ende», sagt Mack.

«Der Autor?», fragt Betty. «Du meinst der Administrator.»

«Ich glaube, es ist ein und dieselbe Person. Ich denke, wir können von jetzt an von einem Autor oder einer Autorin sprechen.»

«Was auch immer es ist, will mich loswerden», sage ich. «Mich umbringen!»

«Es?», fragt Betty.

«Sie. Ich bin sicher, es ist eine ‹Sie›. Sie – wie in Stiefmutter. Ich glaube, dass sie vielleicht meinen Dad vergiftet hat mit ihrem Geflügelsalat. Und den Rest hat sie im Kühlschrank gelassen, damit ich ihn auch esse.»

«Die Autorin wird dich nicht *umbringen*», sagt Mack. «Sie wird … sie wird dich einfach –»

«Löschen. Mich entfernen. Mich auslöschen. Genau das steht hier. Sie ertränkt mich in einem Meer aus Worten.»

Mack greift nach meinem Handy. «Sie wird dich ... *umschreiben*, Lizzy. Das ist etwas anderes. Hier steht, dass du eine andere werden sollst.»

Ich denke fieberhaft nach. Die Worte fangen an, einen Sinn zu ergeben. «Ich glaube, die Autorin ist schon dabei, mich umzuschreiben. Sie überarbeitet mich. Vielleicht habe ich deshalb diese Erinnerungslücken. Das sind Erinnerungen, die sie schon gelöscht hat. Oder ich habe Sachen erlebt, die nicht mehr da sind. Deswegen auch die Schwindelanfälle. Und deshalb schlafe ich ständig ein. In den E-Mails stehen Passagen, die ähnlich sind, die sich aber trotzdem unterscheiden. Als würde die Autorin den Text umschreiben.» Ich stehe auf und laufe hin und her. «Es ist, als lösche sie mein Gedächtnis. Wort für Wort. Satz für Satz. Aber wer bin ich schon, ohne meine Erinnerungen? Am Ende werde ich ...» Ich schaue Betty an. «Du sein.»

«Ich?», ruft Betty aus.

Ich sehe zu Mack.

«Genau das glaube ich auch», sagt er. «Der Autor oder die Autorin ist dabei, aus Betty die neue, verbesserte Elizabeth zu machen.» Seine Augen lassen Betty nicht los. «Du bist Lizzys Überarbeitung.»

«Das ist noch ein Grund, warum ich Stiefmutter für die Autorin halte!», sage ich. «Sie ist nicht zufrieden mit mir. Also erschafft sie mich mit Betty neu.» Ich sehe Mack an.

«Weißt du noch, wie du gesagt hast, Betty wäre netter als ich?»

«Aber warum steckt sie mich in deine Geschichte?», fragt Betty. «Wenn ich deine Überarbeitung bin, dann sind wir doch Feinde. Das kapiere ich nicht.»

«Ich schon», sage ich und setze mich wieder hin. In meinem Kopf fügt sich langsam alles zusammen. «Konflikt! Jede Geschichte braucht einen Konflikt. Davon lebt sie.»

«Nicht so schnell», sagt Mack. «Ganz ruhig ... Stellt euch vor, jemand würde am Bildschirm in zwei Dokumenten gleichzeitig arbeiten. Genauso sind auch *eure* Geschichten auf dem Bildschirm der Autorin parallel geöffnet. Sie löscht und kopiert von hier nach da, packt vielleicht Informationen in ein drittes Dokument, oder vielleicht auch alles durcheinander. So versucht sie herauszukriegen, was das Herz der Geschichte ist.»

Ich glaube, Mack hat recht. Müde stütze ich die Arme auf den Höhlenboden und lehne mich zurück. Ich muss –

Moment. Meine Hände sind nass.

Ich drehe mich um. «Leute», sage ich, den Blick auf den Höhlenboden gerichtet. «Was geht hier ab?»

«Mist», sagt Mack und springt auf. «Mist!!»

Es ist die Flut.

Und sie kommt schnell. Sehr schnell.

21. Kapitel

In einem Meer aus Worten

Schaumiges, kaltes Meerwasser sickert in die Höhle. Wir waren so mit der Geschichte der Autorin beschäftigt, dass wir es gar nicht bemerkt haben.

«Wir sitzen hier aber nicht fest, oder?», fragt Betty, die schon leicht panisch klingt.

«Nein», sagt Mack, während er seinen Regenmantel in den Rucksack stopft. «Aber wir müssen sofort los. Bevor das Wasser an den Felsen hochsteigt und wir nicht mehr sehen, wohin wir treten.»

Betty stopft mein Regencape in den Rucksack und nimmt ihn auf den Rücken.

Eine seichte Wasserschicht schwappt in die Höhle ... und fließt wieder ab.

Die Flut drängt langsam herein.

Und wieder hinaus.

Wie konnten wir das übersehen? Warum haben wir nicht aufgepasst?

Wir hasten zum Höhlenausgang. Der Boden ist weich und nachgiebig, meine Füße sinken tief im Sand ein.

Die nächste Welle schwappt herein. Ich stehe knöcheltief im Wasser.

Wir warten, bis die Welle sich zurückzieht, dann kriechen wir so schnell es geht hinaus und auf den Strand.

Es hat aufgehört zu regnen. Aber der in Nebelfetzen gehüllte Strand ist bereits teilweise unter einer Wasserschicht verschwunden. Der Wind hat ebenfalls aufgefrischt – weiter draußen auf dem Meer sehe ich sich auftürmende Wassermassen, rau, wild und unberechenbar.

Im Norden branden Wellen gegen die Klippen, dass der Schaum nur so spritzt.

Wie konnten wir so leichtsinnig sein?

Mack führt uns zu den Felsblöcken, die sich entlang der Uferlinie auftürmen, unserem einzigen Weg zurück.

«Bleibt hinter mir», sagt er. «Direkt hinter mir. Und nur dorthin treten, wo ich hintrete.»

Er klingt streng. Autoritär.

Er hat Angst.

Und das macht mir Angst.

«Bloß nicht auf die schwarzen Steine treten», sagt er. «Die sind glatt. Klar?» Er packt mich an den Schultern. «Nicht. Auf. Die. Schwarzen.»

«Ja», sage ich. «Verstanden. Du machst mir Angst.»

Er packt Betty an den Schultern. «Die grünen sind auch rutschig. Das sind Algen.»

Betty nickt.

Wir fangen an zu klettern.

Es ist nicht schwer. Sobald ich mich in Bewegung setze, löst sich die Angst in meinem Bauch langsam auf.

Ich steige schnell voran, mache jeden Schritt mit Bedacht, setze einen Fuß vor den anderen. Doch unerwartet prallt eine hohe Welle gegen die Felsen und bespritzt mich mit kaltem Wasser. Ich zögere und schaue kurz hinaus auf das aufgewühlten Meer. Es dauert nur einen Augenblick, doch in diesem einen Moment verliere ich das Gleichgewicht, trete versehentlich auf einen schwarzen Stein und rutsche aus.

Ich lande vielleicht einen halben Meter tiefer, es ist nicht viel, in einem schmalen Spalt zwischen zwei Felsbrocken. Aber halb so schlimm. Ich bin noch heil. Allerdings sehe ich Blut am rechten Knie, wo meine Jeans aufgerissen ist. Es brennt höllisch, als das Salzwasser dagegenspritzt. Ansonsten bin ich –

Moment. Mein Fuß. Ich kann meinen rechten Fuß nicht bewegen. Er tut nicht weh, aber er hat sich in dem Spalt verklemmt und steckt in einer kleinen Pfütze.

Ich ziehe.

Er steckt fest.

Ich ziehe noch einmal.

Er bewegt sich nicht.

«Mack!», schreie ich. «Mack!»

Womöglich sieht er mich nicht, weil ich zwischen die Felsblöcke gerutscht bin.

«Mack!»

Hören kann er mich auch nicht. Betty dagegen schon.

«Wo bist du?», ruft sie.

«Hier! Mein Fuß steckt fest!»

«Mack!», ruft Betty. «Komm her! – Lizzy?»

«Hier!» Ich schwenke die Arme und warte, dass Mack und Betty zu mir zurückkehren.

Ich bücke mich, versuche, meinen Fuß mit beiden Händen zu packen und herauszuziehen.

Kann ich nicht. Ich komme nicht weit genug hinunter.

In der Nähe bricht eine Welle. Das Wasser spritzt über die Felsen und fließt in die Spalte.

Dann stehen Mack und Betty über mir.

«Mein Fuß. Er ist eingeklemmt. Ich komme nicht an meinen Schuh heran.»

Mack wirft seinen Rucksack ab und lässt sich so weit wie möglich zu mir herab, kann meinen Fuß aber nicht erreichen, und der Spalt zwischen den Felsen ist zu eng, als dass wir beide dort stehen könnten.

Er fährt sich mit den Fingern durch die Haare, überlegt. Und überlegt.

Angst packt mich, dass mein Freund, der Problemlöser, an diesem Problem scheitern könnte.

Ich umklammere mein Schienbein mit beiden Händen und zerre daran, doch die Steine geben meinen Fuß nicht frei.

Über mir verständigt sich Mack mit Betty. Ich sehe nur ihre wilden Gesten, verstehen kann ich die beiden nicht. Das Einzige, was ich höre, ist das Heulen des Windes.

Dann wird mir klar, dass das Heulen nicht vom Wind kommt, sondern von mir.

Wieder bespritzt uns eine Welle.

Mein rechter Fuß steckt inzwischen fast ganz im Wasser. Ich zittere vor Kälte. Und vor Angst.

Werde ich hier sterben?

Wird die Flut steigen und mich unter sich begraben?

Ist das mein Schicksal?

Tod durch Ertrinken?

Hatte die Autorin das vor Augen, als sie schrieb, «Elizabeth wird für alle Zeiten in einem Meer aus Worten verschwinden»?

Betty reißt sich meinen Rucksack vom Rücken und kriecht Stück für Stück zu mir hinab. «Lass mich bloß nicht fallen», sagt sie, als sie auf meiner Höhe ist. Sie packt meine Schultern und schiebt sich dann kopfüber an meinem Brustkorb und Bauch vorbei nach unten. Sie steht praktisch auf dem Kopf. Wie macht sie das? Sie ist so gelenkig!

Als ich sie nicht länger festhalten kann, ist Mack auf seinem erhöhten Posten an der Reihe. Er umklammert ihre Beine, damit sie nicht abrutscht. Es sieht aus, als wolle Betty auf meinen Füßen einen Handstand machen, doch dann spüre ich unter Wasser ihre Finger an meinem rechten Sneaker.

Sie will meine Schnürsenkel aufmachen.

Sie zieht.

Nichts passiert.

Sie zieht noch mal.

Nichts.

«Es ist ein Doppelknoten!», schreie ich, damit sie mich hört.

Wenn ich hier lebend rauskomme, schwöre ich mir, werde ich nie wieder einen Doppelknoten machen.

Bettys Körper ist in dem engen Spalt völlig verdreht. Mir ist schleierhaft, wie sie sich aufrecht hält.

Oder wie Mack es schafft, sie festzuhalten.

Betty fummelt an meinem rechten Schnürsenkel herum. Möglich, dass sie den Knoten gelöst hat.

Ich spüre, wie sie an der Schleife zieht. Und – sie geht auf!

Ich will sofort aus dem Schuh schlüpfen, aber es geht nicht. Mein Fuß steckt nicht nur in der Spalte fest, sondern auch im Schuh.

Betty schlägt mit der Faust auf meinen Fuß. «Stopp!», schreit sie. «Halt still.»

Ich halte still.

Eine Welle schlägt hinter uns zusammen und lässt Sturzbäche auf uns herabregnen.

Ich spüre, wie Bettys Finger an der Lasche zerren, dann zieht sie den Schnürsenkel Öse für Öse heraus.

Schließlich ist mein Sneaker ganz aufgeschnürt.

Betty packt die Hacke. «Jetzt!», sagt sie. «Zieh!»

Ich zerre den Fuß aus dem Schuh.

Betty schnappt ihn sich, und wir klettern nach oben.

Ich weiß nicht, wie lange wir drei uns auf den Felsen aneinanderdrücken. Wir ringen nach Luft, sind erschöpft, verletzt, angeschlagen – und unendlich dankbar, dass wir einander haben. Es fühlt sich an wie eine Ewigkeit, aber das kann nicht sein. Der Wind ist überall, er drischt auf uns ein. Und wir sind zu nass, zu durchgefroren und mitgenommen, um es dort länger als ein paar Augenblicke auszuhalten.

Also klettern wir so schnell es geht in Sicherheit, auch wenn wir tief im Herzen wissen, dass die Welt, die uns jenseits dieses Felshaufens erwartet, ein äußerst gefährlicher Ort ist.

22. Kapitel

Nachspiel

Der Bikini Beach liegt verlassen da.
Wir keuchen wie die Überlebenden eines Schiffsunglücks, die gerade ans Ufer gespült wurden. Benommen taumeln wir zurück zu der Stelle mit den gelben und pinkfarbenen Blumen.

Mein Fuß schmerzt vom Ziehen und Zerren, aber wie durch ein Wunder habe ich weder eine Schwellung noch Blutergüsse. Dafür ist mein Knie wund und aufgeschürft. Ich muss es angeschlagen haben, als ich ausgerutscht bin. Und die Rückseite meines Oberschenkels ist geprellt.

«Aber ich bin am Leben», verkünde ich.

Bettys Finger und Lippen sind blau vor Kälte. Sie hat sich die Handflächen aufgeschürft, vielleicht an den Felsen, an denen sie sich bei ihrem Kopfüber-Manöver festgeklammert hat.

«Aber ich bin am Leben», sagt sie.

Mack tut vermutlich alles weh von der übermenschlichen Anstrengung, am Rand eines Felsbrockens zu balancieren und die auf dem Kopf stehende Betty festzuhalten.

Ansonsten hat er dieses Abenteuer unverletzt überstanden – zumindest äußerlich. Allerdings wirkt auch er ziemlich mitgenommen. «Ich mache mir Sorgen», sagt er.

«Denkst du, was ich denke?», frage ich ihn.

«Das hängt davon ab, was du denkst.»

«Dass die Autorin das Ganze eingefädelt hat.»

Er nickt. «Ja. Ich kann mich nicht erinnern, dass die Flut schon jemals so schnell in die Höhle gekommen ist.»

«Die Autorin wollte, dass ich auf den Felsen sterbe!»

«Es war ein Fehler, keine Erwachsenen einzuweihen!», klagt Betty. «Wir müssen jetzt endlich mit Dad reden.»

Ich hole mein Handy heraus, hoffe, dass er mittlerweile zurückgerufen hat. Aber nichts. «Ich habe ihm schon eine Nachricht hinterlassen. Aber er hat immer noch nicht geantwortet.»

«Ich habe auch schon daran gedacht, ihn anzurufen», sagt Betty, «aber jetzt bin ich froh, dass ich es nicht getan habe. Das hier ist Lizzys Geschichte, nicht meine. Trotzdem habe ich nachgesehen, ob er mir eine Nachricht aufgesprochen hat. Ich dachte, vielleicht wurde der Anruf auf mein Telefon umgeleitet. Wie bei Mack heute Morgen. Aber da ist nichts.»

«Ruft er normalerweise sofort zurück?», fragt Mack.

«Ja!», sagen Betty und ich wie aus einem Mund.

«Ich habe Angst», sage ich panisch.

«Ich auch», sagt Betty, ebenfalls panisch. «Was sollen wir bloß tun? Wir müssen rauskriegen, wer dahintersteckt.»

«Wenn wir Stiefmutters USB-Stick hätten», sage ich, «würde uns das vielleicht mehr verraten.»

Mack denkt eine Weile darüber nach.

Und noch ein bisschen länger.

Es ist, als löse er eine Matheaufgabe im Kopf. Ich kann förmlich sehen, wie sich die Rädchen in seinem Hirn drehen und drehen wie das Innere eines komplizierten Uhrwerks.

«Okay», sagt er nach einer gefühlten Ewigkeit. «Das könnte uns dabei helfen, wenigstens Mr. Riddel auszuschließen.»

«Und Stiefmutter auch!», sagt Betty.

«Dann machen wir es», sagt Mack. «Wir besuchen Mr. Riddel. Ich lenke ihn ab, und du, Lizzy, siehst zu, ob du auf seinem Schreibtisch diesen USB-Stick findest. Wenn ja, steckst du ihn ein.»

Mein Gefühl, dass Mack wirklich alles tun würde, um ein Problem zu lösen, hat mich nicht getrogen. Er ist sogar bereit, die Regeln zu brechen.

«Und danach reden wir mit Dad», sagt Betty.

«Schauen wir mal ...», meint Mack.

«Warum?», will Betty wissen.

«Ich habe dir doch erklärt, was passieren kann, wenn die Erwachsenen mitkriegen, dass es zwei von euch gibt. Sie werden durchdrehen, und dann steckst du für immer in dieser Geschichte fest, Betty. Sie werden dich untersuchen wollen. Dich Tests unterziehen. Bücher über dich und Lizzy schreiben.»

Betty ist entsetzt. «Was? Reicht dieses eine Buch denn nicht? Wir brauchen nicht noch eins. Ich muss zurück in *meine* Geschichte!»

«Und du, Lizzy, würdest nie ein normales Leben haben. Niemals. Du wirst ein totaler Freak sein.»

«Lieber ein Freak als tot!», sage ich. «Außerdem weiß keiner, ob ich morgen überhaupt noch hier sein werde. Schon vergessen? Sie will mich auslöschen! Sie hat gerade versucht, mich umzubringen! Und sie wird es wieder versuchen.» Ich sehe Betty an. «Vielleicht bist du hier morgen schon die einzige Elizabeth.»

Betty springt auf. «Ich hasse diese Geschichte! Lasst uns gehen. Wir können noch ewig weiterdiskutieren. Außerdem muss ich aufs Klo.» Sie reißt meinen Rucksack auf und holt den Hut und das Regencape heraus. «Den trage ich.»

Sie schlüpft in mein Regencape, setzt die Kapuze auf und stülpt den Hut darüber, dann zieht sie das Netz um ihre Schultern.

Ich gebe ihr meine Sonnenbrille.

Sie sieht schaurig aus. Und lächerlich. Niemand wird denken, dass ich das bin.

Ich suche den Strand mit dem Fernglas ab. Entdecke eine Familie, die in der Nähe der Treppe mit einer Drohne spielt, die wahrscheinlich Luftaufnahmen macht oder ein Video.

Ansonsten ist der Strand leer. Es ist nach sechs und Essenszeit.

Wir entwerfen einen Plan, wie es vom oberen Ende der Treppe aus weitergehen soll. Es ist besser, vorsichtig vorzugehen und uns aufzuteilen. Ich werde den kürzesten und schnellsten Weg nehmen, auf dem die größte Wahrscheinlichkeit besteht, jemandem zu begegnen, den wir kennen: durch den Haupteingang, die Lobby und das hintere Foyer zum Schmutzraum. Wenn die Luft drinnen rein ist, werde ich Mack eine Nachricht schicken, damit er und Betty an den Tennisplätzen vorbei über den langen Weg zurückkommen. Ich lasse sie dann auf der Rückseite des Hotels durch unseren Privateingang in unsere Wohnung.

Es ist ein handfester Plan.

Und er funktioniert.

Betty muss dringend aufs Klo, als sie reinkommt. Sie rennt schnell die Treppe rauf und hinterlässt dabei eine Spur aus Sand und Schmutz.

Das wird Stiefmutter sicher mir in die Schuhe schieben. Herzlichen Dank.

Während Mack sich im Eingang die Schuhe auszieht, gehe ich in die Küche. Ich will uns etwas zu trinken holen, als plötzlich Stiefmutter durch den Schmutzraum hereinstürmt. Ein Blick in ihr Gesicht sagt mir, dass etwas nicht stimmt.

«Dein Vater», sagt sie. «Er ist im Krankenhaus.»

«Im Krankenhaus?!» Ich spüre förmlich, wie mir das Blut aus dem Gesicht weicht.

Dad war noch nie im Leben im Krankenhaus. Er war noch nie ernsthaft krank. Er geht nie zum Arzt.

Dad ist unzerstörbar.

«Was ist passiert?» Ich muss mich anstrengen, damit meine Stimme sich nicht überschlägt.

Stiefmutter sieht mir ins Gesicht. «Elizabeth», sagt sie und streicht mir mit den Fingerspitzen über die Wange.

Ich zucke zusammen. Ihre Finger sind eiskalt.

Erschrocken tritt sie einen Schritt zurück.

«Was ist los mit ihm?» Meine Stimme ist laut. Vielleicht sogar hysterisch.

«Die Ärzte sind sich nicht sicher.»

«Es ist eine Lebensmittelvergiftung, hab ich recht?»

Stiefmutter zieht die Augen zusammen. «Warum sagst du das? Nein.»

«Was ist es dann?»

Sie zögert kurz, sucht in meinen Augen. «Sie wissen es nicht.»

«Aber wird er wieder gesund?»

Sie antwortet nicht.

«Wird er?»

«Ja, Elizabeth», sagt sie. «Ganz bestimmt.»

Ich glaube ihr nicht.

Und ich fürchte, dass ich gleich losheulen muss.

Aber das will ich nicht. Nicht vor ihr.

Ich kämpfe gegen die Tränen. Spüre, wie sie sich hinter den Augen sammeln.

Ich. Werde. Nicht. Heulen.

Stiefmutter kommt wieder einen Schritt auf mich zu. «Mach dir keine Sorgen. Er ist in guten Händen.»

Als sie mich umarmen will, verschränke ich die Arme vor der Brust.

Sie fährt herum und nimmt eine Flasche Scotch aus dem Speiseschrank. Sie schenkt sich ein kleines Glas ein. Ich habe sie tagsüber noch niemals trinken sehen.

Sie leert das Glas in einem Zug und verzieht das Gesicht. Dann atmet sie aus, ganz sacht, als würde sie eine einzelne Kerze ausblasen.

Sie stellt das Schnapsglas auf die Arbeitsfläche, dreht sich wieder zu mir um – und fährt erschrocken zusammen. «Mack», sagt sie. «Hast du mich erschreckt.»

Mack steht in der Tür. «Tut mir leid. Ich wollte Sie nicht –»

«Nein, nein», sagt Stiefmutter. «Es ist gut, dass du da bist. Graham ist krank.»

«Ich habe Sie ... reden hören.»

Ich schaue Mack ins Gesicht, kann seine Miene aber nicht deuten.

Stiefmutter wendet sich wieder an mich. Ihr Gesicht ist ernst. «Ich fliege aufs Festland. Mit dem Hubschrauber. Ich rufe dich an, sobald ich mit den Ärzten gesprochen habe. Wahrscheinlich bleibe ich über Nacht dort. Kommst du hier allein zurecht?»

«Ich ... denke schon.» Meine Stimme klingt nicht sehr überzeugend.

«Ruf mich an, wenn du mich brauchst.» Sie zieht einen

Zettel aus der Tasche. «Das hier sind Mrs. Freebairns Handy- und Festnetznummer. Du kannst bei ihr übernachten, hat sie gesagt. Ruf sie jederzeit an. Auch wenn es mitten in der Nacht ist.»

«Ich komme schon klar.»

Stiefmutter schaut zu Mack. «Ich bin froh, dass ihr beide euch so gut versteht.»

Mack wird rot.

Stiefmutter mustert uns einen Moment, dann sagt sie: «Also schön. Ich gehe jetzt.»

Im Flur greift sie nach einem kleinen Rollkoffer, der mir vorher gar nicht aufgefallen ist. Sie zieht ihn zum Eingang, drückt die Tür auf und dreht sich noch einmal zu mir um.

«Kannst du bitte den Sand hier wegmachen? Du verteilst ihn sonst im ganzen Haus.»

Dann ist sie weg.

23. Kapitel

Das Seidentuch

Betty ist inzwischen geduscht und umgezogen. Sie trägt jetzt eine Jeans und mein neues pfirsichfarbenes Shirt mit den feinen roten Streifen. Es steht ihr gut, also steht es mir ebenfalls, nehme ich an.

Außerdem fällt mir auf, dass sie ihre Haare nach dem Duschen an der Luft trocknen lässt. Die Locken fallen ihr in die Stirn. Genau wie bei mir. Als ob sie sich darauf vorbereitet, ich zu werden. Das beunruhigt mich – fast genauso sehr wie Dads plötzliche Erkrankung.

«Ich frage mich, ob die Autorin etwas damit zu tun hat, dass Dad krank ist», sagt Betty. «Und wenn ja, warum? Warum fügt sie *ihm* Schaden zu, wenn sie es eigentlich auf Lizzy abgesehen hat?»

«Natürlich hat sie etwas damit zu tun!», herrsche ich sie an. «Sie hat ihn vergiftet!» Ich zerre meinen rubinroten Rollkragenpulli aus der Kommode und suche im Schrank nach einer anderen Jeans. Ich finde die graue und verschwinde im Badezimmer.

Das heiße Wasser fühlt sich gut an. Es beruhigt mich.

Als ich aus dem Bad komme, haben Betty und Mack ein paar Sandwiches zubereitet und heraufgebracht.

Mir knurrt der Magen bei ihrem Anblick. Ich habe Hunger.

Während wir essen, machen wir Pläne für den Abend.

Mack will seine schmutzigen, noch feuchten Klamotten loswerden. Er hat Hemd und Hose zum Wechseln in seinem Schließfach im Umkleideraum des Personals. Dort wird er sich umziehen und dann mit mir zusammen in die Stadt radeln. Er will Mr. Riddel mit einem Projekt ablenken, an dem sie gerade zusammen arbeiten, damit ich den USB-Stick vom Tisch im Hinterzimmer klauen kann – das heißt, falls er noch da ist.

Betty ist nicht gerade begeistert davon, allein zu Hause zu bleiben, auch wenn sie versteht, dass es zu riskant wäre mitzukommen. «Wenn es sein muss», murrt sie schließlich und schaut theatralisch zum Himmel.

Sie erinnert mich an mich selbst.

Und ich schaudere. Wie lange noch, bis sie ganz und gar ich ist?

«Aber was soll ich in der Zwischenzeit alleine machen?», fragt sie schmollend.

«Du kannst noch ein paar Kisten auspacken, während wir weg sind», schlage ich vor.

«Haha.» Sie geht zum Spiegel und zieht etwas aus ihrer Hosentasche.

Ich bin geschockt, als ich sehe, dass es Mutters französisches Seidentuch ist.

Sprachlos sehe ich zu, wie sie es sich um den Hals bindet.

Mein ganzer Körper glüht vor Zorn. Ich höre das Blut in meinen Ohren rauschen, so wütend bin ich. *Poch-poch-poch* macht es, wie heißer Dampf in den Röhren eines alten gusseisernen Heizkörpers.

Ich explodiere gleich.

Was fällt ihr ein?!

«Was machst du da?!», sage ich.

Sie sieht mich verständnislos an. «Wie? Was ist denn?»

«Das ist das Halstuch meiner Mutter!»

«Und auch von meiner Mutter.»

«Nimm es ab! Jetzt! Sofort!»

«Was?»

Das Tuch ist mein kostbarster Besitz. Ich habe es noch nie getragen. Es wäre … respektlos. Wie kann Betty es wagen, einen Knoten reinzumachen? Es in ihrer Hosentasche zu knüllen und zu verknittern?!

«Du sollst es abnehmen, habe ich gesagt.» Ich stehe auf und balle die Fäuste.

Sie weigert sich, mir das Tuch zu geben. «Es gehört mir. Ich trage es ständig. Mutter hat es mir gegeben.»

Sie hat es ihr *gegeben*?

Ich bin kurz davor auszurasten. «Nimm. Es. Ab!»

«Nein. Ich –»

Ich stürze mich auf sie.

Betty fällt rückwärts aufs Bett, mit mir obendrauf. Ich packe das Tuch, versuche, den Knoten zu lösen. Aber er zieht sich immer fester zu. Betty dreht und windet sich zu sehr.

«Hör auf damit!», schreie ich.

«Ich ... krieg ... keine Luft!», röchelt sie.

«Halt still!»

«Du erwürgst sie!», ruft Mack. Er packt mich und zerrt mich von Betty weg.

Mack und ich stürzen zu Boden und reißen dabei die Lampe von meinem Nachttisch.

«Ich will nicht, dass sie das trägt!», heule ich. «Ich will es nicht. Es gehörte meiner Mutter. Meiner Mutter! Es ist alles, was ich von ihr habe. Sie darf es nicht tragen!»

Betty, die jetzt aufrecht sitzt, kämpft mit dem Tuch. Ihre Finger fahren zitternd um ihren Hals, suchen nach dem Knoten.

Dann läuft sie zum Spiegel und schafft es, den Knoten aufzubinden.

Sie reißt sich das Tuch herunter und lässt es fallen.

Ich sehe das seidene Viereck durch die Luft segeln wie eine zarte Pusteblume.

Es landet auf dem Teppich.

Ich reiße es an mich, laufe nach unten und werfe mich im Wohnzimmer aufs Sofa.

Ich vergrabe meine Nase in dem seidenen Tuch.

Es riecht wie Mutter.

Und es gehört *mir*.

Als ich die Augen wieder aufschlage, ist es Nacht. Ich bin von Dunkelheit umgeben, treibe ziellos durch ein tintenschwarzes Nichts. Zu meiner Linken ist ein stecknadelgroßes Licht. Ich sehe zu, wie es immer heller und größer und schließlich zu meinem Erkerfenster wird. Zwischen den offenen Vorhängen sehe ich Nebelschwaden um den Vollmond wirbeln. Ein großer Nachtvogel streicht am Fenster vorbei, seine gelben Augen leuchten unheimlich. Die Blätter an den Bäumen rascheln, als würden sie mir zuflüstern. Sie warnen mich vor etwas, das ich vergessen habe, etwas –

Eine Holzdiele knarrt.

Zehn lange, maniküre Finger, zehn scharfe Messer springen aus dem Schatten und funkeln vor meinen Augen.

Es ist Stiefmutter.

Sie ist gekommen, um mir die Kehle durchzuschneiden. Mir die Augen auszustechen. Mir das Herz aufzuschlitzen.

Ich schreie ...

... und wache auf.

Mit einem Keuchen fahre ich hoch.

«Ist schon gut», sagt Betty. «Ist schon gut.» Sie sitzt neben mir auf der Bettkante.

«Wie lange war ich weg?», frage ich.

«Eine Minute.»

Ich sitze im Bett in meinem Zimmer.

Der Raum dreht sich.

«Ganz ruhig», sagt Betty.

Das Drehen hört auf.

Ich sehe, dass ich immer noch Mutters Seidentuch umklammere. Ich lege es auf meinen Schoß.

«Bin ich denn nicht runtergegangen?», frage ich. «Ich war doch im Wohnzimmer. Auf dem Sofa.»

Betty schüttelt den Kopf.

Mack sitzt auf einer der Bücherkisten. Er lacht leise. «So habe ich Mädchen noch nie kämpfen sehen.»

«Action ist gut für ein Buch», witzele ich.

«*Gut?*», sagt Betty. «Du hast mich fast erwürgt.»

«Ich wollte dir nicht weh tun. Ich wollte nur, dass du das Halstuch abnimmst.»

Betty seufzt ergeben. «Ich hätte es wissen müssen. Ich glaube, irgendwo im Hinterkopf habe ich geahnt, dass dir das Halstuch wichtig ist.»

Als ich aufstehe, fällt das Seidentuch zu Boden. Ich hebe es wieder auf.

Es ist zerknüllt. Ich werde es irgendwann bügeln müssen. Aber erst mal falte ich es auf die Hälfte zusammen, dann in Viertel und schließlich in Achtel.

Ich gehe zur Kommode. «Ich lege das Tuch in die unterste Schublade, Betty», sage ich.

Sie nickt zustimmend.

Ich drehe mich zu Mack um. «Wir sollten langsam los», sage ich. «Du wolltest dich noch umziehen.»

«Bin gleich wieder da.»

24. Kapitel

Dämonen

Ich setze mich neben Betty aufs Bett. Mir fällt auf, dass wir zum allerersten Mal allein sind, seit wir uns kennen.

«Erzähl mir von Mutter», sage ich. «Wie war sie?»

Ich habe keine Ahnung, woher diese Frage kommt. Mir ist es bis jetzt nicht eingefallen, sie danach zu fragen, aber nun, wo ich es getan habe, kommt es mir richtig vor.

«Sie war sehr schön», sagt Betty, kein bisschen erstaunt über meine Frage.

«Das habe ich mir gedacht.»

«Wir haben alle die gleiche Haarfarbe. ‹Flachsblond› hat sie es genannt. ‹Mein holdes flachsblondes Engelchen› hat sie immer zu mir gesagt.»

Ich sage es laut vor mich hin: «‹Mein holdes flachsblondes Engelchen›. Klingt ein bisschen altmodisch.»

«So war sie auch. Sie liebte Antiquitäten und alte Sachen. Aber vermischt mit modernen Dingen. Sie hatte einen sehr guten Geschmack. Das haben alle gesagt.»

«Wie bei dem Seidentuch.»

«Ja. Ich liebe es.»

Draußen auf dem Parkplatz höre ich einen Motor anspringen.

«Hast du Fotos von ihr?», frage ich Betty.

Die Frage lässt sie stutzen.

«Von uns mit ihr», korrigiere ich mich. «Mit dir, meine ich. Oder von mir mit ihr. Egal.»

«Nein. Hast *du* welche?»

Ich schüttele den Kopf. «Dad hat gesagt, sie wären alle verlorengegangen, als sein Laptop geklaut wurde.»

Sie nickt. «Das hat er mir auch gesagt.»

«Gibt es ein Foto von dir auf seinem Schreibtisch? Das zwischen Plexiglasscheiben schwebt?»

Sie lächelt. «Ja. Es erinnert mich immer an Urzeit-Bienen, die in Bernstein eingeschlossen sind.»

«Genau.»

Einer der Vorhänge am Erkerfenster bläht sich im Wind und macht Flattergeräusche. Ich lege mich auf den Rücken.

«Glaubst du ihm?», fragt Betty plötzlich.

Jetzt ist es an mir zu stutzen. Ich setze mich wieder auf. «Du meinst Dad? Wegen der Fotos?»

Sie nickt.

«Wohl eher nicht.»

Ich fühle mich schrecklich, so etwas zu sagen, denn ich liebe Dad. Aber jetzt, wo die Frage ausgesprochen ist, wird mir klar, dass ich ihm nicht glaube.

«Ich auch nicht», sagt Betty.

Ich lege mich wieder hin. «Glaubst du, er hat sie verbrannt? Oder weggeworfen? Das wäre nicht sehr nett gewesen.»

«Nein, wäre es nicht. Aber ich glaube, dass er sie vielleicht noch hat. Irgendwo.» Sie denkt einen Moment darüber nach. «Vielleicht tun ihm die Fotos zu weh. Vielleicht wartet er, bis wir erwachsen sind, um sie uns dann zu geben.»

«Ich will nicht warten, bis ich erwachsen bin», sage ich. «Aber erzähl mir mehr von Mutter. Hat sie ausgesehen wie die Frau auf dem Seidentuch? So habe ich sie mir immer vorgestellt.»

Betty legt sich ebenfalls auf den Rücken. «Ja. So ähnlich.»

«Und ihre Augen? Welche Farbe hatten die?»

«Blau, leuchtend blau.»

«Das hat Dad auch einmal gesagt. Obwohl er nur ‹blau› gesagt hat, ohne das ‹leuchtend›. – Und welche *Form* hatten sie?»

Diese Frage scheint Betty zu beunruhigen. Sie dreht sich zu mir um. «Welche Form? Groß vielleicht?»

«Meinst du rund?» Ich sehe sie an.

«Vielleicht.» Dann schüttelt sie den Kopf. «Oder mandelförmig vielleicht?»

«Okay. Und ihre Nase?»

«Ihre Nase?» Betty richtet sich auf. «Ihre Nase? Ich bin mir nicht sicher ... ich ... ich glaube ...»

Sie schaut mich an, und ich sehe Tränen in ihren Augen. «Ich weiß es nicht, Lizzy», sagt sie. «Ich kann mich nicht mehr erinnern. Ich weiß nicht mehr, wie Mutters Nase ausgesehen hat. Ich schäme mich.» Sie weint. Große, dicke Tränen.

Sie schließt ganz fest die Augen, als ob sie ein Bild von Mutters Gesicht heraufbeschwören will. Doch dann schüttelt sie den Kopf. «Es geht nicht! Ich kann mich nicht mehr genau daran erinnern, wie sie aussah. Meine Erinnerung an sie ist ... verblasst.»

Ich nehme ihre Hand.

Sie lässt es zu. «Ich weiß nicht mehr genau, wie sie war. Oder wie sie aussah», klagt sie. «Und ich hasse mich dafür.»

Ich weine jetzt auch. Betty tut mir so leid. Wie furchtbar, wenn man zugeben muss, dass man sich an seine eigene Mutter nicht mehr erinnern kann.

«Bitte wein nicht», sage ich und nehme sie in den Arm. «Bitte nicht. Du kannst doch nichts dafür.»

Sie lehnt sich mit ihrem ganzen Körper an mich.

Nachdem wir eine Weile so dagesessen haben, rückt Betty von mir ab. «Ich habe noch nie jemandem davon erzählt», sagt sie.

«Hast du denn keine Therapeutin?»

«Nein. Sollte ich?» Sie lehnt den Kopf an das Kopfteil und wischt ihre Tränen weg.

«Ich weiß nicht, aber wenn du niemanden hast, mit dem du über Mutter reden kannst, ist es leicht, sie zu vergessen. Vor allem, weil Dad nicht gern über sie spricht.»

Plötzlich fällt mir etwas ein. «Hast du ein Tagebuch?»
Sie nickt. «Ich schreibe aber nicht oft genug.»
«Ist es pink?»
«Ja. Warum?»
«Dann wäre das Rätsel gelöst. Mack hat gestern erwähnt, dass er mich damit unten am Strand gesehen hat. Das warst dann wohl du, denn ich habe kein Tagebuch.» Ich denke einen Moment nach. «Du warst also schon vor heute in meiner Geschichte. Ist das nicht bizarr?»

«Das Ganze ist bizarr.» Sie putzt sich die Nase. «Du solltest eigentlich versuchen, auch Tagebuch zu schreiben. Manchmal tut es ganz gut, etwas loszuwerden.»

«Das sagt meine Therapeutin Dr. Goodwin auch immer.»

Betty lächelt schwach.

Ich lehne mich auch an das Kopfteil.

«Betty, Dad sagt, Mutter wäre von Dämonen getrieben gewesen», sage ich unvermittelt.

Meine Bemerkung verwundert Betty überhaupt nicht. «Ich weiß. Das hat er mir auch gesagt.»

«Was meint er damit?»

«Hast du ihn das nie gefragt?»

«Nein. Du?»

Betty schüttelt den Kopf. «Irgendwie glaube ich, dass er darauf gar nicht antworten will.»

«Hm. Ich glaube trotzdem, dass wir ihn fragen *müssen*.»

«Ja», pflichtet sie mir bei.

«Sobald es ihm wieder bessergeht. Ansonsten bilden

wir uns noch wer weiß was ein. Dass Mutter sich womöglich –»

Betty hält mir den Mund zu. «Nein! Sag nichts. Bitte nicht! Wir finden es schon heraus, wenn es so weit ist.»

Ihre Eindringlichkeit überrascht mich. «Okay. Meinetwegen. Wenn es so weit ist», sage ich, auch wenn wir beide wissen, dass diese Zeit vielleicht niemals kommen wird. Wer kann schon wissen, was uns heute noch erwartet.

Der Gedanke ist beängstigend.

Aber dann läutet es unten.

Es ist Mack.

25. Kapitel

Silberblau

E s ist ein friedlicher früher Abend.
Der Himmel ist groß. Die Straße leer. Die Luft riecht nach feuchter Erde.

Mack und ich radeln Seite an Seite.

Mein Leben ist ein einziges Chaos, aber ich muss zugeben, dass es mir gefällt, jetzt, in diesem Moment, hier zu sein. Ich mag die Bewegung. Die kühle Luft, die mein Gesicht streichelt. Und Macks Gesellschaft.

«Wo gehst du eigentlich zur Schule?», frage ich ihn.

«In der Stadt. Noch zwei Jahre. Dann schicken mich meine Eltern ins Internat aufs Festland. Für die letzten beiden Jahre vor der Uni.»

Ich bin froh, dass wir die gleiche Schule besuchen werden, auch wenn er ein Jahr weiter ist als ich.

Wir passieren die Abzweigung zu Mr. Riddels Haus. Erst heute Morgen habe ich Stiefmutter dorthin verfolgt; es kommt mir vor, als wäre das in einem anderen Leben gewesen.

«Dir ist schon klar», sagt Mack, «dass die Autorin genau das will? Sie will, dass ihr beide es untereinander ausfechtet, du und Betty.»

Ich zucke die Achseln. «Konflikte machen sich in einer Geschichte immer gut.»

«Es geht hier um mehr als bloß um Konflikte. Ich glaube, die Autorin versucht – mit Hilfe des Konflikts – schlau aus dir zu werden. Sie will rausfinden, wie du tickst. Sie probiert ein bisschen dies und ein bisschen das ... Sie lässt euch aneinandergeraten, um zu sehen, wie ihr reagiert. Und was funktioniert.»

«Das sollte sie eigentlich wissen, *bevor* sie mit dem Schreiben anfängt», sage ich. «Es würde uns eine Menge Ärger ersparen.»

«Ich glaube nicht, dass alle Autoren ihre Figuren in- und auswendig kennen, bevor sie anfangen, ihre Geschichte zu schreiben. Wahrscheinlich lernen sie die Figuren erst während der Arbeit richtig kennen.»

«Vielleicht. Aber wenn du mich fragst, ist das bloß eine faule Ausrede dafür, dass die Autorin ihre Hausaufgaben nicht gemacht hat.»

Mack grinst.

«Außerdem kann es auch noch sein, dass sie einfach keine gute Autorin ist», sage ich. «Und dass sie deshalb ständig alles durcheinanderbringt.»

Macks Augen lächeln mich an. Ihr sanftes Goldgrün erinnert mich an eine Sommerlandschaft bei Sonnenaufgang.

Ich frage mich, welche Farbe meine Augen gerade haben? Sind sie blau? Oder lassen die Wolken sie grau wirken? Das passiert bei mir häufig.

«Welche Farbe haben meine Augen gerade?», frage ich Mack. «Sie verändert sich je nach Wetter.»

Er mustert mich einen Moment. Unter seinem Blick wird mir auf einmal seltsam warm.

«Silberblau», sagt er. «Deine Augen sind silberblau.»

Silber. Blau.

Ich liebe die Vorstellung, dass meine Augen silberblau sind.

Und ich liebe es, wie seltsam warm mir ist.

Ein Auto kommt uns entgegen. Es ist genug Platz für uns drei auf der Straße, trotzdem bremst Mack und schert hinter mir ein. Das gefällt mir an ihm: Er ist umsichtig.

Der Wagen fährt vorbei, und schon ist Mack wieder neben mir. Seite an Seite radeln wir weiter in Richtung Stadt.

Mr. Riddels Laden schließt um sechs Uhr, wie die meisten Geschäfte in der Stadt. Aber Mack hat ihm eine Nachricht geschickt, dass er vorbeikommt.

Es ist ruhiger in der Stadt als heute Morgen. Doch durch die Fenster sehe ich, dass in den Restaurants und Pubs Hochbetrieb herrscht.

Die Tür zur Bingohalle steht offen, und ich höre die Ausruferin, die über Lautsprecher mit monotoner Stimme die Zahlen vorliest: G 47. I 30. B 1. Eine Gruppe einheimischer

Rentner – vollbusige Frauen in wadenlangen Röcken und klapprige alte Männer in Tennisschuhen – machen draußen eine Pause, rauchen und trinken Bier.

«Wenn wir sonst nichts mehr zu tun haben im Leben», sagt Mack, «können wir immer noch hier abhängen und Bingo spielen.»

Ich kichere. «Mrs. Freebairn hat mir erzählt, dass sie beim Bingo einmal tausend Pfund gewonnen hat. Und danach hat sie nie wieder gespielt.»

«Sie ist klug», sagt er.

«Ja», stimme ich ihm zu. «Ich mag sie.»

«Sie hat mir alles beigebracht, was ich weiß.»

«Ich wusste gar nicht, dass sie sich mit Computern auskennt.»

«Haha. – Über die Gastronomie, Schlaumeier.»

Weiter vorn sehe ich die Lichter der Fish-'n'-Chips-Bude, direkt dahinter liegt das Reich von Mr. Riddel.

«He, Mack», sagt ein Junge vor *Mrs. Little's Fish-'n'-Chips*, als wir vorbeikommen. An der Tür hängt ein Schild mit der Aufschrift *Bin gleich wieder da!*.

«Hi», sagt Mack zu dem Jungen.

Sie begrüßen sich mit einem Faustcheck.

Der andere Junge sieht mich neugierig an, aber Mack stellt uns einander nicht vor. Ich glaube, er ist verlegen. Nicht wegen mir, einfach, weil er nicht weiß, wie er mit der Situation umgehen soll.

«Mach's gut», sagt Mack.

Dann stehen wir vor *Mr. Riddel's Bits-'n'-Chips*-Laden.

«Willkommen, willkommen, junger Herr», sagt Mr. Riddel auf scherzhaft förmliche Art und gibt Mack die Hand.

Sein Blick fällt auf mich. «So, so. Wen haben wir denn da?» Er erkennt mich von heute Morgen wieder, denn er sagt: «Fehlen uns doch Batterien?»

Mack stellt uns einander vor.

Mr. Riddel lächelt mich breit an. Er hat moosige Zähne, fällt mir auf. Igitt!

«So, so», sagt er. «Reginas zukünftige Tochter.»

Ich würde es am liebsten abstreiten, sage aber ja.

«Du bist ein echter Glückspilz», sagt er. «Super Frau.»

Ich lächle gequält zurück.

Laute Rockmusik dröhnt aus den Lautsprechern des Ladens. Mr. Riddel stellt sie ein bisschen leiser.

«Was kann ich für dich tun, Mackenzie?», fragt er Mack.

Mack nimmt seinen Rucksack von der Schulter und geht zum Tresen neben der Registrierkasse. Mr. Riddel folgt ihm.

Ich schlendere in Richtung Nebenraum, wo die Smartphones ausgestellt sind, stöbere hier und da, als wollte ich irgendetwas kaufen. Ich kann nicht hören, worüber sich die beiden vorn unterhalten, aber Mack hat versprochen, Mr. Riddel zu beschäftigen, bis ich in den Vorderraum zurückkomme – natürlich mit dem USB-Stick.

Mein Herz hämmert fast so laut wie die Bässe im Lautsprecher. Es will mir wohl sagen, dass ich mit diebischen Absichten nicht hier hinten sein sollte.

Aber natürlich bin ich aus genau diesem Grund hier.

Ich nehme eine Packung Batterien, um meine Kaufabsichten zu demonstrieren, und schlendere lässig am Schreibtisch vorbei.

Der Zettel mit Stiefmutters Notiz liegt immer noch neben der Teetasse – aber der USB-Stick ist weg. Meine Augen gleiten fieberhaft über den Tisch. Wo ist der orangefarbene Würfel? Vielleicht liegt er unter einem Umschlag oder einem Blatt Papier versteckt? Ich tue so, als würde ich mich an den Schreibtisch lehnen und lege die Hand auf eine offene Stromrechnung – kann darunter aber nichts ausmachen.

Ich drücke auf einen anderen Papierstapel – wieder nichts.

Vorn bricht Mr. Riddel in Lachen aus.

Es hört sich an, als nähere sich ihr Gespräch seinem Ende.

Hilfe! Ich muss diesen blöden USB-Stick finden. Ich muss wissen, was Stiefmutter und Mr. Riddel vorhaben. Wo kann das Ding nur sein? In einer Schublade? Bringe ich es über mich, eine Schublade zu öffnen? Nein, tue ich nicht.

Ich nehme Mr. Riddels Rechner ins Visier.

Seitlich am Bildschirm ist kein USB-Stecker zu sehen. Und einen externen USB-Port kann ich nirgends entdecken ... Ich schlängle mich um den Schreibtisch herum – und da ist er. Das orange Ding steckt in einem USB-Port auf der Rückseite, genau wie bei meinem Computer.

Ich will den Stick herausziehen, habe bereits die Hand danach ausgestreckt, als direkt hinter mir eine Tür aufgeht und ich eine Toilette rauschen höre.

Ich wirbele herum und sehe Mrs. Little von der Fish-'n'-Chips-Bude herauskommen.

Sie ist kein bisschen klein, trotz ihres Namens. Ganz im Gegenteil. Sie ist groß und ein bisschen nachlässig angezogen, eine Frau um die sechzig, mit blondierten Haaren und einer Tonne Make-up im Gesicht. Sie könnte auch Ausruferin in der Bingohalle sein.

Möglicherweise hat sie meine Hand am Stick gesehen, denn sie beäugt mich misstrauisch. «Abend, Schätzchen», sagt sie, während sie das Wasser von den Händen schüttelt. «Tyrone!», ruft sie dann. «Deine Toilette ist ein Dreckloch. Und wo in Herrgottsnamen sind die verdammten Papierhandtücher?»

Mr. Riddel kommt mit einem Paket ins Hinterzimmer geeilt. «Tut mir leid, mein Täubchen. Das haben wir gleich.»

Er schlüpft in die Toilette und macht sich daran, den Papierspender aufzufüllen.

Ich lenke Macks Aufmerksamkeit auf mich und deute auf die Rückseite des Computers. Er nickt.

Mrs. Little schaut Mr. Riddels Treiben zu, dreht dann den Wasserhahn am Waschbecken auf und seift sich wieder die Hände ein.

Gut zu wissen, dass die Fish-'n'-Chips-Verkäuferin wenigstens Hygienevorschriften einhält und –

«Du möchtest also diese Batterien?», fragt Mr. Riddel neben mir.

«Ja, bitte», sage ich.

«Dann komm mit.»

Es widerstrebt mir, den Raum ohne den USB-Stick zu verlassen, aber ich habe keine Wahl.

Während ich meinen Einkauf bezahle, stampft Mrs. Little mit einem gemurmelten Dankeschön durch den Laden und zur Tür hinaus.

Mr. Riddel mustert uns einen Moment. «Und? Mission erfüllt?»

«Ja», sagen Mack und ich gleichzeitig, obwohl das eindeutig nicht der Fall ist. Ich muss mir schnell etwas einfallen lassen.

«Darf ich bitte Ihre Toilette benutzen?», frage ich Mr. Riddel.

Er zuckt die Achseln. «Du hast die Dame gehört. Nur auf eigene Gefahr.» Er lacht und zeigt wieder seine bemoosten Zähne.

Ich gehe zurück ins Hinterzimmer, ziehe im Vorbeigehen den orangen Stick aus dem Port und stecke ihn in die Tasche.

Dann öffne ich die Toilettentür, trete ein und schließe die Tür hinter mir.

Ich schaue die Toilette gar nicht erst an. Kann aber nicht verhindern, sie zu riechen.

Ich zähle bis sechzig. Dann spüle ich, wasche mir die Hände und trockne sie.

Mit einem Lächeln gehe ich wieder hinaus.
Ja, allerdings: Mission erfüllt.

26. Kapitel

Eine Schafherde und ein schwarzer Rabe

E ine riesige Schafherde versperrt uns den Rückweg. So weit das Auge reicht, besteht die Straße beim Blick nach Süden aus nichts als blökenden weißen Pelzen.

Nur wenige Meter vor uns biegen die Schafe auf einen nach Osten führenden Weg ein.

«Das dauert ja ewig!», sage ich genervt.

Wir könnten uns durch die Herde drängen, aber Mack will nicht, dass wir die Tiere beunruhigen. «Entspann dich», sagt er.

Ich hasse es, wenn man mir sagt, dass ich mich entspannen soll. Da werde ich nur noch angespannter.

Ich kann es kaum erwarten zu sehen, was auf dem USB-Stick ist. Außerdem wird mir vom strengen Geruch der Schafe übel.

Nach einer Viertelstunde halte ich es nicht länger aus. Ich bahne mir einen Weg durch das weiße Pelzmeer.

Wir sind gerade zurück und stellen unsere Räder ab, als Stiefmutter mich auf dem Handy anruft.

«Es ist eine Sepsis», sagt sie in ernstem Ton.

«Eine Sepsis?» Ich weiß nicht, was das ist, aber es klingt wie etwas, das niemand haben sollte.

«Anscheinend hat er sich beim Joggen den Arm aufgekratzt.»

«Das war letzte Woche. Er hat mir die Wunde gezeigt.»

«Ich wünschte, er hätte sie *mir* gezeigt», sagt Stiefmutter. «Ich hatte keine Ahnung. Offenbar hat sich die Wunde entzündet. Und er hat es nicht gemerkt. Oder er hat es gemerkt und es nicht ernst genommen. Jedenfalls sind die Bakterien in seinen Blutkreislauf gelangt. Und jetzt vergiften sie sein Blut.»

«Blutvergiftung?» Meine Stimme klingt ganz dünn.

«Ja.»

«Ist das ... gefährlich?»

Eine lange Pause, dann: «Ja, das ist es.»

Mein Magen verkrampft sich.

«Aber die Ärzte sind optimistisch, Elizabeth», sagt Stiefmutter. «Sie verstehen ihr Handwerk.»

Meine Verzweiflung schlägt sofort in Freude um. «Dann wird er wieder gesund?»

«Sie gehen davon aus.»

«Kann ich ihn besuchen?»

«Er liegt noch auf der Intensivstation.»

«Für wie lange?»

«Es wird ein, zwei Tage dauern, bis wir wissen, ob er über den Berg ist. Dann kannst du kommen.»

Die Verzweiflung ist wieder da, sie nagt an meinem Magen. Mir ist schlecht. «Was tun sie für ihn? Wie heilt man so etwas?»

«Mit Antibiotika», sagt Stiefmutter gefasst. «Mit Infusionen. Und mit Glück.»

«Glück?», keucht Betty. «Das hat sie echt gesagt? Glück?»

«Ja!»

«Das klingt ein bisschen kühl, oder?»

«Ein bisschen?»

«Aber wenigstens wissen wir jetzt, dass sie ihn nicht vergiftet hat.»

«Wir wissen überhaupt nichts!», fauche ich.

«Es war ein Unfall, Lizzy.» Betty legt mir die Hand auf die Schulter.

Ich stoße sie weg. «Das heißt noch längst nicht, dass sie den Unfall nicht verursacht hat. Ich weiß, dass sie es war. Sie steckt dahinter.» Ich kann die Tränen nicht mehr zurückhalten. Sie rollen mir über die Wangen. Mein Vater tut mir so schrecklich leid. «Was sollen wir nur tun?»

Ich lasse mich aufs Bett fallen und lande neben einer riesigen Schüssel Popcorn, die Betty in der Mikrowelle gepoppt hat, während wir weg waren. Ich schiebe die Schüssel von mir weg. «Das riecht eklig! Wie kannst du jetzt nur an Popcorn denken?»

Betty macht den Mund auf, um etwas zu sagen, entscheidet sich aber dagegen.

Mack setzt sich neben mich. «Du machst dir Sorgen und hast Angst. Aber wir müssen jetzt einen kühlen Kopf bewahren, Lizzy. Auch du. Du willst deinem Vater doch helfen, oder?»

Ich nicke.

Wir sitzen eine ganze Weile da – bis ich mich beruhigt habe und die Tränen versiegen. Schließlich ziehe ich den USB-Stick aus der Hosentasche.

Der Inhalt des USB-Sticks erscheint auf dem Bildschirm. Wir scharen uns um ihn.

Der Moment der Wahrheit ist gekommen.

Ein Ordner erscheint, den wir aufmachen. Sieben Dateien sind darauf. `Text_1` bis `Text_4`. Und drei JPEGs. Ich klicke auf `Text_1`.

```
Als ich sechs Jahre alt war, sah ich in einem
Buch mit dem Titel Wahre Geschichten aus
unserem Universum einmal ein phantastisches
Bild. Es zeigte ein Schwarzes Loch, das einen
Stern verschlang.
- Die kleine Prinzessin
```

«Was soll denn das sein?», fragt Betty.

Ich klicke auf `Text_2`.

In einem Haus in der Nilstraße lebte einst eine Ballerina aus Plastik. Sie hatte Arme aus Plastik und Beine aus Plastik. Sie hatte Finger aus Plastik und einen Kopf aus Plastik, sie hatte einen Plastikkörper und eine süße kleine Plastiknase. Ihre Ellenbogen und ihre Knie ließen sich bewegen, und auch ihre Finger, weil sie alle mit Draht verbunden waren. Dies verlieh ihr große Bewegungsfreiheit, was natürlich alle Ballerinas brauchen.
 - *Das erstaunliche Tagebuch von Ida Burney*

Mack, Betty und ich sehen uns verblüfft an.

«Das sind Zitate», sage ich. «Aus Büchern.» Kinderbüchern, denke ich. Sie kommen mir vor, als hätte ich sie früher mal irgendwo gelesen.

«Ja», sagt Betty.

Ich öffne Text_3.

Alex fing an sich zu langweilen; sie saß schon lange neben ihrer Schwester am Pool und hatte nichts zu tun. Das Video, das ihre Schwester sich ansah, gefiel ihr nicht, denn es war in einer ihr fremden Sprache, noch dazu mit Untertiteln. «Und was nützt mir ein Video?», dachte Alex, «wenn ich es lesen muss?»
 - *Alex' Abenteuer im Cyberspace*

«Aha!», rufe ich aus.

«Der letzte Text kommt mir total bekannt vor», sagt Betty.

«Weil das eine Parodie von ‹Alice im Wunderland› ist», sage ich. «Und der erste Text ist ein Plagiat von ‹Der kleine Prinz› und –»

«Aber was soll das bedeuten?», fragt Betty genervt. «Ich habe etwas ganz anderes erwartet.»

«Ich weiß. Es hat überhaupt nichts mit mir oder unserer Geschichte zu tun.»

«Ich drucke sie aus», sagt Mack. «Alle Dokumente.» Er drückt auf eine Taste, und mein Drucker springt an. «Vielleicht ist die Antwort –»

Peng!

Wir wirbeln herum.

Es ist das Erkerfenster. Der Wind hat einen der Seitenflügel aufgedrückt.

Ich springe auf und will das Fenster schließen, da taucht buchstäblich aus dem Nichts ein riesiger Vogel auf, der sich draußen auf der Fensterbank niederlässt. Er starrt mich direkt an, ruhig und unheimlich.

Erschrocken weiche ich einen Schritt zurück.

Krah! Krah!, krächzt der schwarze Vogel.

«Ein Rabe», sagt Mack.

Als wäre der Vogel sprachgesteuert, fliegt er mit einem *Wusch!* durch das offene Fenster ins Zimmer.

Ich bin nicht die Einzige, die einen lauten Schrei ausstößt.

Der Rabe fliegt zur Decke hinauf, stürzt dann herab und kreist hektisch durch den Raum.

Immer und immer wieder.

Ich habe Angst. Ich will das Viech aus meinem Zimmer haben. Sofort. Doch je angestrengter ich ihn zu verscheuchen versuche, desto hektischer schlägt er mit den Flügeln.

Krah! Krah!

«Bewegt euch nicht», sagt Mack zu Betty und mir. «Haltet still.»

Aber es ist schwer stillzuhalten, wenn man von einem Raben angegriffen wird.

Der Vogel fliegt auf uns zu. Wir ducken uns.

«Setzt euch hin», befiehlt Mack. «Aufs Bett.»

Wir gehorchen.

Der Vogel kreist über uns wie ein Geier, der darauf wartet, dass seine Beute endlich stirbt.

Betty sitzt ganz steif vor Angst da. «Glaubst du, die Autorin hat ihn geschickt?», flüstert sie mir zu. «Um uns etwas zu sagen?»

«Was auch immer sie uns sagen will, kann jedenfalls nichts Gutes sein», flüstere ich zurück.

Der Vogel lässt sich gegenüber von uns auf einer der Bücherkisten nieder, betrachtet uns mit glitzernden Augen, bewegt den Kopf ruckartig von Mack zu Betty und schließlich zu mir.

Ein Schauer läuft mir über den Rücken, als ich dieses diabolisch aussehende Tier mit seinem spitzen Schnabel und den langen Krallen anschaue, diesen unheimlichen Nachfahren der Dinosaurier.

Mir stockt der Atem, als ich sehe, dass er gelbe Augen hat – genau wie der Vogel in meinem Albtraum.

Das Biest kräht mich an.

Ich klammere mich an Bettys Arm.

«Es gibt eine alte Legende», flüstert Betty, den Blick starr auf den Vogel gerichtet, «dass Hexen in Rabengestalt erscheinen, um sich an Menschenfleisch zu laben.»

Bettys Hand umklammert meinen Oberschenkel.

«Ich erledige das», sagt Mack. Seine Stimme klingt so sanft, seine Worte so ruhig, als wäre er kurz davor einzuschlafen.

Aus den Augenwinkeln sehe ich, wie er hinter sich nach der dünnen Sommerdecke tastet, die zusammengefaltet am Fußende meines Bettes liegt. Unendlich langsam, als stünde er unter dem Einfluss eines Beruhigungsmittels, zieht er die Decke Stück für Stück zu sich heran, bis in seinen Schoß, wo er sie Lage für Lage auffaltet. Und dann, ohne jede Vorwarnung, schleudert er sie wie ein Lasso über den Vogel.

Die Decke fällt herab und begräbt den Raben unter sich.

Ein mächtiges Geflatter ist unter der Decke zu sehen, aber Mack ist schnell. Er schnappt sich das flatternde Paket, geht zum offenen Fenster neben meinem Bett und schüttelt die Decke aus. Der Vogel fällt heraus und fliegt davon.

Ich schnappe mir mein Fernglas, stelle es scharf und

verfolge den Vogel. Er steigt höher und höher, fliegt am Badehaus vorbei, immer weiter und weiter ... bis er in den Überresten von Ainsley Castle verschwindet.

Ein dunkler Schatten erscheint auf der steinernen Ruine.

Hä? Der Schatten scheint eine menschliche Form zu haben.

Den einer Frau.

Der Rabe lässt sich auf ihrer Schulter nieder.

27. Kapitel

Es sei denn ...

Betty ist so verstört, dass ihre Hände zittern. Sie setzt sich darauf, damit es aufhört. «Es heißt, wenn ein Rabe durch ein offenes Fenster in dein Haus fliegt, folgt der Tod auf dem Fuß.»

«Das ist nur ein dummer Aberglaube», sagt Mack und geht zurück zum Drucker.

Betty stampft mit dem Fuß auf. «Na und? Ich habe Angst. – Ich hasse diese Geschichte!»

Ich lasse das Fernglas sinken. «Wenn du sagst, dass du diese Geschichte hasst, Betty, bedeutet es, dass du dein Leben hasst. Denn diese Geschichte *ist* dein Leben.»

«So *ist* es auch. Ich hasse mein Leben.»

Ich. Hasse. Mein. Leben.

Betty wirkt tatsächlich immer mehr wie ich. Wie viel Zeit bleibt mir noch, bevor sie *endgültig* zu mir wird?

«Ich hasse mein Leben *hier*», korrigiert Betty sich. «Da, wo ich herkomme, war es besser. Auf jeden Fall war es besser als das.» Sie macht eine Armbewegung quer durch mein Zimmer.

«Wenn dir die Geschichte nicht gefällt», sagt Mack zu ihr, «dann beschwere dich bei der Autorin. Ich glaube, ich weiß –»

«Das würde ich, wenn ich könnte!»

«Ich auch», sage ich heftig. «Ich würde sogar noch mehr tun. Ich würde sie dazu zwingen, mich in dieser Geschichte bleiben zu lassen. So wie ich bin.»

«Und was wird dann aus mir?», fragt Betty.

Das ist eine gute Frage. «Vielleicht kann sie dich in einer Fortsetzung unterbringen», sage ich. «Diese Geschichte magst du ja ohnehin nicht, hast du gesagt.»

«Du machst Witze, oder?»

Eigentlich nicht. Aber das sage ich nicht.

Betty denkt einen Moment über meinen Vorschlag nach und schüttelt dann heftig den Kopf. «Nein! Ich will zurück in meine *alte* Geschichte.»

Ich gehe zum Fenster und schaue hinaus.

Das alles ist ein einziges Rätsel. Gibt es überhaupt eine Lösung für Bettys Situation?

Ich drehe mich zu Mack und Betty um. «Vielleicht gibt es einen Weg, dich so in diese Geschichte einzubauen, dass alle zufrieden sind. Mack?»

Mack sieht sich gerade die Ausdrucke an. Er hebt den Kopf. «Leute. Ich glaube, ich weiß –»

Ein *Pling!* von meinem Computer unterbricht ihn.

Er wirft einen Blick auf den Bildschirm. «Oh-oh. Herzliche Grüße von der Administratorin-Schrägstrich-Autorin.»

Wir scharen uns wieder um meinen Computerbildschirm und lesen:

Elizabeth wusste, dass sie am Nachmittag verschont worden war. Die steigende Flut sollte nicht ihr Ende bedeuten. Ihr Schicksal würde ein anderes sein. Aber welches?
Und wann würde es sie ereilen?
Auf der anderen Seite der tosenden Weite des eiskalten, grauen Meeres, auf dem Festland, nur einen Hubschrauberflug entfernt von dort, wo Elizabeth gerade mit ihren Freunden um den Computer herumsaß, kämpfte unterdessen ihr geliebter Vater um sein Leben. Der Gedanke quälte Elizabeth.
Die Zeit verstrich, und mit jeder Sekunde, Minute und Stunde spürte sie, wie ihre Hoffnung der bitteren Erkenntnis wich, dass der Tod vielleicht bereits an seinem Bett stand.
Wie konnte sie ihrem Vater helfen? Elizabeth wurde den Gedanken nicht los, dass es in ihrer und nur in ihrer Macht lag, ihn zu retten. Er würde sterben. Es sei denn –

«Schon wieder dieses ätzende *es sei denn*», sage ich.

Ich bin so wütend, dass ich förmlich spüren kann, wie meine Nasenflügel beben. Ich schlage mit der Faust auf den Tisch. «Es sei denn, *was*?»

Betty wringt die Hände. «Der Rabe war *doch* ein Unglücksbote. Die Autorin sagt, dass Dad sterben wird, es sei denn ... du tust etwas dagegen, Lizzy. Wir müssen irgendetwas tun.»

Die Vorstellung, dass mein Vater nicht mehr da sein könnte, dass ich ihn niemals wiedersehe und ohne ihn zurückbleibe, ist einfach grauenhaft. Der Gedanke, dass er vielleicht gerade Schmerzen leidet, ist unerträglich.

Meine Augen brennen.

Ich muss ihn retten. Ich würde alles tun, um ihn zu retten.

«Vielleicht blufft die Autorin nur», sagt Mack. «Um das Buch interessanter zu machen.»

«Mein Vater liegt auf der Intensivstation!», werfe ich ihm an den Kopf. «Kapierst du das nicht?»

«Ich meinte das mit dem Tod, der schon an seinem Bett steht. Vielleicht blufft sie *damit*. – Tut mir leid. Ich versuche nur, alle Möglichkeiten durchzuspielen.»

Ich brauche einen Moment, dann sage ich: «Okay. Entschuldigung angenommen. – Gehen wir mal davon aus, dass sie nicht blufft. *Was genau* erwartet sie von mir? Ich glaube, wir müssen sie finden. Und sie einfach fragen. Ich hasse es, herumzusitzen und nichts zu tun und auf ihren nächsten Zug zu warten. Ich meine, wer hat bei dieser Geschichte eigentlich das Sagen?»

Mack deutet auf den Computer. «*Sie*. Und ich glaube, ich weiß –»

«Nein, hat sie nicht!» Er nervt mich schon wieder. Ich zerre ihn von meinem Schreibtischstuhl. «Lass mich da hin.»

Mack stolpert und hält sich an meiner Schulter fest. «Hör mir zu, Lizzy. Ich glaube, ich weiß –»

Ich schüttele seine Hand ab und setze mich vor den Computer. «Pst!»

Ich drücke in der Mail auf Antworten.

Es sei denn, was?, gebe ich ein. Wer zum Teufel sind Sie? Meine Stiefmutter? Wo stecken Sie? Was wollen Sie von mir? Wenn Sie nicht antworten, gehen wir zur Polizei.

Ich schicke meine Antwort ab.

Betty stemmt die Hände in die Hüften. «Als ob das helfen würde! Du hast überhaupt keine Geduld!»

«Wir haben keine Zeit für Geduld!»

«Aber du bist zu hitzköpfig. Ihr zu drohen, bringt nichts.»

«Mein Leben ist in Gefahr! Und Dads auch. Und deins übrigens ebenfalls. Soll ich einfach nichts tun?»

«Du könntest sie verärgern. Womöglich kriegt sie einen Wutanfall und wirft das ganze Buch weg. Und wo landen wir dann? Es haben schon andere Autoren Projekte aufgegeben und im Klo runtergespült.»

Ich starre finster auf den Computer. Ich will eine Antwort auf meine E-Mail. Irgendetwas. Und wenn es nur eine Fehlermeldung ist.

Aber nichts passiert.

Gar. Nichts.

Ich warte. Und warte.

Es ist unglaublich frustrierend.

«Leute», fleht Mack, «würdet ihr mir jetzt bitte zuhören?»

«Wir hören dir immer zu», sage ich.

Haha, sagt sein Blick. «Ich versuche euch seit mindestens zehn Minuten etwas zu sagen. – Ich glaube, ich weiß, wer die Autorin ist.»

Betty und ich erstarren.

«Sie ist hier. Auf der Insel.»

«Stiefmutter!», sage ich. «Stimmt's?»

Er schüttelt den Kopf. «Sie lebt in der Burg.»

«In der Burg?» Betty fallen fast die Augen aus dem Kopf. «Ist sie der Geist, der dort herumspukt?»

«Wenn ja, ist sie ein vierhundert Jahre alter Geist, der weiß, wie man mit einer VPN-Verbindung seine Identität verbirgt. Den würde ich gern kennenlernen.» Er reicht uns einen der Ausdrucke von Stiefmutters USB-Stick, geht dann zum Bett und greift in die Popcornschüssel.

Wir lesen.

> — Unser Artist-in-Residence freut sich auf Sie! —
> Die beliebte Kinderbuchautorin
>
> *E. L. Northlander*
>
> liest aus ihrem Bestseller
>
> ALEX' ABENTEUER IM CYBERSPACE
>
> und andere Parodien
>
> Samstag, 20. Juli, 19 Uhr
> Hotel Ainsley Castle – Ballsaal, 1. Stock
> Eintritt frei – Anmeldung unter 01331-053980

Ich bin platt. Die Gastkünstlerin ist eine *Autorin*? *Eine Schriftstellerin*? Ich hatte mir die ganze Zeit etwas ganz anderes vorgestellt – so was wie eine Malerin oder Bildhauerin. Von einer Autorin namens E. L. Northlander habe ich noch nie gehört, aber das spielt jetzt keine Rolle.

Betty starrt mit offenem Mund auf den Bildschirm. «Ich verstehe das nicht. Warum hat Stiefmutter diese Infos *Mr. Riddel* gegeben?»

Mack hat diese Frage bereits überdacht, denn seine Antwort kommt schnell. «Ich glaube, sie hat ihm das hier, die drei Zitate und die Fotos, gegeben, weil er für sie eine Anzeige für den Wicken Weekly entwerfen soll. Und vielleicht auch eine Einladung. Oder einen Flyer.»

«Aber warum sollte sie das tun?» Bettys Augen wandern zwischen mir und Mack hin und her. «Er verkauft Computer und Technikkram. Das verstehe ich nicht.»

Mack hat auch darauf eine Antwort. «Vielleicht, weil er früher auf dem Festland mal Setzer war. Und Graphiker. Bevor er hierher zurückgezogen ist.»

«Hast du das schon immer gewusst?», frage ich.

Er nickt. «Ja.»

«Und warum hast du uns das nicht gesagt?»

«Es ist mir nie in den Sinn gekommen. Aber jetzt, in diesem Zusammenhang, ist es mir wieder eingefallen.»

«Was ist mit den Fotos?», frage ich. «Zeig sie uns.»

Mack öffnet die drei JPEGs.

E. L. Northlander ist eine Frau Mitte vierzig mit zerzausten blonden Haaren.

«Eins verstehe ich nicht», sagt Betty. «Warum hat sie ihm den Kram nicht einfach gemailt? Warum die Mühe mit dem USB-Stick?»

«Sie hat ihm mehrere Fotos zur Auswahl gegeben», sagt Mack. «Vielleicht hat sie deshalb alles auf einen Stick gepackt, statt es per E-Mail zu schicken. Vielleicht dachte sie auch, die Dateien wären zu groß für eine E-Mail. Sie hätte ihm eine ZIP-Datei schicken können, oder ... egal. Wahrscheinlich kennt sie sich damit nicht aus.»

Ich stehe auf. «Dann glaubst du also, dass E. L. Northlander unsere Autorin und Administratorin ist?»

«Berufserfahrung hat sie jedenfalls», sagt Mack und setzt sich wieder auf den Stuhl, den ich gerade freigegeben habe.

«Aber sicher weißt du es nicht. Welchen Grund sollte sie haben? Warum sollte sie mir schaden wollen?»

Ich suche nach Lücken in Macks Logik. Wahrscheinlich bin ich noch nicht bereit, die Vorstellung aufzugeben, dass Stiefmutter hier die Fäden zieht.

Ich schaue durch das Fenster zum Himmel. Die Sonne steht tief. «Also, warum?»

«Der Grund, warum sie dir droht?» Mack lehnt sich zurück, und die Lehne meines Schreibtischstuhls bewegt sich mit ihm. Er betrachtet die Zimmerdecke. «Sie ist Schriftstellerin. Sie will ein spannendes Buch schreiben. Sie weiß, dass Figuren am spannendsten sind, wenn sie in Schwierigkeiten stecken und sich bedrängt fühlen. *Was werden sie jetzt tun?*, wollen wir dann wissen. Nichts bringt eine Figur besser auf Trab als Angst. Deshalb droht die Autorin dir. Du kriegst Angst und musst etwas tun.»

Das leuchtet mir ein. «Dann ist es also nichts Persönliches. Es geht einfach nur um die Geschichte.»

Mack nickt.

Betty beißt sich auf die Lippe. «Glaubt ihr, die Autorin wird ... es schaffen? Lizzy ... loszuwerden?»

Mack setzt sich wieder aufrecht hin. «Kommt darauf an. Ist das Buch eine Komödie? Dann nein. Aber wenn es eine Tragödie ist, dann ...»

Ich trete ganz dicht ans Fenster und schaue zur Burgruine in der Ferne. «Es ist eine Komödie», sage ich mit Nachdruck, was eher der Versuch ist, mich selbst zu überzeugen. «Ganz bestimmt eine Komödie.» Ich drehe mich wieder um. «Mack, warum hast du eigentlich gesagt, dass sie in der Burg lebt? Müsste sie als Artist-in-Residence nicht hier im Hotel wohnen? Die Burg ist doch total verfallen.»

«Oh, ich dachte, das wüsstest du», sagt er. «Sie haben den Ostturm komplett renoviert. Alle Gastkünstler wohnen dort.»

«Echt?» Ich nehme mein Fernglas und richte es auf die Ruine. «Ich sehe keinen renovierten Turm.»

Mack tritt ans Fenster. «Keine Sorge, der Turm ist da», sagt er und streckt den Arm aus. «Du kannst ihn aus diesem Blickwinkel nur nicht sehen. Er liegt auf der Ostseite der Anlage.»

Ich drehe mich zu ihm um. Wir berühren uns fast. «Der Rabe vorhin. Als du ihn aus dem Fenster geworfen hast, ist er geradewegs zu der Ruine von Ainsley Castle geflogen. Er ist schnurstracks hineingesegelt. Und da war ein Schatten auf dem Gemäuer. Wie der Umriss einer Frau. Und es sah aus, als wäre der Rabe auf ihrer Schulter gelandet. Vielleicht war das die Autorin.»

Pling! macht mein Computer.

Mack fährt herum und stürzt mit Betty und mir zum Schreibtisch.

Die E-Mail enthält nur ein einziges Wort:

`Bingo!`

28. Kapitel

Die wirklich große Frage

«Bingo? Was meint sie damit?» Bettys Gesicht ist seltsam verzerrt. Ich weiß nicht, ob sie Angst hat oder besorgt ist oder ob sie einfach nur intensiv nachdenkt. Wahrscheinlich alles zusammen.

Wir setzen uns aufs Bett.

«Es bedeutet, wir haben recht», sage ich, «E. L. Northlander ist unsere Autorin. Und wir finden sie in der Burg.»

«Genau», sagt Mack. «Allerdings ...» Er stößt sich mit den Füßen ab und rollt mit dem Schreibtischstuhl seitlich auf uns zu. Es sieht lustig aus, als würde eine riesige Krabbe über den Sand trippeln.

Der Stuhl stößt gegen das Bett. «Allerdings frage ich mich schon die ganze Zeit, warum die Administratorin-Schrägstrich-Autorin diese E-Mails überhaupt *schickt*», sagt er. «Sie hätte uns doch im Dunkeln lassen können, und wir wären nie darauf gekommen, dass irgendetwas nicht stimmt. Wir wären ganz normale Leute gewesen, die völlig ahnungslos ihr ganz normales kleines Leben leben. Wir hätten unsere Existenz nie in Frage gestellt.

Hätten nicht geahnt, dass wir Figuren in einem Buch sind. Aber nein, aus irgendeinem Grund hat E. L. Northlander beschlossen, dir, Lizzy, diese E-Mails zu schicken, und dich, Betty, aus deiner Fassung des Buches hierher zu verpflanzen. Deshalb ist die große Frage für mich: Warum eigentlich?»

«Ich habe den Verdacht, sie *will*, dass wir sie finden», sage ich. «Sie hinterlässt uns ständig Hinweise.»

Mack nickt. «Genau.»

Betty kneift die Augen zusammen. «Aber das verstehe ich nicht. Wenn sie will, dass wir sie finden und zur Burg kommen, warum lässt sie uns dann nicht einfach rüberspazieren? Warum die vielen E-Mails und die Heimlichtuerei, die unheimliche Stimmung, der Rabe, die –»

«Weil sie eine Geschichte erzählt!», rufe ich aus. «Sie muss es für die Leser spannend machen.»

«Was ist denn daran spannend, bitte schön? Die Leser wissen doch, dass die Autorin sowieso die Chefin ist. Sie hat immer das letzte Wort. Das ist kein bisschen spannend.» Sie funkelt Mack an. «Sie steuert die Geschichte. Sie hat das Sagen. Das hast du vorhin selbst gesagt. Wir sind bloß Schachfiguren in ihrem Spiel.»

«Ja, sie steuert die Geschichte – zum größten Teil. Aber doch nicht ganz.» Er beugt sich vor, als wolle er ihr ein Geheimnis erzählen. «Ich glaube, wir können sie überlisten. Wir können selbst die Kontrolle übernehmen.»

«Wie denn?»

«Das weiß ich noch nicht. Und vielleicht weiß die Autorin es auch noch nicht. Deshalb lockt sie uns zur Burg. Sie will das aus uns rauskitzeln. Weißt du noch, was ich vorhin gesagt habe, Lizzy? Dass die Autorin immer noch nicht genau weiß, wie wir ticken? Sie will, dass wir ihr zeigen, was in uns steckt.»

«Wie kommst du darauf?», fragt Betty.

«Es gibt zwei von euch. Sie ist nicht glücklich mit Lizzy, deshalb bringt sie dich ins Spiel. Sie schwankt zwischen euch. Oder die Sache mit dem Strand und der Höhle. Bisher war die Höhle immer vor der Flut geschützt. Aber plötzlich kommt die Flut herein. Die Autorin ändert dauernd die Regeln. Und das liegt daran, dass sie nicht sicher ist, wer wir wirklich sind, und das macht sie nervös. Also bringt sie uns in gefährliche Situationen, um rauszufinden, wie wir reagieren. Am liebsten will sie, dass wir sie überraschen.»

«Ich kapiere überhaupt nichts mehr», sagt Betty und lässt sich aufs Bett fallen. Ihre Bluse verrutscht, sodass ihr nackter, weißer Bauch zum Vorschein kommt.

Mack schaut ebenfalls hin.

Ich wünschte, er würde es nicht tun.

Am liebsten würde ich Betty die Bluse herunterziehen, bringe es aber nicht über mich, sie derart in Verlegenheit zu bringen.

Außerdem soll Mack nicht denken, dass ich prüde bin.

Oder eifersüchtig.

Stattdessen greife ich nach der Popcornschüssel. Als

Betty zur Seite rutscht, gleitet ihre Bluse von allein wieder über ihren Bauch.

Na, das nenne ich gute Sozialkompetenz. Problem ohne großes Tamtam gelöst. Ich gebe mir selbst einen Pluspunkt.

Auf einmal wird mir klar, dass, während Betty mir immer ähnlicher wird, ich mir selbst immer *unähnlicher* werde. Ein deprimierender Gedanke. Irgendwann wird eine von uns beiden überflüssig sein.

«Was kapierst du nicht?», fragt Mack Betty.

«Zum Beispiel, wie wir sie überraschen können, wenn sie diejenige ist, die das Sagen hat? Sie entscheidet, wer wir sind. Was wir tun. Und wann wir es tun.»

«Da bin ich mir nicht so sicher.» Ich senke die Stimme zu einem Flüstern, als stünde die Autorin draußen vor meiner Tür und lauschte. «Mir fällt gerade ein, irgendwo habe ich mal gelesen, dass die Figuren an einem gewissen Punkt des Schreibprozesses ein Eigenleben entwickeln. Sie fangen an, Dinge zu sagen und zu tun, die den Autor vollkommen überraschen. Schriftsteller erzählen doch manchmal, sobald sie richtig tief in der Geschichte stecken, fangen ihre Figuren an, ihnen zu sagen, was sie schreiben sollen. Autoren lieben diese Phase. Sie blühen total auf. Sie werden zu Sklaven ihrer eigenen Charaktere. Wenn E. L. Northlander etwas taugt, wird sie uns tun lassen, was *wir* wollen. Habe ich recht, Mack?»

«Ein super Argument.»

«Und wenn sie nichts taugt?», wendet Betty ein.

«Dann ...» Ich kann es kaum aussprechen. Aber es muss sein. «Dann bin ich ... erledigt. Finito. Und Dad auch.»

Wir sagen eine ganze Weile gar nichts, lassen die Worte wirken.

«Aber ...», fange ich neu an und sehe erst Mack und dann Betty an. «Wenn wir es nicht versuchen, sind wir sowieso geliefert.»

«Also was schlägst du vor?», fragt Betty vorsichtig.

«Offensichtlich will sie, dass Lizzy zur Burg kommt», sagt Mack.

«Sie hat mehr oder weniger gesagt, dass Dad sterben wird, wenn ich nicht *Punkt, Punkt, Punkt*. Und *Punkt, Punkt, Punkt* bedeutet: Dad wird sterben, wenn ich nicht in der Burg erscheine.»

Betty schüttelt den Kopf. «Aber selbst wenn wir hingehen und sie überlisten, kann sie immer noch alles löschen, wenn es ihr nicht gefällt, und wieder von vorn anfangen. Was haben wir dann davon?»

«Sie wird es nicht löschen, wenn es etwas ist, dem sie einfach nicht widerstehen kann», sagt Mack. «Wenn es richtig gut ist, wird sie es nehmen. Denn sie will ja, dass wir sie überlisten. Weil –»

«Weil es gut ist für die Geschichte», sagt Betty und verdreht die Augen. Sie ist immer noch nicht ganz überzeugt.

«Bingo.»

Betty seufzt. «Was für eine fiese Nummer! Sie lässt uns die ganze Arbeit für sie machen.»

«So sind Schriftsteller eben», sage ich. «Sie kennen keine Skrupel.»

Betty verschränkt die Arme vor der Brust. «Und wie sollen wir sie überlisten?»

«Sie wird es uns wissen lassen», sagt Mack. «Sie wird uns irgendeinen Hinweis geben.»

Wir laden unsere Handys auf.

Während Mack eine App herunterlädt, von der er meint, dass sie für unseren Ausflug zum Ainsley Castle nützlich sein könnte, machen Betty und ich uns ans Packen: mein Fernglas, Insektenspray, ein Erste-Hilfe-Set, Schlafsäcke, eine Stirnlampe mit frischen Batterien, den Safarihut, die Sonnenbrille, Wasser, ein paar Snacks und ein Seil, das man immer gebrauchen kann, meint Mack.

Wir wollen nicht, dass Mrs. Freebairn vielleicht vorbeikommt und entdeckt, dass ich gar nicht zu Hause bin. Deswegen rufe ich sie an und sage ihr, dass es mir gutgeht, ich gerade fernsehe und dass sie sich keine Sorgen um mich machen muss. Mack will ich gar nicht erwähnen. Sie muss schließlich nicht *alles* wissen.

«Dann leistet der junge Mackenzie dir also Gesellschaft?», sagt Mrs. Freebairn.

Mir ist absolut schleierhaft, woher sie das weiß. Kann es sein, dass sie *wirklich* meine gute Fee ist und deshalb über alles im Bilde ist?

«Ja, er ist gerade da», sage ich munter, weil ich mir

denke, dass die Wahrheit immer besser ist als eine Lüge, auch wenn es besser ist, nicht die *ganze* Wahrheit zu sagen.

«Dann grüß den Jungen von mir», bittet sie mich. «Ich sage seinen Eltern, dass er dir Gesellschaft leistet, bis Regina zurückkommt. Und deine Cousine bleibt auch bei dir? Holly heißt sie, nicht wahr?»

Ich bin geschockt. Meine Nackenhaare stellen sich auf. Mrs. Freebairn klingt, als würde sie Betty kennen!

«Die Wellness-Therapeuten haben mir erzählt, dass sie euch am Strand gesehen haben», sagt Mrs. Freebairn.

Das klingt einleuchtend.

«Holly weicht nicht von meiner Seite», erwidere ich fröhlich, vielleicht ein bisschen zu begeistert.

«Ausgezeichnet!», sagt Mrs. Freebairn und lacht. «Dann pass auf, dass du sie nicht aus den Augen lässt. Versprochen?»

Was meint sie damit? «Versprochen», sage ich trotzdem.

«Gutes Kind. Dann kann dir nichts passieren. Und noch etwas, Elizabeth, mein Liebes.»

«Ja?»

«Das mit deinem Vater tut mir sehr leid. Du sollst wissen, dass wir ihm alles Gute wünschen. Er wird es schaffen. Das verspreche ich dir.»

«Danke», presse ich mit dünner Stimme heraus.

«Nun, ich fürchte, ich habe noch viel zu tun. Ich überlasse euch mal eurem Abenteuer.» Dann flüstert sie geheimnisvoll: «Sei tapfer, Kindchen! Dann wird alles gut. Aber du musst tapfer sein.»

29. Kapitel

Drei Figuren auf der Suche nach einer Autorin

Es ist längst nicht mehr richtig hell, als wir uns auf den Weg machen. Aber es ist klar und mild – es könnte ein herrlicher Abend sein, hätte ich nicht das Gefühl mich auf einem Selbstmordtrip zu befinden. Wer kann schon wissen, was die Nacht bringen wird?

Wir gehen schnell und schweigend, als wollten wir so viel Abstand wie möglich zwischen uns und das Hotel bringen, bevor wir einen Grund finden, es uns anders zu überlegen.

Betty hat vorgesorgt und trägt den Safarihut – für den Fall, dass wir irgendwelchen Bekannten über den Weg laufen.

Wir überqueren die Straße, die in nördlicher Richtung an der Schaffarm der Carricks vorbei nach Port Wicken führt und in südlicher Richtung am Golfplatz und dem Restaurant Meadowbrook vorbei nach Crownburgh. Dann biegen wir auf einen Weg ab, der auf der einen Seite von moosbewachsenen Felsbrocken gesäumt ist und auf der anderen von Eichen, Ulmen und Birken. Der Weg führt nach Osten, zum Ainsley Forest, der die alte Burg umgibt, erklärt uns Mack.

Mein Magen fühlt sich merkwürdig schwer an, als wäre er voller Steine. Es rumort darin wie in einem dieser Zementmixer, die man sonst auf Baustellen sieht. Das ist meine Angst, klar.

Andererseits ist es eine aufregende Art von Angst. Ich bin lieber ängstlich und in Bewegung als ängstlich und drinnen eingesperrt.

Mack schaut prüfend zum Himmel, als wolle er nachsehen, ob das Wetter hält.

Ich schaue ebenfalls hinauf. Der Mond ist bereits aufgegangen und wird bald alles in ein silbriges Licht tauchen.

Im Osten ballen sich Wolken zusammen.

Der Wind hat sich seltsamerweise gelegt.

Mack bückt sich, um einen heruntergefallenen Ast aufzuheben. Er ist lang und robust. «Einen Stock kann man immer gebrauchen», meint er.

Nachdem wir eine halbe Stunde zügig vorangekommen sind, erreichen wir eine Gabelung, an der ein Weg nach Crownburgh im Süden und einer in nordöstliche Richtung nach Norwick abzweigt. Wir bleiben auf dem Weg zum Ainsley Forest und der Burgruine. Er führt leicht bergauf und wird immer anstrengender.

«Ich schwitze unter diesem Ding», sagt Betty, die

keuchend am Netz herumzerrt. «Kann ich es abnehmen oder muss ich warten, bis wir in der Burg in Sicherheit sind?»

«‹In der Burg in Sicherheit› ist ein Widerspruch in sich», sagt Mack. «Ich hoffe, euch beiden ist klar, dass es eigentlich verboten ist, die Ruine zu betreten. Da gibt es überall fehlende Stufen, Ratten, bröckelnde Mauern. Ganz zu schweigen vom Geist des Mädchens, das man vor vierhundert Jahren zur Hexe gemacht hat.»

«*Und* eine böse Autorin», füge ich hinzu.

«Sie lebt aber im renovierten Wohnturm.»

«Ich bin ziemlich sicher, dass ich sie in den Ruinen gesehen habe.»

Mack zuckt vage mit den Achseln.

Wir wandern weiter.

Es ist anstrengend, und ich schwitze gewaltig, was das Insektenspray, mit dem wir uns eingesprüht haben, noch mehr stinken lässt. Ich mache mir Sorgen, dass der Geruch die Insekten womöglich erst recht anzieht. Oder andere Viecher. Oder böse Geister.

Trotzdem gehen wir weiter – denn wir müssen Dad, Betty, mich und unsere Welt retten. Bloß wie? Das ist die wirklich große Frage.

«Wie sieht unser Plan aus?», rufe ich Mack und Betty zu, die ein paar Schritte vor mir gehen und sich unterhalten. «Wie wollen wir die Autorin austricksen?»

«Das werden wir wissen wir, wenn es so weit ist», sagt Mack.

Ich wünschte, ich wäre ebenso zuversichtlich wie er. Beim Gedanken daran, was uns zustoßen könnte, wird mir schwindelig vor Angst. Ich kämpfe dagegen an, indem ich mich aufs Gehen konzentriere, immer einen Schritt nach dem anderen.

Mein Blick ist auf das Alu-Ding gerichtet, das an Macks Rucksack baumelt, dieses Gerät, das er von Mr. Riddel bekommen hat. Jedes Mal, wenn es nach links schwingt, sind wir der Burg zwei Schritte näher gekommen.

Die Felsbrocken zu unserer Linken werden kleiner, und der Weg öffnet sich, sodass der Ainsley Forest allmählich ins Sichtfeld rückt.

Das Reich der Autorin.

Mack läuft ein Stück voraus und wehrt mit seinem Stock unsichtbare Feinde ab. Er hält kurz inne und dreht sich zu mir um. «Ich weiß, dass du dir Sorgen machst, Lizzy. Aber sieh es mal so herum: Sie *will* dich sehen. Sie weiß, dass wir kommen.»

Das soll mich beruhigen. Und tut es vielleicht auch – ein bisschen.

«Darüber habe ich auch nachgedacht», sagt Betty. «Glaubst du, dass die Autorin absolut *alles* weiß?»

«Du meinst, ob sie eine auktoriale Erzählerin ist?», hakt Mack nach.

«Wenn ich wüsste, was auktorial bedeuten soll, könnte ich es dir sagen.»

Ich lege Betty den Arm um die Schulter. «Das ist bloß

ein Angeberwort für allwissend. Eine allwissende Erzählerin.»

«Genau», sagt Mack, der plötzlich mit seinem Stock auf mich losspringt.

Ich weiche erschrocken zurück.

Dann geht er auf Betty los. Aber diese macht etwas ganz Erstaunliches. Mit einer blitzschnellen, abrupten Bewegung reißt sie Mack den Stock aus der Hand und lässt ihn auf den Boden fallen.

Ich bin total verblüfft über ihre Geschicklichkeit. «Wo hast du das gelernt?», frage ich sie.

«Anfängerglück.» Sie zuckt die Achseln. Sie schaut zu Mack. Und dann wieder zu mir.

«Cool», sagt Mack ein wenig irritiert, als er den Stock wieder an sich nimmt. «Aber um deine Frage zu beantworten: Ich bin mir nicht sicher, ob die Autorin alles weiß. Es besteht durchaus die Möglichkeit, dass wir Dinge tun, die sie nicht beabsichtigt hat und von denen sie vielleicht nicht einmal weiß.»

«Ich habe dir doch gesagt, dass das passieren kann», sage ich zu Betty. «Figuren können ein Eigenleben entwickeln.»

Im Ainsley Forest ist es so finster wie um Mitternacht. Es hat etwas Märchenhaftes an sich, etwas Übernatürliches, wie das Mondlicht durch die Blätter schimmert.

Der holzig-modrige Muff des Waldes liegt nun in der Luft: umgestürzte Bäume, die auf nassem Untergrund verfaulen, Pilze, die überall im Feuchten sprießen; tote Tiere, die zwischen den Felsen verrotten.

Doch auch der süße Duft von Wildblumen driftet uns entgegen. Und der würzige Geruch von Tannennadeln.

Es ist berauschend.

Der Weg, der nun mitten durch den Wald verläuft, ist deutlich schmaler geworden. Wir sind mehr oder weniger eingezwängt zwischen hohen überwucherten Felsen auf der einen Seite und dichtem Gestrüpp aus Büschen, Pflanzen und Bäumen auf der anderen.

Wir passieren ein Schild, das zur Burg weist.

Nachtvögel rufen einander zu.

Ich glaube, den fernen Ruf einer Eule zu hören. *Huhuu. Huhuuu. Huhuuuu.*

Raben schweben krächzend über uns hinweg. Ich stelle mir vor, wie sie zur Burgruine fliegen und der Autorin Bericht erstatten: *Sie kommen. Kkrrkk.*

Wir gehen weiter.

Winzige Waldeichhörnchen huschen davon, als sie uns kommen hören.

Die Luft ist still. Sehr still.

Die Kronen der hohen Bäume bilden hier ein dichtes Blätterdach, das das silbrig schimmernde Mondlicht fernhält.

«Es ist so dunkel hier drinnen», sagt Betty beunruhigt.

Mack setzt die Stirnlampe auf, passt die Riemen an und knipst sie an. Im Wald wird es hell.

Huhuu, huhuu, hören wir.

Mack schlägt seinen Stock gegen einen großen Felsbrocken. «Hört, hört, ihr Leute! Nah und fern. Wir kommen, sobald wir – He! Was war das?»

Er weicht zurück. Irgendetwas springt durch das hohe Unterholz.

Wir warten darauf, dass es wieder auftaucht.

Aber was es auch war, es ist verschwunden.

Wir gehen weiter.

Doch dann ruft Mack: «Bleibt zurück!»

Seine Stirnlampe hat etwas erfasst, etwas mit wilden dunklen Augen. Das ist kein Reh im Scheinwerferlicht. «Wow. Ist das eine Wildkatze?», staunt Mack.

Danach sieht es jedenfalls aus. Sie ist riesig – einen knappen Meter lang vielleicht und so massiv wie ein Sumo-Ringer.

«Warum ist sie nicht weggelaufen, als sie uns gehört hat?», flüstert Betty. «Ehrlich, ich *hasse* diese Geschichte.» Ohne die Katze aus den Augen zu lassen, sagt sie zu Mack: «Meinst du, die Autorin steckt dahinter?»

Mack gibt keine Antwort.

«Sei froh, dass es nicht das Monster von Loch Ness ist», sage ich zu Betty, obwohl ich zugeben muss, dass Wildkatzen gar nicht mal so ungefährlich sind. Es sind Raubtiere mit richtig ausgeklügelten Jagdtaktiken. Wir kennen die Geschichten von Hunden, die von Wildkatzen getötet wurden, und Menschen, die von einer Begegnung tiefe Fleischwunden davongetragen haben.

«Wow», sagt Mack ehrfürchtig. «Ein Highlandtiger.» Aber seine Stimme klingt gedämpft; er will das Tier nicht erschrecken. «Seht ihr den Schwanz? Kurz, buschig und gestreift. Und den schwarzen Streifen auf dem Rücken? Er hört genau an der Schwanzwurzel auf.»

Meiner Meinung nach ist jetzt nicht der richtige Zeitpunkt für zoologische Schwärmereien. Es sieht aus, als würde das Biest gleich auf uns losgehen. Mit zurückgelegten Ohren kauert es regungslos und geduckt am Boden. Die Hinterbeine, die wir nicht sehen können, liegen sprungbereit unter dem Oberkörper.

Das Biest funkelt uns an. Hoch konzentriert. Mit wilden dunklen Augen.

Ich schlucke. «Ich glaube, das Viech belauert uns.»

«Was sollen wir tun?», fragt Betty.

«Sie wird uns nichts tun», sagt Mack. «Wildkatzen haben Angst vor Menschen. Solange sie sich nicht bedroht fühlt, wird sie uns nicht angreifen.»

Dennoch sehe ich, wie er seinen Stock hebt.

«Woher sollen wir wissen, ob sie sich bedroht fühlt?», frage ich flüsternd.

«Das merken wir. Glaub mir.»

Als wären diese Worte das Stichwort, stellt sich das Biest auf und macht einen Buckel. Ihr Fell ist gesträubt. Genau wie in Zeichentrickfilmen.

«Jetzt zum Beispiel?», frage ich.

«Ja», sagte Mack leise.

Die Wildkatze faucht uns an. Es klingt viel lauter als bei

einer normalen Katze. Außerdem hat sie schärfere Zähne. Und ein größeres Maul. Und Krallen, die noch nie vom freundlichen Katzenfriseur um die Ecke geschnitten wurden.

Ich lache nervös auf. «Wir haben nicht zufällig Betäubungspfeile eingepackt, oder?»

Die Wildkatze schlägt mit der Pfote.

«Rückzug», sagt Mack.

Jetzt habe ich wirklich Angst. Ich will mich gerade umdrehen, als das Biest einen Schritt macht und mit den Vorderpfoten unbeholfen aufstampft.

«Sie wird uns gleich angreifen», sagt Betty hektisch.

Mack der Unerschrockene rührt sich nicht vom Fleck. «Zieht euch zurück», sagt er. «Ganz langsam. Und rückwärts.»

Wieder macht die Wildkatze einen unbeholfenen Schritt nach vorn. Und diesmal sehe ich, dass ihr rechtes Hinterbein in einem merkwürdigen Winkel herunterhängt. *Deshalb* ist sie nicht weggerannt, als sie uns kommen hörte. Mit ihrem Bein ist irgendwas nicht in Ordnung.

«Geht!», zischt Mack. «Sie ist verletzt. Und sie hat Angst. Wer weiß, was sie als Nächstes tut. Los!»

Betty und ich weichen zurück – rückwärts und vorsichtig. Mack wartet einen Moment, dann macht auch er einen Schritt zurück. Ein Zweig unter seinem Fuß knackt. Das gibt den Ausschlag. Die Wildkatze faucht, springt auf Mack los und schlägt die Krallen in den Stock. Einen

Moment lang hängt sie daran wie ein Stück Fleisch am Spieß ehe Mack den Stock mitsamt der Wildkatze davonschleudert. Sie fliegt durch die Luft, landet auf dem Waldboden und saust so schnell sie kann ins dichte Gehölz; ihr schlimmes Bein schleift hinterher.

Mack springt nach vorn und hebt seinen Stock auf. «Ihr könnt wieder herkommen», ruft er uns zu.

30. Kapitel

Vollmond, sternklare Nacht

Auf einer Lichtung, auf der ein paar Felsbrocken eine praktische Sitzgelegenheit ergeben, legen wir eine Verschnaufpause ein.

Hier draußen im offenen Gelände hat sich die Dämmerung in tiefes Dunkel verwandelt. Der Himmel ist schwarz, der Mond voll. Die Sterne funkeln still. Es müssen Milliarden sein.

Hundert Meter weiter nördlich, jenseits der Felsen und Bäume, liegt ein großer Teich, erzählt uns Mack. Direkt vor uns verläuft der Weg, der zur Burg hinaufführt, die oben auf dem Hügel thront. Wir können die Ruine von hier aus gut sehen.

«Bis zum Fuß des Hügels sind es noch etwa zehn Minuten», sagt Mack. «Dann geht es ein Stück bergauf.»

«Die Burg liegt so einsam», sage ich. «Laufen die Gastkünstler denn jeden Tag zum Essen durch den ganzen Wald ins Hotel?»

«Laufen?», fragt Mack. «Wohl eher nicht. Auf der Ostseite der Burg gibt es eine Straße, die zum Hotel führt.»

«Und warum sind wir dann nicht die Straße entlanggelaufen?», fragt Betty. «Das wäre doch viel leichter gewesen. Und ungefährlicher.»

«Aber auch viel länger», sagt Mack. «Es hätte uns mindestens doppelt so viel Zeit gekostet. Und wenn jemand an uns vorbeigefahren wäre und gesehen hätte, wie wir mitten in der Nacht zur Burg gehen, wäre er stehen geblieben. Dann hätte er Fragen gestellt und auch die zwei Elizabeths gesehen und –»

«Schon gut, schon gut», sage ich. «Wir haben's kapiert.»

«Hast du E. L. Northlander je im Speisesaal bedient?», will Betty wissen.

«Möglich wäre es. Aber ich glaube, nicht. Sie hat im Turm eine eigene Küche.»

«Ich habe sie einmal gesehen», sage ich. «Das war sogar erst gestern früh, bevor du an die Küchentür geklopft hast, Mack. Fühlt sich an, als wäre es Wochen her.»

Ich trinke einen Schluck Wasser. Ich habe ein wenig Proviant eingepackt: Brezeln, Karamellbonbons, Salami, Oliven, Brot. Allerdings wird mir schlecht, wenn ich nur an Essen denke. Ich werde es für später aufheben.

Hoffentlich wird es ein «Später» geben.

«Schlechte Neuigkeiten», sagt Betty, die mit ihrem Handy hantiert. «Ich habe keinen Empfang.»

«Das hätte ich dir auch so sagen können», sagt Mack. «Hier geht im Umkreis von einigen Kilometern gar nichts.»

«Ich wette, diese Artists-in-Residence lieben das», sage ich und lege die Wasserflasche ab, um das Fernglas herauszuholen. Ich schaue zur Burg. Nichts als Steine und Bäume, die sich im Wind biegen. Hin und her schwanken die Bäume. Hin und her. Es muss dort oben ziemlich windig sein.

Merkwürdig wie ruhig es hier unten ist, denn dort oben ... Moment!

Ich schaue in Richtung Teich.

«Leute!», rufe ich aus.

Denn in diesem Moment sehe ich etwas im silbrigen Licht.

Ein schwarzer Beißfliegenschwarm rast wie eine riesige Sturmwolke auf uns zu. Tausende. Nein, Millionen! Eine wildgewordene Masse, so groß wie ein Fußballfeld.

«Beißfliegen!», schreie ich.

Ein paar Sekunden später fallen sie über uns her.

Sie sind überall. Winzig kleine Viecher, nicht größer als ein Stecknadelkopf. Sie fliegen mir in den Mund, krabbeln mir in die Nasenlöcher und in die Ohren, drängen sich unter meine Ärmel. Sie beißen, piken und stechen. Auf jedem noch so kleinen Hautfleck, den das Insektenspray nicht erreicht hat, spüre ich, wie sie ihre Beißerchen in mich versenken: an Handgelenken, Ohrläppchen, hinten im Nacken.

«Nach oben!», schreit Mack. «Wir brauchen Wind! Lauft nach oben! Schnell!»

Betty stürzt sich auf meinen Rucksack. «Der Hut! Gib mir den Hut!»

Ihr Gewicht bringt mich ins Stolpern, und ich falle hin.

«Los komm, Lizzy!», schreit Mack.

Noch während ich am Boden liege, öffnet Betty meinen Rucksack, zerrt den Hut heraus und setzt ihn mir auf. Sie klappt die Kapuze ihres Sweatshirts hoch und zieht mich auf die Füße.

Wir rennen los. Das Fernglas schlägt mir gegen die Brust, dass es weh tut.

Wir erreichen den gewundenen steinernen Weg in Rekordzeit und laufen bergauf.

Endlich spüre ich Wind im Gesicht.

Die Beißfliegen sind verschwunden. Sie hassen Wind.

Wir verlangsamen unser Tempo und atmen auf.

Der Ausblick ist atemberaubend. Wir können von hier aus die Ostküste sehen, den Wald unter uns, die Straße nach Norwick, von der Mack erzählt hat, und das Meer: eine glattpolierte, graue Oberfläche, auf der hier und da schaumige Wellenkämme im Mondlicht tanzen.

Wir waren nicht allzu sorgfältig mit dem Insektenspray. Dort, wo wir gestochen wurden, haben sich rote Beulen gebildet, die mindestens fünfzig Mal größer sind als die kleinen Fliegen selbst. Betty hat einen roten Fleck unter der Nase, da, wo mein Leberfleck mich glücklicherweise geschützt hat.

Wir steigen immer höher und höher ...

Bis schließlich die Burgruine vor uns liegt.

Wir haben Herzklopfen vom steilen Anstieg und Magendrücken vor Angst.

Der Wind tost in unseren Ohren und treibt uns Tränen in die Augen.

Betty stopft den Hut zurück in meinen Rucksack.

Außer Atem, elend und verängstigt fahren wir mit den Fingernägeln über die juckende Haut, während wir die skelettartigen Überreste der Burg aus nächster Nähe betrachten, eine bröckelnde Mauer nach der anderen, alles von Nebelschwaden verschleiert, geisterhaft, einschüchternd. Irgendwann in der Vergangenheit muss diese Festung fast uneinnehmbar gewesen sein, doch nun beherbergt sie nur noch Raben, Ratten und Mäuse, möglicherweise auch einen Geist ... und unsere Feindin.

«Ich denke, jetzt sind wir sicher», sagt Mack. «Die Mücken sind weg. Alles wieder gut.»

«*Wirklich?*», frage ich, denn in diesem Moment taucht wie aus dem Nichts eine verhüllte Gestalt auf. Sie kommt auf uns zu, immer näher und näher, lautlos wie ein listiger Fuchs im frischen Schnee.

Wer oder was es auch sein mag, eines ist sicher: Wir sind die Beute.

Sei tapfer, hat Mrs. Freebairn gesagt. *Sei tapfer.*

Also rühren wir uns nicht von der Stelle, voller Angst, aber standhaft.

31. Kapitel

Die Autorin

Im Schein von Macks Stirnlampe sehen wir eine verhüllte Frau vor uns stehen. Ihre Brust hebt und senkt sich, so als würde sie bei jedem Atemzug von großen Gefühlen übermannt. Ich kann nicht sagen, ob sie losweinen, uns umarmen oder uns vielleicht zum Abendessen verspeisen will. Vielleicht alles auf einmal.

«Meine Darlings!», trällert sie und schlägt vor Freude die Hände zusammen.

Es ist E. L. Northlander. Ich erkenne sie von den Fotos.

«Ich habe euch erwartet. Aber das wisst ihr ja schon.» Sie verzieht die Lippen zu einem strahlenden Lächeln, aber ich frage mich, ob sie das geübt hat und ob sie es an- und ausknipsen kann wie eine Lampe.

Sie kommt zu mir und nimmt meine Hände. «Liebste Elizabeth. Du bist ja entzückend. Absolut entzückend. Ich freue mich so sehr, dass wir uns endlich kennenlernen.»

Ich wünschte, ich könnte behaupten, dass ihre Hand

faltig ist. Und kalt. Aber das ist sie nicht. Sie ist glatt und warm.

Ich würde gern behaupten, dass ihre Fingernägel abgekaut aussehen, ihre Nagelhäutchen eingerissen und ihre Augen von Krähenfüßen umringt, dass sie einen Damenbart hat und ihr überall im Gesicht borstige Haare wachsen, dass sie eine Warze unter der Nase hat, aus der zwei graue Haare sprießen.

Das alles würde ich gern behaupten, aber es wäre nicht die Wahrheit.

Die Autorin ist keine Hexe.

Sie ist hübsch.

Ihre Haare sind zwar ungekämmt und grau an den Ansätzen, außerdem hat sie ein verkrustetes Fieberbläschen unter der Nase, aber sonst –

«Oje», sagt sie, als sie meinem Blick folgt. «Ich muss leider gestehen, dass ein gepflegtes Äußeres in den letzten Wochen nicht oben auf meiner To-do-Liste stand. Ich habe Tag und Nacht am Buch gearbeitet. Ich hatte nicht einmal Zeit, mir den Ansatz zu färben.» Sie schaudert theatralisch. «Ich weiß, meine Haare sehen schrecklich aus. Und der Herpes unter meiner Nase auch. Er ist ansteckend. Aber keine Sorge, ich werde euch nicht küssen.»

Dann bemerkt sie Betty, die ein wenig auf Abstand geblieben ist. «Betty! Wie schön, dich leibhaftig vor mir zu sehen. Oh, ja! Deine kürzeren Haare gefallen mir sehr. Es steht dir wirklich zauberhaft.»

«Danke», erwidert Betty wohlerzogen und ein wenig

zögerlich, aber, genau wie ich, positiv überrascht von der angenehmen Ausstrahlung der Autorin.

Die Frau sieht jetzt Mack an. «Mackenzie Carrick. Du bist wirklich Balsam für die Augen! So ein hübscher Kerl.»

Ein Windstoß kommt auf und bläst der Autorin die Kapuze vom Kopf.

«Brr», sagt sie. «Es ist frisch hier draußen. Gehen wir hinauf in meine Wohnung.»

Ich schaue zu Betty und Mack. Sollen wir?

Ich hatte mir die Autorin als böse Gegenspielerin vorgestellt. Sie hat mich, meine Gefühle und meinen Kopf total manipuliert. Und Dad hat sie an die Schwelle des Todes gebracht. Aber jetzt, wo ich sie sehe, kann ich mir nicht vorstellen, sie zu hassen. Sie ist so sympathisch. Und cool.

Vielleicht wird doch noch alles gut, denke ich. Vielleicht hat sie nur geblufft – wie Mack gesagt hat. Vielleicht gehörten ihre Drohungen einfach zur Geschichte dazu.

Die Autorin lacht leise über unsere Vorsicht. Ihr Lachen ist wie ein zartes Klingeln. Es erinnert an eine Sommerbrise, die durch die Blätter eines Baumes fährt.

«Keine Angst», sagt sie. «Ich beiße nicht.»

Sie greift nach meiner Hand.

Der renovierte Ostturm hat eine Wendeltreppe, die sich um einen gläsernen Aufzug herumwindet. Beides führt bis ganz nach oben, wo die jeweiligen Artists-in-Residence im einzigen Apartment des Gemäuers wohnen.

Die Turmwohnung ist atemberaubend, mit bodentiefen Fenstern ringsherum. Wenn es Tag wäre, würden wir von hier aus das Meer sehen, selbst den majestätischen Ben Drahrebe und die felsige Schäre Snelhar Skerry.

Die Autorin füllt einen Wasserkessel und gibt uns dann eine kleine Führung.

Die stilvoll möblierte Suite ist schick und modern. Sie besteht aus einem Arbeitszimmer, einem Schlafzimmer, einem Badezimmer und einem Wohnzimmer mit offener Küche, in der die Autorin jetzt Teeblätter abmisst und in eine Teekanne gibt.

«Es ist wunderschön hier», sagt Betty bewundernd.

«Ich weiß. Ich liebe es», sagt E. L. Northlander. «Ich bin eurer Stiefmutter Regina so dankbar, dass sie mich als Gastkünstlerin ausgewählt hat. Ich hatte letztes Jahr ziemlich viel Pech.» An dieser Stelle sieht sie mich an. «Liebeskummer. Du verstehst was davon, nicht wahr, mein Liebes? Ich *musste* einfach weg. Ich brauchte was Neues. Diese kleine Insel, fernab von allem, war genau das Richtige.»

«Sie ist nicht meine Stiefmutter», sage ich.

«Du hast recht, Lizzy!», sagt sie strahlend. «Das ist sie nicht. Noch nicht jedenfalls.»

«Und ich weiß überhaupt nicht, was Sie mit Liebeskummer meinen», sage ich etwas schnippisch.

Die Autorin lacht, dann richtet sie ihren Blick auf Mack, der mit seinem Handy beschäftigt ist. «Mack?»

Er hebt den Kopf.

«Hier oben gibt es keinen Empfang. Tut mir leid. Der Hügel und die vielen Felsen sind im Weg. Und es gibt leider auch kein WLAN. Falls du dich gewundert hast.»

Mack zuckt die Achseln. «Hab ich nicht.»

«Sie haben kein WLAN?», fragt Betty. «Wie können Sie ohne arbeiten?»

«Schlecht!», sagt die Autorin mit übertriebenem Seufzen, das wohl lustig wirken soll. «Aber ehrlich gesagt, ist es nicht ganz richtig zu behaupten, ich hätte kein WLAN. Ich habe welches. Nur leider könnt ihr es nicht benutzen. Es ist nicht aktiviert.» Sie tippt sich an die Stirn. «Außerdem ist es passwortgeschützt.»

«Dachte ich mir», sagt Mack.

«Ich gehe selten ins Internet. Ich bin hier, um ein Buch zu schreiben, das Internet lenkt nur ab. Und wenn ich's brauche, mache ich's eben an.»

Natürlich kann sie es anmachen. Wie hätte sie mir denn sonst E-Mails schicken können?

Die Autorin weist auf eine Sitzgruppe mit einem Couchtisch. «He! Setzt euch doch schon mal! Ich mache uns einen Tee, okay? Ich habe auch Shortbread. Ich weiß doch, wie gern ihr Kids Naschereien mögt.»

E. L. Northlander ist nett, aber ein bisschen überdreht, beschließe ich. Ob absichtlich oder nicht, sie lenkt uns von unserer Mission ab.

«Danke», sage ich höflich, «aber wir sind eigentlich nicht zum Plaudern hergekommen oder um den Nachmittag bei Tee und Keksen zu verbringen. Wir wollen mit Ihnen reden.»

«Tun wir das denn nicht?», sagt sie mit einem lauten Lachen. «Bitte, setzt euch doch einen Augenblick. Und sei es nur mir zuliebe.»

Haben wir eine andere Wahl?

Haben wir nicht.

Wir setzen uns.

Die Autorin bringt den Tee herüber und lässt sich dann in den Sessel fallen. «Ihr könnt euch nicht vorstellen, wie sehr ich mich darauf gefreut habe, euch kennenzulernen.» Sie bietet Betty einen Teller mit Mürbekeksen an.

Betty nimmt sich einen.

«Ah. Sizilianische Limone», sagt die Autorin. «Eine gute Wahl.»

Betty beißt in ihren Keks. Als ihr das buttrige Gebäck auf der Zunge zergeht, schließt sie genussvoll die Augen.

Die Autorin kichert, dann bietet sie mir und schließlich auch Mack ebenfalls das Shortbread an.

Mein Keks ist mit Zimt. Er schmeckt ziemlich gut, auch wenn ich kein großer Fan von Shortbread bin.

Die Autorin schenkt uns Tee ein. Ein bisschen was davon tropft auf ihre blaue Jeans. Sie achtet kaum darauf. Der Fleck passt sowieso zu ihrer modisch zerschlissenen Jeans. Dazu trägt sie ein langes, kariertes Flanellhemd, wie Dad sie immer anzieht, wenn wir zusammen campen gehen. Oder wandern. Aber irgendwie schafft sie es, dass das Hemd an ihr aussieht wie Haute Couture.

Sie taucht einen silbernen Teelöffel in ein Honigglas und hält ihn dann über ihre Teetasse. Ich sehe zu, wie der klebrige, goldene Glibber langsam über das Silber kriecht. Aber es dauert ihr zu lange. Ungeduldig lässt sie den Löffel in die Tasse fallen. Er klirrt leise, als sie umrührt.

Mack räuspert sich. «Miss Northlander, wir sind heute hergekommen, weil wir –»

«Pst, Mackenzie», sagt die Autorin freundlich und legt einen Finger auf die Lippen. «Ihr müsst mir nicht sagen, warum ihr gekommen seid. Ich weiß es schon. Lizzy möchte mich dazu bringen, sie in der Geschichte zu belassen. Was absolut verständlich ist.»

Die Autorin sieht mich so liebevoll an, dass ich förmlich spüre, wie ihr Lächeln mich umhüllt.

Sie versteht mich!, möchte ich jubeln. *Die Autorin versteht mich!*

Ich fühle mich auf einmal so leicht und froh. Es war richtig, meine Angst zu überwinden und mich auf den Weg hierher zu machen. *Sei tapfer*, hatte Mrs. Freebairn gesagt. Und das war ich. Die Autorin wird uns unbeschadet gehen lassen.

«Außerdem», fährt E. L. Northlander fort, die Stimme so süß wie der Honig in ihrem Tee, «will Lizzy unbedingt ihrem lieben Vater helfen, der schwerkrank ist und in einem Krankenhaus auf dem Festland mit dem Tod ringt. Sie ist unter großem Druck und mit viel Angst hergekommen, um sich für ihn einzusetzen.» Sie drückt meine

Hand, als sie zu mir herabsieht. «Ich finde das höchst lobenswert.»

Sie trinkt einen Schluck Tee. «Das alles weiß ich natürlich. Ich weiß *alles* über euch.» Sie wählt einen Keks aus und beißt hinein. «Mm. Ingwer. Ich liebe Ingwer Shortbread.» Einen Moment lang genießt sie den Geschmack, dann sieht sie uns wieder an. «Ich habe euch erschaffen. Mit Blut, Schweiß und Tränen. Und Pixeln natürlich.» An dieser Stelle lacht sie, und ihr Blick wandert zu ihrem Schreibtisch im Nebenzimmer, auf dem ich einen Laptop sehe. «Und mit ein bisschen Papier und Bleistift. Jedenfalls am Anfang, als ich den Entwurf geschrieben habe. Und, nicht zu vergessen, mit meiner Phantasie.» Sie tippt sich mit dem Zeigefinger an den Kopf, ehe ihr einfällt, dass ihre Finger noch fettig sind. Sie will sie erst an ihrer Jeans abwischen, überlegt es sich dann anders und geht zur Küchentheke, wo sie sich ein paar Servietten schnappt. Sie wirft sie auf den Couchtisch und nimmt sich eine, um ihre Finger daran abzuwischen. «Kurz gesagt, meine Freunde, ich weiß alles.» Sie tritt einen Schritt zurück, als wolle sie uns aus einer anderen Perspektive betrachten. «Ich bin eure Schöpferin», sagt sie. Sie macht eine lange Pause, schaut uns an und lächelt dann. «Ja. Ich bin eure Schöpferin. Und demzufolge bin ich auch eure Zerstörerin.»

Unsere Zerstörerin?

Die Autorin wendet kurz den Blick ab, als bereite unser Anblick ihr Qualen. Als sie uns wieder ansieht, schimmern Tränen in ihren Augen. «Das gehört eben zu meiner schriftstellerischen Arbeit. Ich erschaffe. Und ich zerstöre, wenn es sein muss.» Ihre Brust hebt und senkt sich vor lauter Emotion.

Sie setzt sich wieder hin und beugt sich vor. «Es tut mir aufrichtig leid, meine Darlings. Aber was soll ich tun?»

Sie presst die Hände zusammen. Ihre Miene wird ganz feierlich. «Ihr müsst euch auf das Schlimmste gefasst machen.»

32. Kapitel
Shortbread

In meinem Kopf wirbelt alles durcheinander, meine Gedanken rasen wie in einem Karussell. Was meint E. L. Northlander mit *auf das Schlimmste gefasst machen?* Bedeutet es das Ende für mich oder –

«Heißt das, mein Vater wird sterben?», platze ich heraus.

E. L. Northlander seufzt abgrundtief. Sie setzt sich neben mich und streichelt mir über die Wange. «Mein liebes Kind, du musst verstehen, dass ich immer, zuerst und vor allen Dingen tue, was für die Geschichte am besten ist. Es ist nichts Persönliches. Wenn ich einer Figur Kummer ersparen kann, dann tue ich das, aber einen Plot ohne Leiden kann ich nicht immer versprechen.»

Neben mir zittert Betty vor Anstrengung, nicht loszuheulen.

«Glaubt mir», fährt die Autorin fort. «Ich habe sehr mit mir gekämpft. Oh, wie ich gekämpft habe! Es fiel mir wirklich nicht leicht, deinem Vater eine schwere Krankheit zu verpassen. Kein bisschen. Er ist ein guter Mann mit großem Herz. Und er hat sich so viel Mühe gegeben, dich anständig großzuziehen.»

«Warum tun Sie ihm dann weh?», fragt Betty.

«Ich nutze ihn als Katalysator für den Plot», erklärt die Autorin sachlich. «Seine plötzliche Krankheit hat Dinge ins Rollen gebracht. Sie hat eure Stiefmutter aus dem Weg geräumt, und sie hat euch Angst gemacht. Das wiederum hat euch dazu gebracht, mich zu besuchen, und genau das brauche ich für diese Geschichte.»

Betty weicht vor ihr zurück. «Sie hätten uns einfach einladen können, wenn Sie uns sehen wollten!»

«Das wäre viel zu einfach gewesen. Und es hätte meine Leser furchtbar gelangweilt. Außerdem», sagt sie, «mag ich einen guten Thriller ebenso gern wie jeder andere. Es macht mir richtig Spaß, meine Leser und auch mich selbst im Dunkeln zu lassen.» Sie wendet sich wieder mir zu. «Aber wir waren bei deinem Vater. Ich würde ihn gern retten. Wirklich! Und ich verspreche, es zu tun – wenn du mir hilfst.»

«Wie denn?», frage ich. «Ich würde alles tun.»

Die Autorin strahlt vor Begeisterung. «Wirklich? Du würdest wirklich alles tun? Toll! Denn das wirst du vielleicht müssen.» Hier seufzt sie. «Leider muss ich dir sagen, ich war nicht immer zufrieden mit dir.»

«Ich mag Lizzy so, wie sie ist», verkündet Betty.

«Aber ich fürchte, meine Liebe», sagt E. L. Northlander, «*ich* mag Lizzy nicht so, wie sie ist. Und ich bin diejenige, die hier die Entscheidungen trifft.»

Die Luft im Raum wird plötzlich frostig. Die Stimmung kippt.

Das Lachen der Frau klingt spröde. «Ich sehe schon, ich muss noch ein wenig an dir feilen, Betty. Ich liebe dich abgöttisch. Aber für meinen Geschmack bist du immer noch einen Tick zu naiv. Und zu nett. Ich muss dich noch ein bisschen härter machen.»

Ihre Stimme ist kühl.

Ihre Augen sind hart.

Sie steht auf und zieht das Hemd über ihre Hüften.

Wieder ändert sich die Stimmung. Die Autorin schafft es tatsächlich, ein wohlwollendes Lächeln auf ihre Lippen zu zaubern. «Bitte, vergebt mir, meine Darlings. Ich habe mich schlecht benommen, ich weiß. Ich bin so angespannt. Dieses Buch macht mich noch krank! Ich stehe unter enormem Stress, es endlich abzugeben. Alle warten darauf. Meine Lektorin. Mein Verleger. Meine Leserinnen und Leser. Die Presse. Meine Friseurin.»

Ihre Friseurin? Soll das ein Scherz sein? Dies ist nicht der richtige Augenblick für Scherze! Vielleicht merkt sie es selbst, denn obwohl wir noch gar nicht fertig sind, sammelt sie auf einmal sehr geschäftig Tassen und Unterteller ein. «Es ist wirklich nicht einfach, den richtigen Schluss für eine Geschichte zu finden», sagt sie und greift nach der Teekanne. «Und manchmal, wie es im Moment der Fall ist, muss ich mich leider geschlagen geben. Ich sage euch das nur, weil ich ehrlich sein will.» Sie bringt das Geschirr in die Küche und setzt sich dann wieder zu uns. «Ich habe schrecklich viel Zeit auf die Entwicklung deiner Figur verwendet, Lizzy. Schrecklich viel Zeit. Doch ich muss einsehen, dass du einfach nicht so funktionierst, wie ich es mir erhofft habe. Dass –»

«Nein!», flehe ich sie an.

«Lizzy! Das ist nicht deine Schuld, sondern meine. Ganz allein meine. Trotzdem –»

«Nein! Werfen Sie mich nicht aus der Geschichte! Bitte!»

Dies ist der Moment, vor dem ich mich die ganze Zeit gefürchtet habe. Die Worte purzeln nur so aus meinem Mund. «Ich habe noch so viel vor. Ich kann jetzt nicht verschwinden. Ich kann nicht. Bitte.»

Die Autorin sieht richtig fertig aus. «Oh, Lizzy. Lizzy. Verzeih mir.»

Sie geht zum Küchentresen, wo sie ein Papiertuch von einer Rolle an der Wand abreißt. Sie trocknet ihre Augen und putzt sich die Nase. Dann lehnt sie sich an den Tresen. «Ich bin völlig fertig mit den Nerven, das könnt ihr mir glauben. Ich hasse es, meine Lieblinge zu töten. Ich hasse es! Ich weiß, wie schwierig es für euch ist, das von meinem Standpunkt aus zu sehen, aber ich wollte wenigstens, dass ihr wisst, wie schlecht es mir dabei geht.»

«Versuchen Sie es», sagt Mack. «Wir sind ja nicht blöd. Wir würden es sehr gern von Ihrem Standpunkt aus sehen.»

Ich habe fast vergessen, dass Mack dort sitzt. Er war so

still. Aber das ist nun mal seine Art. Er ist ein stiller Denker.

E. L. Northlander lächelt Mack an. «Danke, Mack. Ich will euch nur zu gern erzählen, mit was ich zu kämpfen habe.» Sie sammelt sich einen Moment, ehe sie weiterspricht. «Folgendes war mein Problem», sagt sie dann. «Während der Arbeit am Buch wurde mir allmählich klar, dass meine Protagonistin Elizabeth sich von einem naiven, schüchternen jungen Mädchen, das nicht allzu helle ist, in einen tiefgründigen Teenager verwandeln sollte, in eine junge Frau mit einem neu entdeckten Bewusstsein dafür, wo sie in der Welt steht. *So was* lesen die Leute gern. *Das* ist der emotionale Bogen, den ich für diese Figur brauche. Du wiederum, Lizzy, warst von Anfang an ein bisschen zu clever und schnippisch.»

Die Autorin kehrt zu uns zurück und gleitet in den Sessel. «Versteh mich nicht falsch, Lizzy. Ich liebe dich, so wie du bist. Ich bin nur nicht überzeugt, dass meine Leser das genauso sehen würden.»

Mein Gesicht ist nass von Tränen. Ich halte immer noch meinen Keks in der Hand. Ich lege ihn hin und trockne mir mit einer Serviette die Augen. Die Autorin weist mit dem Kopf auf den Keks, der nun auf dem Tisch liegt. «Komm, iss ihn auf, mein Kind.»

Ich weiß nicht, warum, aber ich beiße ein Stück ab.

«Soll ich dir sagen, was der größte Unterschied zwischen dir und Betty ist?»

Das will ich mir eigentlich nicht anhören.

«Es macht mir Sorgen, Lizzy, dass du weder die Sanftheit noch die Wärme besitzt, die meine Elizabeth-Figur braucht. Betty dagegen hat beides.»

«Das stimmt nicht!», widerspricht Betty. «Lizzy kann auch sanft und warmherzig sein!»

Die Autorin sieht Betty zärtlich an. «Es ehrt dich, dass du dich so für deine Rivalin einsetzt. Aber ich fürchte, ihr fehlen die speziellen Qualitäten, die ich für Elizabeth brauche.» Sie betrachtet Betty. «Du hingegen besitzt diese Zärtlichkeit. Und ich sage dir auch, warum.»

Sie macht eine effektvolle Pause, um sicherzustellen, dass wir ihr auch wirklich zuhören.

«Du besitzt eine Zärtlichkeit», sagt die Frau zu Betty, «die Lizzy fehlt. Und der Grund dafür ist, dass du deine Mutter gekannt hast. Du erinnerst dich mit jeder Faser deines Körpers an die Liebe deiner Mutter. Lizzy dagegen hatte keine Erinnerungen an ihre Mutter. Überhaupt keine.»

«Doch, die habe ich!», kreische ich. «Die habe ich!»

Ich huste versehentlich das Shortbread wieder hoch.

Die Autorin sieht mich mitleidig an. «Ich weiß nur zu gut, dass du dich nur an ein *Gefühl* erinnern kannst. ‹Etwas Warmes, wie die Farbe Pfirsich. Etwas Süßes mit einer leicht herben Note. Wie gezuckerte Schlagsahne mit Cranberries.›»

«Hören Sie auf!», schreie ich.

«Wie du dich an dieses Seidentuch klammerst, Lizzy, bricht mir das Herz. Es ist das Einzige, was dir von ihr geblieben ist.»

Hier steht die Autorin auf, geht ins Arbeitszimmer und kommt mit ihrem Laptop zurück.

Wieder schießen mir die Tränen in die Augen.

«Ich wünsche, du würdest aufhören zu weinen», sagt die Autorin. «Du steckst mich noch an.»

«Ich höre nicht auf!», sage ich und merke, wie meine Tränen sich um meine Nase sammeln und mir die Wangen herunterlaufen.

Die Autorin drückt auf die Starttaste ihres Laptops. «Ich bitte dich zu tun, was ich dir sage!»

«Ich höre nicht auf zu weinen!»

Das Salz von meinen Tränen vermischt sich mit dem zuckrigen Shortbread im Mund. Es schmeckt widerlich. Als Reaktion schlucke ich aus Versehen ein Stück Shortbread, ohne es zu kauen. Es bleibt mir im Hals stecken.

«Ihr müsst begreifen, dass ich mit euch machen kann, was ich will», sagt die Autorin.

Die quirlige, nette Schriftstellerin, die sich darüber freut, ihre Romanfiguren zu begrüßen, ist restlos verschwunden.

Sie können uns nicht zwingen, alles zu machen, was Sie wollen, will ich sagen. Aber es kommt kein Ton heraus. Ich kann das Stück Shortbread in meinem Hals weder runterschlucken noch raushusten. Warum habe ich nur den blöden Keks genommen? Dabei mag ich Shortbread nicht einmal.

«‹Elizabeth war so aufgewühlt›», liest die Autorin beim

Tippen vor, «‹dass sie sich an einem Keks verschluckte. *Dabei mag ich Shortbread nicht einmal*, dachte sie, während krächzende Laute aus ihrer Kehle drangen.›»

Betty sieht zu mir herüber. Ihre Augen werden schmal. Sie macht einen Schritt auf mich zu. «Lizzy?»

Wieder versuche ich, den Keks hinunterzuschlucken, aber er sitzt fest.

Voller Panik springe ich auf. Und auf einmal wird mir klar, dass die Autorin vorhat, mich auf diese Weise umzubringen. Ich werde ersticken.

Die Autorin tippt weiter. «‹Und auf einmal wurde Lizzy klar, dass die Autorin vorhatte, sie auf diese Weise umzubringen. Sie würde ersticken.›»

«Mack!», schreit Betty.

Mir ist schwindelig. Ich kriege keine Luft. Gleich werde ich ohnmächtig.

In einem Blitz aus Farbe und Licht sehe ich Mack auf mich zustürzen. Er packt mich um die Taille. Ich spüre seine Faust auf meinem Magen. Was tut er da? Er hebt mich hoch. Und drückt zu. Einmal. Zweimal. Ein drittes Mal.

«Oh!», sagt die Autorin und schlägt sich überrascht an den Kopf. «Natürlich! Als Aushilfskellner weiß Mackenzie Carrick natürlich, wie man den Heimlich-Handgriff anwendet. Aber leider –»

Sie tippt wieder.

«‹Leider›», liest sie vor, während sie tippt, «‹leider kommt Elizabeths Retter in der Not zu spät.›»

«Es funktioniert nicht!», sagt Mack.

Ich ringe nach Luft.

«Aufhören!», schreit Betty die Autorin an. «Hören Sie auf!» Mit übermenschlicher Kraft zerrt sie die Frau aus dem Sessel. Die Autorin verliert das Gleichgewicht und fällt mit hysterischem Lachen hin.

Zitternd sinke ich zu Boden.

Mack sagt etwas zu Betty, aber ich kann sie nicht hören. Ihre Stimmen kommen wie aus weiter Ferne, es sind nur noch verschwommene Echos, wie das leise Summen einer Biene.

Ich liege auf dem Boden.

Betty bringt mich in eine ausgestreckte Lage.

Mack drückt auf meinen Brustkorb.

Dann verschwimmt alles.

Das ist also mein Ende? So wird mein Leben ausgelöscht?

Doch dann ...

zum Glück ...

... gibt etwas nach.

Pff, höre ich.

Und ich kann atmen!

Und wieder hören!

Mack und Betty setzen mich auf.

Mack schlägt mir kräftig auf den Rücken.

Das Shortbread schießt aus meinem Mund, fliegt quer durch das Zimmer und landet mitten im lachenden Gesicht der Autorin.

Das Schlucken tut mir weh – als würde ich versuchen, einen in Schmirgelpapier gewickelten Golfball runterzuwürgen.

Ich will mich bei Mack und Betty bedanken, doch es kommt nichts heraus. Nur Luft.

Betty nimmt mich in den Arm.

Stolz spiegelt sich im Gesicht der Autorin. «Ich staune über dich, Mack. Ich habe das wirklich nicht kommen sehen. Ich liebe es, wenn meine Figuren mich so überraschen!» Sie dreht sich wieder zu mir um. «Du bist ein Glückskind, Elizabeth. Schon zum zweiten Mal. Zuerst am Strand und jetzt hier. Aber nur, dass du es weißt: Wenn Mack dich nicht gerettet hätte, hätte ich es getan.» Sie bringt ihr Gesicht ganz dicht an meines. «Deine Zeit zu gehen, ist noch nicht gekommen.»

Das hört sich an wie eine Drohung. Und fühlt sich an wie ein Stachel mitten ins Herz.

«Warum haben Sie es dann getan?», sagt Betty wütend.

«Weil ihr begreifen müsst, dass es mir ernst ist. Deshalb.» Sie geht zum Kleiderständer. «Auf geht's, meine Lieben. Ich möchte das Buch heute noch abschließen.»

Sie nimmt ihren Umhang und schaut uns streng an. «Ich will endlich sehen, was in euch steckt. Hopp hopp.»

33. Kapitel

Ainsley Castle

Jetzt ist uns klar, dass wir E. L. Northlander nicht entkommen können. Sie hat das Heft in der Hand – eindeutig.

Es sei denn –

Es sei denn, wir finden einen Weg, sie auszutricksen, ihr das Heft zu entwinden.

Aber wie, wenn sie doch allwissend ist?

«Ich möchte euch die Burg zeigen», sagt sie und schlüpft in ihren wollenen Umhang. «Ihr hattet so einen weiten Weg. Es wäre schade, sich die Ruine nicht anzusehen. Sie ist sehr stimmungsvoll. Nehmt eure Sachen mit. Man kann nie wissen.»

Sie reicht jedem von uns eine Öllampe.

Offensichtlich hat sie diesen Ausflug bis ins Detail geplant.

Der Aufzug bringt uns ins Erdgeschoss.

«Mir nach», ruft sie wie die Anführerin einer Pfadfindergruppe beim Wandern.

Sie marschiert uns voraus.

«Ich habe Angst», flüstert Betty.

«Wir müssen unbedingt zusammenhalten», sagt Mack. «Dann wird alles gut.»

«Auf jeden Fall», sage ich. «Wir halten zusammen. Immer.»

Ein stürmischer Wind weht uns geradewegs hinauf zum Südeingang der Burg. Auf einem staubigen Schild lesen wir: EINTRITT STRENGSTENS VERBOTEN.

«Es ist verboten», sagt Mack zu E. L. Northlander.

«Glaubst du etwa, das weiß ich nicht?», herrscht sie ihn an. «Ich kenne die Ruine in- und auswendig. Außerdem, warum um alles auf der Welt sollte ich euch in Gefahr bringen?»

Ich kann mir tausend Gründe vorstellen, warum uns die Autorin in Gefahr bringen könnte.

«Ihr seid meine kleinen Darlings», gurrt sie. «Ich brauche euch jetzt mehr denn je. Und ihr werdet bald sehen, warum das so ist.»

Drinnen ist es kühl und zugig, aber das alte Gemäuer hält die Böen ab. Im zuckenden Licht unserer Öllampen erkennen wir, dass im Innern Gras wächst, Unkraut, Sträucher, ja sogar Bäume. Das Dach ist fast komplett verschwunden, auch wenn ganz hinten noch ein kleiner Rest auf einigen Säulen ruht.

Mack hat zusätzlich seine Stirnlampe aufgesetzt. Wenn er nach oben schaut, sehen wir, dass die hohen Mauern voller Schießscharten sind. In früheren Jahrhunderten dienten sie wohl dazu, die heranrückenden Feinde abzuwehren.

Ein Rabe segelt herab und erschreckt uns mit seinem Krähen. Ob es derselbe ist, der uns in meinem Zimmer aufgesucht hat?

Die Autorin kichert über unsere Schreckhaftigkeit und führt uns zu einer geschwungenen Treppe, die auf fünf steinernen Bögen ruht. Jeder Bogen ist höher als der vorherige. Die Treppe führt bis ganz nach oben. Neben ihr steht eine riesige Eiche, die fast so hoch ist wie die Burg selbst.

Hintereinander steigen wir die schmalen Stufen hinauf. Es gibt kein Geländer, wir müssen vorsichtig sein. Als Betty stolpert, lösen sich ein paar Steine. Zwei oder drei stürzen in die Tiefe und zerschellen auf dem Boden zu Staub. Einer rollt die Stufen hinab und prallt mir gegen das Schienbein. Ich gerate ins Straucheln, kann jedoch das Gleichgewicht halten.

Ich bin erleichtert, als wir endlich ankommen.

Wir sind sehr weit oben, vielleicht fünfzehn Meter über dem Boden. Ein Sturz wäre tödlich. Schon ein Fall aus vier oder fünf Metern kann zu lebensbedrohlichen Verletzungen führen, habe ich mal gelesen.

Hier oben scheint es drei Räume zu geben. Einer ist verschlossen. Ein weiterer sieht leer aus und hat eine dicke, schwere Metalltür, die offen steht. Der dritte Raum, der von Mondlicht erfüllt ist, weil Teile seiner Außenwände fehlen, enthält ein grünes Samtsofa, einen braunen Samtsessel, einen Metalltisch mit einer Öllampe darauf und einen Stuhl.

Die Autorin zündet die Öllampe an.

An einer der noch vorhandenen Wände hängt ein verrosteter schmiedeeiserner Schwerthalter mit einem Schwert, das in der Scheide steckt.

«Die Möbel habe ich hier oben entdeckt», erklärt uns E. L. Northlander. «Ich vermute, Jugendliche aus der Stadt sind heimlich hierhergekommen, haben hier gefeiert, geraucht, getrunken und all das getan, was ihre Eltern ihnen verboten haben. Es wundert mich, dass sie das Schwert nie mitgenommen haben.» Sie kichert, als denke sie an ihre eigene Jugend zurück. «Aber seit ich hier bin, ist niemand aufgetaucht, abgesehen von ein paar Touristen, die draußen vor den Mauern fotografiert haben. Sie wagen es nicht, reinzukommen und die Treppe hinaufzusteigen. Nicht einmal bei Tag.»

Sie schaut zum Mond hinaus. «An milden Abenden wie heute komme ich gern hierher. Die Burg hat etwas Unwirkliches. Das gefällt mir. Es ist so geheimnisvoll. Und dunkel. Es hat was von schwarzer Magie.» Sie dreht sich zu uns um. «Eigentlich wollte ich mir ein paar Notizen machen, während ich mit euch rede, aber ich merke gerade, ich habe meinen Laptop drüben im Wohnturm vergessen. Das sieht mir gar nicht ähnlich. Ich bin so aufgeregt, dass ihr hier seid. Das macht mich ein bisschen schusselig.» Sie öffnet eine Schublade und zieht einen großen Schlüssel heraus. «Ich möchte euch zu eurer eigenen Sicherheit gern in den Kerker sperren, während ich weg bin.» Sie weist auf den Raum mit der offenen Eisentür.

«Den Kerker?», fragt Mack.

«Es ist natürlich kein richtiger Kerker. Er liegt schließlich nicht unter der Erde. Es ist einfach nur der Raum mit der Eisentür dort drüben.»

«Sie wollen uns einschließen? Machen Sie Witze?»

Die Autorin schürzt die Lippen. «Soll ich das so verstehen, dass ihr euch weigert, freiwillig in den Kerker zu gehen?»

Keiner von uns sagt etwas.

«Na schön», sagt die Frau. «Cedric!»

Ein riesiger schwarzer Rabe gleitet von der Mauer und landet auf der Schulter der Autorin.

Jetzt sehe ich, dass der Rabe gelbe Augen hat. Es könnte wirklich der gleiche Vogel sein, der in mein Zimmer geflogen ist.

«Wusstet ihr, dass Raben die Superhirne des Tierreichs sind?», fragt die Autorin. «Sie lernen schnell, haben ein ausgezeichnetes Gedächtnis und können menschliche Stimmen imitieren. Außerdem sind sie sehr kreativ und verspielt.»

Ich frage mich, warum sie uns das erzählt. Angst steigt in mir auf.

«Und wusstet ihr», fährt sie fort, «dass Raben Menschen *wiedererkennen*, besonders solche, die sie misshandelt haben?»

Ah, jetzt wird mir klar, wohin die Reise geht.

Die Autorin schaut Mack an. «Du warst nicht nett zu Cedric heute Nachmittag. Darüber war er gar nicht erfreut – Cedric», sagt sie zu dem Vogel: «Attacke! Schnapp dir Mack!»

Der Rabe krächzt. «Böser Mack!»

Kann der Vogel etwa sprechen?

Als wolle er meine Frage beantworten, krächzt der Rabe wieder: «Böser Mack.» Er schlägt mit den Flügeln, fliegt los, immer höher und höher hinauf – und dann stürzt er herab. Er landet genau auf Macks Kopf und – *nein!* – beißt ihm ins Ohr.

Mack schreit auf vor Schmerz.

Blut tropft von seinem Ohr.

Die Botschaft der Autorin ist unmissverständlich: Es gibt kein Entkommen.

Der Kerker ist leer – abgesehen von unseren drei Öllampen. Und einer Ratte.

Die Tür schlägt hinter uns zu.

Ein Schlüssel wird gedreht.

Und wir sind eingesperrt.

Mack macht mit seinem Stock Jagd auf die Ratte, aber ehe er sie erwischen kann, verschwindet sie in einem kleinen Spalt in der Wand.

Wir suchen den Raum nach Fluchtmöglichkeiten ab, finden aber keine. Die Wände sind aus Stein. Der Boden ebenso. Mack hebt mich auf seinen Schultern hinauf zu einem hohen, vergitterten Fenster.

«Wie weit ist es bis nach unten?», fragt er.

«Sehr weit», berichte ich. «Aber es sieht aus, als gäbe es weiter links etwas, das nur ein paar Meter tiefer liegt. Es hat eine geschwungene Form. Ist das die Batterie?»

«Wahrscheinlich», sagt Mack.

«Die Batterie?», fragt Betty.

«Dort standen früher die Kanonen. Sie hat die Form eines Halbmondes.»

Ich rüttle an den Gitterstangen. Sie wurden leider dafür gebaut, noch weitere tausend Jahre zu halten.

Sollte die Autorin die Absicht haben, nicht zurückzukommen, sind wir verloren.

34. Kapitel

Warten

Wir sitzen auf dem Steinboden, mit dem Rücken an der Wand. Ich habe jedes Zeitgefühl verloren.

Es ist eiskalt im Kerker. Und die Autorin lässt sich Zeit. Wir haben unsere Jacken angezogen und hocken in unseren Schlafsäcken da.

Mit Hilfe meines Erste-Hilfe-Sets ist Macks Ohr schnell verbunden. Betty hat ein paar Fliegenbisse im Gesicht, die schrecklich jucken. Mack hat welche auf dem Handrücken, und meine befinden sich vor allem an den Beinen, dort, wo beim Rennen die Socken heruntergerutscht sind.

Ich sehe Ameisen eine Spur entlangeilen, die direkt an meinen Füßen vorbeiführt. Die Ameisenstraße beginnt irgendwo in der Steinwand hinter mir und führt über den Boden zur Tür.

«Ich wusste, wir hätten es Stiefmutter sagen sollen, als wir die Chance dazu hatten», sagt Betty. Sie dreht sich zu mir um. «Aber du wolltest ja nicht!»

«Ich hatte meine Gründe!» Mein Hals tut immer noch weh beim Sprechen. Ich zucke vor Schmerz zusammen.

«He!», sagt Mack. «Wir müssen zusammenhalten. Schon vergessen?» Er zeigt zur Tür. «*Sie* ist der Feind.»

Betty kratzt sich wütend die Stirn. «Wir hätten wenigstens irgendjemandem Bescheid sagen sollen, wohin wir gehen.»

Ich grabe in meinem Erste-Hilfe-Set und finde Schmerztabletten, aber nichts gegen die Fliegenbisse, um Betty zu helfen.

«Okay», sagt Mack. «Wir haben uns lange genug in Selbstmitleid gesuhlt. Die Autorin wird in ein paar Minuten zurückkommen. Wir brauchen einen Plan.»

«Sie will etwas von uns», sage ich. «Sie will wissen, ‹was in uns steckt›. Wenn wir wüssten, was das sein soll, könnten wir uns vielleicht einen Plan zurechtlegen.»

«Da ist noch etwas», sagt Betty. «Warum war die Autorin eigentlich so überrascht, als du den Heimlich-Handgriff angewendet hast, Mack? Ich dachte, sie weiß alles.»

Mack nickt. «Ja, das hat mich auch gewundert. Und ich glaube, ich weiß die Antwort.» Er senkt die Stimme. «In ihren E-Mails ist der Erzähltext der Autorin in der dritten Person geschrieben. ‹Ein Geräusch in der Dunkelheit riss Elizabeth aus dem Schlaf. Erschrocken lag sie im Bett› und so weiter. Der Blick der Autorin ist ausschließlich darauf ausgerichtet, wie *Lizzy* die Welt sieht und erlebt. Ihr Erzähler, zumindest nach dem, was wir in den E-Mails gelesen haben, ist also das, was Schriftsteller einen personalen Erzähler nennen. Er ist auf die Perspektive einer Figur beschränkt.»

«Müssen wir das unbedingt wissen?», jammert Betty.

«Du wolltest es doch wissen, oder nicht?»

«Ich wusste nicht, dass es so kompli–»

«Es ist nicht kompliziert», sagt Mack. Er rutscht mit seinem Schlafsack näher an Betty heran. «In den Passagen des Romans, die wir in den E-Mails gelesen haben, erfahren und wissen die Leser nur, was Lizzy weiß und sieht. Das nennt man in der Autorensprache eine ‹personale Erzählhaltung›. Es ist fast wie eine Ich-Erzählung, nur in der dritten Person geschrieben. Das heißt, wenn ich, Mack, in dieser Geschichte Lizzy nie erzählt habe, dass ich weiß, wie der Heimlich-Handgriff funktioniert – den ich übrigens für meinen Job als Bedienung gelernt habe –, dann weiß die Erzählerin, und damit auch die Autorin, es wahrscheinlich auch nicht. Oder sie hat zumindest nie weiter darüber nachgedacht. Und zwar, weil Lizzy es nicht weiß. Wir sehen nun mal alles mit Lizzys Augen. Verstehst du? Und jetzt stellt sich heraus, dass die Autorin ganz aus dem Häuschen ist vor Freude, weil ich ihr eine neue Information geliefert habe, die sie jetzt im Buch ausschlachten kann.»

«Das ist ja alles wahnsinnig interessant, Mack», sagt Betty, «aber ich mache mir eigentlich gerade Sorgen, wie wir hier heil wieder herauskommen sollen.»

«Schon klar.» Er schließt einen Moment die Augen, um seine Gedanken zu ordnen – und fährt sich dabei mit den Fingern durch die Haare. Es gefällt mir, wie er das beim Nachdenken manchmal macht.

«Um hier herauszukommen», sagt er dann, «müssen wir, glaube ich, genauer herausfinden, was die Autorin *will*. Wenn wir das wissen, können wir ihr vielleicht dabei helfen, es zu bekommen – sofern es uns nicht schadet, natürlich. Dann ist sie zufrieden. Wir sind zufrieden. Ende der Geschichte.»

«Sie hat gesagt, dass sie das Buch endlich zu Ende schreiben will», sagt Betty.

«Hm», sage ich und kratze mir die Schienbeine. «Dann lautet deine Antwort auf die Frage *Was will die Autorin?*, dass sie das Buch fertigschreiben will?»

Betty nickt.

«Das geht in die richtige Richtung», sagt Mack. «Lizzy? Was glaubst du, was sie will. Immerhin ist das hier deine Geschichte.»

«Woher soll ich wissen, was diese Psychopatin will? Ich weiß nur, was *ich* will: Ich will nicht gelöscht werden!»

«Das ist das, was du *nicht* willst.»

Ich stöhne. «Also schön. Ich will leben. Ich will ein Happy End. Für mich. Für uns alle.»

«Dein Ziel ist also, dafür zu sorgen, dass die Geschichte ein wirklich gutes Ende findet», sagt Mack.

«Ich denke schon.»

Und plötzlich, auf fast magische Weise, wird mir alles klar. «Ich weiß, was die Autorin will!», jubele ich. «Sie will auch ein wirklich gutes Ende. Genau wie ich.» Ich sehe Mack an. «Aber geht das denn? Können wir beide das Gleiche wollen?»

«Warum nicht? Warum sollen die Protagonistin und die Antagonistin nicht das Gleiche wollen? Es bedeutet, dass sie beide miteinander konkurrieren müssen, um ihr Ziel zu erreichen. Und das wiederum bedeutet: Konflikt.»

«Also», sagt Betty, die das Ganze zu verstehen versucht. «Für Lizzy besteht ein guter Schluss darin, dass sie weiterlebt – so wie sie ist. Während für die Autorin ein guter Schluss darin besteht, dass Lizzy umgeschrieben wird. Das ist der Konflikt.»

Mack krabbelt aufgeregt aus seinem Schlafsack. «Nach dieser Logik», sagt er und läuft jetzt auf und ab, «müssen wir ihr zu einem Schluss verhelfen, den sie einfach nicht ablehnen kann –»

«Aber», fahre ich fort, «zu einem Schluss, der Dad und mich am Leben lässt. Und mit dem auch Betty zufrieden ist. – Übrigens hast du gerade ungefähr fünfzig Ameisen umgebracht, Mack.» Ich zeige auf die Ameisenstraße.

«Ups.»

Es entgeht uns nicht, dass die Leichtigkeit, mit der Mack gerade fünfzig Ameisen getötet hat, etwas gemein hat mit der Beiläufigkeit, mit der die Autorin mich vermutlich auslöschen kann. Und vielleicht auch meinen armen Vater.

Ich reibe mir nachdenklich die Stirn. «Wie kommst du darauf, dass sie einen Schluss akzeptieren wird, den *wir* herbeiführen? Noch dazu einen, bei dem ich am Leben bleibe?»

«Sie will ein gutes Buch, das sich gut verkauft», sagt

Mack. «Warum sollte sie dann einen wirklich guten Schluss ablehnen? Außerdem wollte sie uns genau deshalb hier haben. Wir sollen ihr zu einem guten Schluss verhelfen.»

«Und wie soll der aussehen?», frage ich.

«Was würdest *du* denn tun, Lizzy?», fragt mich Betty, «damit es ein toller Schluss wird?»

«Ich? Ich würde ihr den blöden Laptop auf ihren blöden Kopf knallen. Das würde ich tun.»

«Ganz genau», sagt Mack. «Es wird Zeit, dass wir uns wehren.»

In diesem Moment hören wir draußen vor der Kerkertür Stiefel über den Steinboden scharren.

Die Autorin ist zurück.

35. Kapitel

Ring der Freundschaft

E in Schlüssel wird ins Schloss geschoben.
Ein Zylinder dreht sich.
Türangeln quietschen.
Angst ballt sich zu einer Faust in meinem Magen.
Und da ist sie.

«Hallo, meine Darlings», sagt die Autorin fröhlich. «Tut mir leid, dass es so lange gedauert hat. Warum setzen wir uns nicht für einen weiteren Plausch zusammen?»

«Miss Northlander», sagt Mack, der seinen Rucksack und Stock zusammensammelt, «wir wissen Ihre Gastfreundschaft wirklich zu schätzen, aber wir sollten besser gehen. Ich mache mir Sorgen, dass sich mein Ohr vielleicht entzündet. Ich würde es gern einem Arzt zeigen.»

Sie runzelt die Stirn und wirkt aufrichtig betroffen. «Das tut mir schrecklich leid. Cedric ist manchmal etwas impulsiv. Ich dachte, er würde dich nur ein bisschen piksen und damit hätte sich die Sache. Ja, ich verstehe. Also –»

Sie führt uns aus dem Kerker. «Also, ich will mich gerne fügen», beendet sie ihren Satz.

Sie will sich gern fügen? Haben wir richtig gehört? Wird sie uns gehen lassen?

«Folgt mir», sagt sie.

Wir gehen an dem ersten Raum vorbei. Die Tür steht jetzt leicht offen; warmes, goldenes Licht strömt daraus hervor.

Im großen Raum wirft die Autorin den Kerkerschlüssel auf den Tisch. Sie führt uns zum Samtsofa.

Im fahlen, gelblich grauen Licht, das im nordischen Hochsommer sehr früh am Morgen den Himmel überzieht, sehen wir, wie zerfleddert und staubig die Samtpolster sind.

«Lasst uns nicht um den heißen Brei herumreden, ja?», sagt E. L. Northlander. Sie lässt sich in ihrem Sessel nieder, als wolle sie Hof halten. «Ihr ahnt bereits, warum ich euch drei auf die Burg eingeladen habe. Ich brauche eure Hilfe.» Sie schaut uns der Reihe nach an. «Nun, ich habe euch im Laufe unserer gemeinsamen Arbeit ganz gut kennengelernt. Ich habe euch verschiedensten Situationen ausgesetzt – einige davon waren beängstigend. Lebensbedrohlich. Ich hoffe, ihr seht mir das nach. Schriftsteller müssen zwischendurch ihre Figuren auf den Prüfstand stellen, um zu sehen, wie sie unter Druck reagieren. In solchen Situation zeigen sie, wer sie wirklich sind – nicht durch ihre Worte, sondern durch ihr *Tun*.» Sie faltet die Hände im Schoß. «Ihr habt mir viel gegeben, mit dem ich arbeiten kann. Dank euch kann ich mich jetzt an das Finale machen.»

«Meinen Sie damit etwa», fragt Mack, «dass wir jetzt gehen können?»

Sie lächelt herzlich. «Ja, das meine ich. Lassen wir den Schluss damit beginnen.»

«Aber was ist mit Dad?», frage ich.

«Genau», sagt Betty. «Wird er wieder gesund?»

«Es freut mich, euch sagen zu können, dass euer Vater auf dem Weg der Besserung ist. Die Ärzte haben ihn stabilisieren können.» Die Autorin wendet sich an mich. «Dank dir, Lizzy, wird er in ein paar Tagen nach Hause kommen. Deine zukünftige Stiefmutter ist in diesem Moment auf dem Heimweg. Noch ein Grund, euch so schnell wie möglich zurückzuschicken.»

Das ist eine wunderbare Neuigkeit. Für einen kurzen Moment vergesse ich alles andere und genieße den Gedanken, dass Dad bald nach Hause kommen wird.

Doch dann denke ich, dass es überhaupt keine starke Schlussszene wäre, uns einfach so aus der Burg zu entlassen, ohne einen Kampf … Und was genau hat sie mit ‹Dank dir, Lizzy› gemeint?

«Ihr dürft jetzt gehen», sagt E. L. Northlander. «Aber bevor wir auseinandergehen, würde mich interessieren, ob ihr noch irgendwelche Fragen habt. Ich habe so hart an diesem Buch gearbeitet. Ich will sichergehen, dass ich alles richtig gemacht habe.»

«Gute Idee», sagt Mack. «Ich hätte eine Frage.»

Die Autorin richtet sich in ihrem Sessel auf. «Leg los.»

«Was bedeutet bbm_ac.com?»

Die Autorin wirkt aufrichtig erstaunt. Mack hatte recht: Diese Erzählung ist darauf beschränkt, wie *ich* die Welt sehe und erlebe. In Macks Gedanken ist die Autorin gar nicht eingeweiht.

«Danke für diese Frage, Mack! Ich hatte erwartet, dass du mich etwas Langweiliges fragen würdest, wie die meisten Leute. Etwa ‹Woher nehmen Sie Ihre Ideen?› oder ‹Gibt es eine Tageszeit, zu der Sie besonders gern schreiben?›.»

Mack zuckt die Achseln.

«B-B-M ist die Abkürzung für Bikini Beach Mystery. Das ist mein Arbeitstitel für das Buch. Wenn das Buch fertig ist, wird meine Lektorin ihm bestimmt einen ganz anderen Titel geben. Vermutlich einen, den ich überhaupt nicht mag, von dem sie aber glaubt, dass sich das Buch damit besser verkauft.»

Ich stöhne leise. Ich hätte wissen müssen, dass ‹bb› Bikini Beach bedeutet. Aber wie gruselig ist das denn, dass sie meinen Namen für den Strand kennt? Weiß die Autorin denn wirklich *alles* über mich?

«Und ac.com», fügt E. L. Northlander jetzt hinzu, «bedeutet schlicht und einfach Ainsley Castle Punkt com.» Sie sieht von einem zum anderen. «Irgendwelche anderen Fragen?» Ihre Augen richten sich auf Betty.

«Was bedeutet E. L.?», fragt Betty.

«Elspeth.»

«Okay. Und das ‹L.›?»

Die Autorin lächelt sie an. Antwortet aber nicht. Stattdessen steht sie auf. «Nun, ich danke euch von ganzem Herzen für euer Kommen. Es tut mir leid, dass ich euch in den Kerker gesperrt habe. Aber was soll ich sagen? Schriftstellerinnen und Schriftsteller müssen eben skrupellos sein. Also: Das Finale kann beginnen.»

Jetzt stehen auch wir drei auf.

Der Raum ist gegen das Wetter nur teilweise geschützt. Ich merke, dass es nieselt.

«Also dann, fort mit euch», sagt die Autorin, die zum Tisch geht und ihren Laptop in eine Schublade legt, vielleicht um ihn vor dem Regen zu schützen. «Geht hinaus in die Welt und tut, was euch gefällt. Meinen Segen habt ihr. Ich wünsche euch ein schönes, langes Leben.»

«Lässt sie uns wirklich gehen?», höre ich Betty Mack zuflüstern.

«Ja!», sagt die Autorin, die Betty aus gut drei Metern Entfernung gehört hat. «Das tue ich. Geht! Ich brauche keine Unterschrift von euch. Niemand will eure Ausweise sehen. Ihr könnt einfach verschwinden.»

Wir gehen ein paar Schritte Richtung Treppe.

«Passt auf, wo ihr hintretet. Die Stufen sind glatt.»

Wir stehen jetzt am Treppenabgang. Von hier oben gesehen, ist es ein wirklich langer Weg nach unten.

«Aber du, Lizzy», ruft die Autorin zu uns herüber, «du bleibst doch hier, nicht wahr, Liebes?»

Wir erstarren.

Es wäre einfach zu schön gewesen.

Mittlerweile regnet es ziemlich heftig.

«Ihr müsst nicht alle stehen bleiben. Nur Lizzy. Mack und Betty, ihr könnt gehen.»

«Sie wissen, dass wir ohne Lizzy nirgendwo hingehen», sagt Mack und dreht sich zu ihr um.

«Sei nicht albern, junger Mann. Du weißt genauso gut wie ich, dass das der Plan war. Lizzy wird hier allein bestens zurechtkommen. Ihr beide geht jetzt, und sobald ihr aus dem Wald seid, wird alles vergessen sein. Betty wird als Lizzy weiterleben und niemals wissen, dass sie einmal eine Betty war. Es ist wirklich ganz einfach.»

Betty zerrt mich zu Mack hinüber. Sie verschränken die Arme um mich.

«Ich mag vielleicht nicht die hellste Kerze auf der Torte sein», sagt Betty zu mir. «Aber ich weiß, was es heißt, loyal zu sein. Wir haben uns versprochen zusammenzuhalten und, glaub mir, das werden wir!»

Die Autorin kommt auf uns zu. «Kinder, Kinder. Ihr macht die Sache nur komplizierter. Lizzy hat versprochen, dass sie alles tun wird, um ihren Vater zu retten. Ihr habt es selbst gehört.»

Also *das* hatte sie gemeint.

Mack und Betty halten mich noch fester.

Die Autorin schaut auf sie herab, als wären sie winzige Ameisen, die es zu studieren gilt. «Du meine Güte! Ich dachte, ihr wärt froh, von hier wegzukommen. Falsch gedacht. Mit dieser … Anhänglichkeit habe ich nicht gerechnet.»

Nachdenklich läuft sie vor uns auf und ab. Ihre Haare glänzen vom Regen.

«Also schön», sagt sie schließlich mit einem fröhlichen Lächeln. «Auch ich kann flexibel sein. Wenn ihr wollt, könnt ihr gern bleiben, während ich mit Lizzy fertig werde. Aber ich warne euch – es wird nicht lustig.»

«Wir wollen nicht bleiben», sagt Betty. «Wir wollen gehen! *Mit* Lizzy.»

«Ich fürchte, das steht heute nicht auf dem Plan.»

Die Autorin kommt einen Schritt näher.

«Ich mache dir folgenden Vorschlag, Lizzy. Wenn du Betty und Mack erlaubst, jetzt zu gehen, ohne dich, wirst du in meinem nächsten Werk die Hauptfigur, und dazu bekommst du ein Vetorecht und die künstlerische Kontrolle, was deine Figur betrifft. Versprochen. Ich habe schon mit dem Projekt angefangen. Meine Ideen sind gleich da drüben in der Goldenen Kammer.»

Sie weist auf den Raum mit der leicht geöffneten Tür, hinter der ein goldenes Licht leuchtet.

«Oder», sagt sie, «du weigerst dich, in die Goldene Kammer zu gehen, und ich lösche dich, hier an Ort und Stelle, und zwar jetzt sofort. Vor den Augen deiner Freunde. Und du kommst nie wieder in irgendeinem Buch vor. Es ist ein schrecklicher Tod. Weniger für dich als für deine Freunde, die das mitansehen müssen. Ich nenne diesen Eingriff die Guillotine.»

Ich hyperventiliere. Wahrscheinlich werde ich gleich ohnmächtig.

Ich *will* ohnmächtig werden.

Ich will ohnmächtig werden, und wenn ich wieder aufwache, ist all das vorbei.

Oder: Ich werde nie wieder aufwachen.

Schluck.

«Bleib bei uns», flüstert Mack mir ins Ohr. «Vertrau mir. Bitte.» Er zieht mich enger an sich und Betty. Ich spüre ihre Herzen gegen meines schlagen.

Und spüre ihre Arme um mich.

Ein Ring der Freundschaft.

Vertrau uns, sagen sie.

Und das tue ich.

Die Augen der Autorin blitzen vor Zorn. «Wie könnt ihr es wagen, euch mir zu widersetzen! Noch nie habe ich so ungehorsame, widerspenstige Figuren erlebt!»

Ihre Wut ist mit Händen greifbar. Die Härchen auf meinen Armen richten sich auf.

«Also schön!», faucht die Autorin. «Wenn ihr wollt, dass ich eine Hexe bin, dann bin ich eben eine Hexe. Ich hatte gehofft, dir eine glückliche Zukunft in der Goldenen Kammer und dann in einer anderen Geschichte zu bescheren, Lizzy, aber, wie ich schon sagte, auch ich kann flexibel sein.»

Ich wage nicht einmal zu atmen.

«Dir ist schon klar», sagt sie, «was deine Entscheidung bedeutet, nicht? Es bedeutet, dass du vernichtet wirst. Ich werde Lizzy mit Suchen und Ersetzen gegen Betty austauschen, und du wirst aus dieser Geschichte verschwinden.

Endgültig. Spurlos. Für immer. Und du wirst nie wieder Zutritt zur Goldenen Kammer erhalten.»

Ich spüre Bettys und Macks Arme um mich.

«Außerdem», sagt die Autorin, «werde ich den Teil mit deinem Vater umschreiben. Er wird einen schrecklichen Tod erleiden. Und du ganz allein wirst daran schuld sein.»

«Dad», wimmere ich. «Nein!»

Die Vorstellung ist unerträglich. Das kann ich nicht zulassen.

Ich wende mich zur Goldenen Kammer um.

«Nein, Lizzy», sagt Mack, der mich zurückhält. «Nicht. Vertrau uns.»

«Warum solltest du ihnen vertrauen?», fragt die Autorin. «Sie sind schwach. *Ich* habe hier das Sagen.»

«Können wir nicht einfach weglaufen?», flüstert Betty. «Die Treppe runter? Meine Knie geben gleich nach.»

Ich spüre, wie sie zittert.

«Nein», flüstert Mack zurück. «Wir müssen ihre Macht zerstören. Ein für alle Mal.»

Über uns höre ich Cedric krächzen. Er wartet auf mich.

Auch die Autorin wartet auf mich, auf meine Antwort.

Ich spüre ihren Blick, der so kalt und hart ist wie die Steine um uns herum.

Es hat aufgehört zu regnen. Von Osten dringt blassrosa Licht durch die Risse und Löcher in den Wänden.

«Also schön», sagt E. L. Northlander. «Es ist ein Jammer. Ich habe dich wirklich gern, Lizzy. Aber gleich reißt mir der Geduldsfaden.»

Sie geht zu dem Tisch zurück, öffnet die Schublade, zieht den Laptop heraus.

Cedric schwebt herab und landet neben dem Laptop. Genervt versetzt die Autorin ihm einen Schlag, der ihn vom Tisch fegt. Er fängt sich im Flug und setzt sich mitten auf den Laptop. Wieder schlägt sie nach ihm. «Dummer Vogel!» Dann klappt sie ihren Laptop auf und setzt sich hin.

Mir ist schwindelig.

Die Zeit ist stehengeblieben.

Alle Geräusche sind verstummt.

Die Welt, meine Welt, mein Leben hält den Atem an.

Alles, was ich höre, ist mein pochender Herzschlag.

Zwischen Bettys und Macks Schultern ist ein winziger Spalt. Ich starre auf ein Loch in der Westwand. Durch die Öffnung kann ich das Hotel Ainsley Castle sehen, das oben auf den Felsen thront, und jenseits davon das Meer und das erste schwache Licht des Morgens.

Auf Wiedersehen, du schöne Welt.

«Nun gut, Elizabeth», sagt die Autorin. «Ich töte meine Lieblinge nie gern, aber es muss sein.»

«Vertrau mir, Lizzy», flüstert Mack wieder. «Vertrau mir.»

Die Autorin drückt auf eine Taste.

36. Kapitel

Der Exploit

Nichts passiert. Ich bin immer noch da.

Die Autorin drückt nochmals auf die Taste.

Wieder passiert nichts. Ich atme noch. Und mein Herz schlägt wie immer.

«Kaputt!», krächzt Cedric.

Auf Zehenspitzen stiehlt sich meine Verzweiflung davon. Vielleicht zwängt sie sich wie die Ratte durch ein Loch in der Mauer und verschwindet für immer.

Die Autorin springt auf und fegt Cedric vom Tisch. Ihr Stuhl fällt um und trifft ihn am Kopf. Sie bemerkt es nicht einmal.

«Hallo?», schreit sie ihren Computer an. «Was ist hier los?» Sie schlägt mit der Faust auf den Tisch.

Cedric rappelt sich wieder auf, taumelt jedoch einen Moment lang wie betrunken umher.

Wieder drückt die Autorin eine Taste, dann eine andere. Wieder geschieht nichts.

Sie dreht sich zu uns um. «Was geht hier vor? Mein Computer ist gesperrt!»

Mack und Betty stehen mit dem Rücken zu ihr. Aber ich kann die Autorin sehen. Sie sieht aus wie eine Wahnsinnige.

«Was habt ihr getan?», faucht sie uns an.

«Meinen Sie mich?», fragt Mack, der sich zu ihr umdreht.

«Was zum Teufel hast du gemacht?», knurrt sie.

«Gemacht?», sagt Mack unbeeindruckt.

«Mit meinem Computer!»

«Ach so», sagt er mit Pokermiene. «Mit Ihrem Computer. Das nennt man die Remotecodeausführung eines Exploits. Ich habe ihn auf dem WLAN-Chip Ihres Computers laufen lassen. Er umgeht die IOMMU und setzt sich direkt in den Kernelspeicher.»

Remotecodeausführung? Exploit? Kernelspeicher?

«Was?», schnauzt die Autorin. «Was soll das heißen?»

«Das heißt: dumm gelaufen», sagt Mack. «Für Sie.»

Die Autorin kocht vor Wut. «Das ist nicht mein Schluss!»

«Na und?», sagt Betty.

Mack grinst die Autorin an. «Ich würde Ihnen raten, in Zukunft Ihr WLAN zu deaktivieren, wenn Sie es nicht benutzen. Das spart Akku *und* schützt Ihr Computersystem vor Exploits.»

«Du miese kleine Ratte! Du hinterhältiger Kerl. Bring das in Ordnung! Sofort! Oder –»

«Oder was?», sagt Betty. «Was wollen Sie tun? Uns auch löschen? Wie denn? Ihr Laptop ist tot.»

Im Gegensatz zu mir scheint Betty zu kapieren, was hier gerade abläuft. Steckt sie mit Mack unter einer Decke?

«Außerdem», fährt Betty fort, «kriegen Sie jetzt für Ihr Buch den besten Schluss überhaupt. Sie sollten sich freuen.»

«Laptop! Laptop!», krächzt Cedric.

«Das werdet ihr mir büßen», droht die Autorin. «Cedric! Komm her!»

Cedric fliegt zu ihr und setzt sich auf ihre Schulter.

«Attacke!», ruft sie.

Cedric bleibt, wo er ist.

«Attacke!»

Cedric krächzt ihr ins Ohr.

«Dämlicher Vogel!» Entnervt fegt sie ihn von ihrer Schulter, stolpert dabei über eine lockere Steinplatte und verliert das Gleichgewicht. Sie stürzt und schlägt mit dem Kopf gegen die Tischkante.

Cedric kommt zu mir herübergeflogen und starrt mich mit seinen gelben Raptorenaugen an. «Laptop!», krächzt er mir ins Ohr. «Laptop!» Er gräbt seine Krallen in meine Schulter.

«Verschwinden wir von hier!», sage ich und versuche, den Vogel wegzuscheuchen.

«Noch nicht!», sagt Mack. Er wühlt in seinem Rucksack. «Wo ist das Seil?» ruft er Betty zu. «Ich kann's nicht finden!»

«Vielleicht im Kerker», sagt sie.

Die Vogelkrallen tun mir weh. «Hilfe!»

«Schu!», ruft Betty und klatscht in die Hände.
Der Vogel fliegt auf ihren Kopf. «Laptop!»
«Kommt, wir gehen!», sage ich wieder.
«Noch nicht!», ruft Betty.

Die Autorin richtet sich benommen auf. Auf dem Tisch neben ihr liegt der Laptop, der nun von den Strahlen der aufgehenden Sonne umrahmt wird.

Und plötzlich begreife ich: Cedric will, dass wir den Laptop mitnehmen. Natürlich! Meine Geschichte! Ich muss meine Geschichte retten!

Ich schnappe mir den Computer. Aber die Autorin, die sich inzwischen aufgerichtet hat, geht auf mich los. Sie reißt mir den Laptop aus der Hand.

«Der gehört mir», knurrt sie.

Ich reiße das Gerät wieder an mich. «Es ist meine Geschichte!»

Die Autorin streckt die Arme aus. «Es ist mein Laptop!», sagt sie und will ihn mir wieder wegnehmen – als ein Stock sie gegen den Tisch stößt.

Betty umklammert Macks Stab. «Der Laptop gehört jetzt *uns*», sagt sie.

Sie hat den Stab mit der rechten Hand in der Mitte gepackt, ihre linke hält das Ende der Waffe auf Hüfthöhe. Ihre Fingerknöchel sind weiß vor Anstrengung.

Die Autorin weicht mit einem arroganten Lachen zurück. «Ach, wie niedlich! Ein japanischer Bōstab. Meine kleine Betty ist Stöckchen-Kriegerin! Das wusste ich ja gar nicht.»

«Ich habe Unterricht genommen», sagt Betty. «Als ich mit Dad in Japan war.»

«Wie süß.»

Ich bin genauso überrascht wie E. L. Northlander.

«Was seid ihr doch für Narren», sagt diese. «Ist euch denn nicht klar, dass ich das alles inszeniert habe? Ihr spielt eure Rolle gut, überrascht mich sogar hin und wieder, aber letztlich tut ihr genau das, was ich von euch will. Selbst *dieser* Schluss war Teil meines Plans.»

«Sie lügen!», sagt Betty. «Sie wissen nicht alles.»

«Eines weiß ich jedenfalls: Sobald die Sonne im Osten über diese Mauer steigt, bricht die Treppe mit Blitz und Donnergetöse zusammen. Damit wird euer Fluchtweg abgeschnitten. Und ihr werdet alle in den Tod stürzen. Das wird euer Ende sein. So steht es geschrieben. So wird es sein.»

«Sie konnten gar nicht wissen, dass Mack einen Exploit hat», sagt Betty.

«Nein, das wusste ich nicht. Aber ich wusste natürlich, dass ihr versuchen würdet zu fliehen. Also habe ich dieses Ende geschrieben.» Sie beäugt den Laptop in meinen Händen. «Diese Geschichte gehört *mir*.»

Die Sonne steigt immer höher. Ich kann ihre Wärme im Rücken spüren. Wenn es stimmt, was die Autorin gesagt hat, bleiben uns nicht mehr als ein paar Minuten, um heil die Treppe hinunterzukommen.

«Geh», sagt Betty zu mir.

«Ohne euch?»

«Ich halte dir den Rücken frei. Geh!»

Ich bin verwirrt. «Wir wollten doch zusammen –»

«Jetzt geh endlich!»

Ich greife nach meinem Rucksack am Fußende des Sofas, als Mack mit seinem aufgerollten Seil aus dem Kerker kommt. Ich will den Laptop in den Rucksack stecken, aber die Autorin nutzt den Moment der Ablenkung, um sich mit einem Satz das Schwert zu schnappen, das in einer Halterung an der Wand hängt. Sie zieht es aus der Scheide und bedroht Mack damit. Das grausame Silber funkelt.

«Leg den Laptop hin», faucht die Autorin mich an. «Sonst mache ich Hackfleisch aus ihm.»

«Geh, Lizzy», sagt Mack seelenruhig. «Wir haben alles im Griff.»

«Wirklich?», sagt die Autorin.

«Wirklich!», sagt Betty, die in Angriffsstellung geht.

Stab gegen Schwert. David gegen Goliath. Haben wir eine Chance?

Die Autorin schwingt ihr Schwert. Betty entkommt seinem *Wusch!* nur knapp und stürzt sich dann auf ihre Gegnerin. In einer bizarren Choreographie, wie ich sie bisher nur in Filmen gesehen habe – Zustoßen, Abwehren, Schlagen, Treten, Wegducken –, gelingt es Betty, die Autorin innerhalb von Sekunden und mit nur wenigen blitzschnellen Bewegungen kampfunfähig zu machen: Sie schlägt ihr das Schwert aus der Hand und drückt sie mit dem Stock auf den Boden. Mack kickt das Schwert die Stufen hinab und fesselt die Autorin mit seinem Seil.

Ich sehe, wie das Schwert mehrmals auf die Stufen aufschlägt und dann in die Tiefe stürzt.

Ich bin sprachlos. Wann haben die beiden das geplant?

«Wie könnt ihr es wagen?», schreit die Autorin. «Bindet mich sofort los!»

Betty dreht sich zu mir um. «Warum bist du immer noch hier? Wir kommen gleich nach. Bring den Laptop in Sicherheit! Wir müssen sie bloß noch einsperren.»

«Geh», sagt auch Mack. «Jetzt!»

Also gehe ich.

37. Kapitel

Allein auf der Treppe

Ich steige die ersten Stufen hinab. Die Steintreppe ist glitschig vom Regen. Ich versuche, nicht daran zu denken, dass es kein Geländer gibt. Ein falscher Schritt und ...

Ich komme nur langsam voran. Der Rucksack auf meinen Schultern ist schwer, und auf den schmalen Stufen habe ich Mühe, mit dem sperrigen Laptop in der Hand das Gleichgewicht zu halten. Ich darf ihn nicht fallen lassen! Wenn er in die Tiefe stürzt, ist meine Geschichte, mein Leben, meine Welt zerstört.

Auf einmal wird mir klar, dass ich buchstäblich mein Leben in der Hand halte.

Das ist mein Leben.

Ich habe die Kontrolle.

Ich kann meine Geschichte ändern, wie ich will. Einen neuen Kurs einschlagen, wenn ich will.

Ich.

Ich drücke den Laptop an meine Brust, halte ihn, so fest es geht.

Langsam überquere ich den ersten Treppenbogen. Und steige weiter hinab.

Gern würde ich stehen bleiben und den Laptop in meinen Rucksack packen, aber ich habe Angst, dass die Zeit dafür nicht reicht.

Ich passiere den zweiten Treppenbogen. Drei liegen noch vor mir.

Ich höre fernen Donner.

Steige weiter hinab.

Überall klebt Moos auf den Stufen. Meine Schuhe finden nur wenig Halt. Ich rutsche aus und falle.

Stehe wieder auf.

Ich bin auf dem dritten Bogen, zwei liegen noch vor mir.

Ich schätze, es bleiben mir noch ein, zwei Minuten, bevor die Sonne im Osten über die Mauer steigt.

Schaffe ich es rechtzeitig nach unten?

Ich will gerade weitergehen, als mich ein Donnerschlag von den Füßen wirft. Ich lande auf Hintern und Ellenbogen, die ich mir übel aufschürfe, aber weiter ist nichts passiert. Ich sitze auf dem Scheitel des Treppenbogens, direkt über dem Keilstein, wo sich eine Art Absatz befindet. Aber ich habe den Laptop fallen lassen. Er ist zwei Stufen unter mir gelandet. *Bitte, bitte sei stoßfest.* Ich hebe ihn auf.

Ich schaue kurz nach Osten – und sehe die Sonne über die Mauer steigen. Im nächsten Moment blendet mich ein helles Licht. Ein Blitz. Gleich danach erzittert die Luft vom Donnergetöse.

Sobald die Sonne im Osten über diese Mauer steigt, bricht die Treppe mit Blitz und Donnergetöse zusammen. Damit wird euch der Fluchtweg abgeschnitten. Und ihr werdet alle in den Tod stürzen. Das wird euer Ende sein. So steht es geschrieben. So wird es sein.

Ein gezackter Blitz schlägt ganz in der Nähe der Treppe ein; die große Eiche nimmt direkt vor meinen Augen eine gespenstische silberweiße Farbe an. Der Himmel wird hell, nur um sich im nächsten Moment zu verdunkeln, als wäre es tiefe Nacht.

Alles wird still.

Und in diese Stille hinein dringt ein lautes, beinahe menschliches Stöhnen. Es kommt von der großen Eiche neben der Treppe und klingt, als würde der ganze Ainsley Forest seinen letzten Atemzug tun.

Wie hypnotisiert sehe ich den Baum in Zeitlupe fallen. Ich weiß es jetzt: Die Eiche wird mich unter ihrem Gewicht erdrücken. Das wird mein Ende sein.

Ich höre wildes Blätterrauschen … und der Stamm geht direkt vor mir nieder. Doch die Krone teilt sich: Ein riesiger Ast stürzt rechts von mir herab, der Rest knallt auf die Stufen hinter mir.

Unglaublich: Ich bleibe verschont.

Von Blättern und Ästen umgeben, kauere ich zitternd auf dem Scheitel des dritten Treppenbogens, rieche angesengte Borke und verbrannte Blätter. Aber ich lebe. Und ich halte immer noch den Laptop fest.

Dann spüre ich unter mir ein Beben. Die alten, morschen Steinstufen geben nach und brechen ein.

Eine Staubwolke steigt von unten herauf.

Die Treppe ist verschwunden.

Ich sitze in der Falle, hier oben auf dem Scheitel des Mitteltreppenbogens, der wie durch ein Wunder immer noch steht. Ich kann weder vor noch zurück. Vor mir ist die Treppe eingestürzt. Hinter mir, dort, wo die Treppe noch Sekunden zuvor mit den drei Räumen verbunden war, sehe ich ein klaffendes Loch. Ich sitze zusammengekauert auf dem einzigen verbliebenen Bogen der großen Treppe, als würde ich mich an den Mast eines sinkenden Schiffes klammern.

Ich atme schnell. Und laut. Alles dreht sich.

Ich habe Angst aufzustehen.

Und zum Springen ist es zu tief.

Was soll ich nur tun?

Es regnet. Schwarze Wolken haben den Morgen wieder zur Nacht gemacht.

Mit zitternden Händen gelingt es mir, den Laptop in meinen Rucksack zu stopfen.

Der Wind weht jetzt heftig. Er ist ohrenbetäubend. Trotzdem höre ich Stimmen.

«Lizzy!», glaube ich zu hören. «Lizzy!»

Sei tapfer.

Ich wühle in der Hosentasche nach meinem Handy. Zwinge meine Hände, ruhig zu bleiben. Ich tippe auf die Taschenlampe. Richte den Strahl zum Himmel.

«Lizzy!»

«Hier!», schreie ich. «Hier!»

Aber der Sturm wütet jetzt, und meine Stimme ist nur ein Flüstern. Im Licht meiner Taschenlampe sehe ich, wie die Bäume unten im Wind schwanken. Äste brechen mit lautem Knall ab. Rechts von mir höre ich einen Baum aufstöhnen, kurz darauf stürzt er hinter mir zu Boden.

Ein Ast fliegt an mir vorbei und ... stößt meinen Rucksack um! Ich greife danach, bin aber nicht schnell genug – er fällt hinunter, zehn Meter in die Tiefe.

Mein Leben.

Meine Geschichte.

Weg.

Ich sitze sehr lange da, zu einer Kugel zusammengekauert, so klein wie möglich, allein, schlotternd vor Angst, zitternd vor Kälte.

So ende ich also. Auf dieser gottverlassenen Insel. In dieser gottverlassenen Burg. An diesem gottverlassenen Morgen.

Ich höre lautes Ächzen rund um mich herum, als läge der ganze Wald um Ainsley Castle im Sterben. Und ich mit ihm.

Doch dann wird mir klar, dass das Stöhnen gar kein Stöhnen ist. Es ist eine Art lautes, metallisches Dröhnen. Ein schwirrendes Brausen. Die Luft vibriert davon.

Schwupp-schwupp-schwupp.

Ich schaue nach Westen, sehe aber nichts als Nebel.

Doch dann ... ja ... ich sehe ein Licht.
Es kommt näher. Und näher.
Dann bricht es durch den Nebel.
Es ist ein Hubschrauber.

38. Kapitel

Rettung

Meine Sicht ist verschwommen: Es ist neblig, es regnet, und ich weine. Trotzdem ist der rot-weiße Hubschrauber so nah, dass ich drei Personen darin erkennen kann. Zwei Männer mit Helmen und orangefarbenen Overalls mit Leuchtstreifen stehen an der offenen Tür. Durch die Frontscheibe sehe ich einen Piloten an den Schalthebeln.

Ich wedele wie verrückt mit den Armen, voller Angst, dass der Hubschrauber vorbeifliegen könnte, ohne mich zu sehen.

«Hier!», schreie ich. «Hier bin ich! Hier!»

Können die Männer mich auf dem Treppenabsatz über dem Keilstein sehen, eingezwängt zwischen Stamm und Krone des Baums?

Schwupp-schwupp-schwupp.

Trotz des rotierenden Propellers und meiner eigenen jämmerlichen Schreie höre ich das Knistern, Rauschen und Piepen der Funkanlage des Hubschraubers und raue, elektrostatisch verzerrte Männerstimmen.

Ich winke immer noch, begreife aber schnell, dass die Männer im Hubschrauber mich vermutlich nicht nur sehen können, sondern tatsächlich retten wollen.

Als wäre es eine Reaktion auf diesen Gedanken, leuchtet der Himmel auf. Der Hubschrauber erhellt die Umgebung.

Hier! Hier!

Ich sehe die beiden Männer in der Tür des auf der Stelle schwebenden Hubschraubers wild gestikulieren.

Dann höre ich eine Männerstimme durch den Lautsprecher. «Bleib ganz ruhig», sagt sie. «Jemand kommt gleich zu dir runter.»

Ich sehe dicke Drahtseile vom Hubschrauber herabhängen. Einem der Männer wird ein Gurt angelegt.

Der Wind bläst mit aller Macht, und ich spüre den Treppenabsatz unter mir erzittern. Womöglich stürzt er ein, ehe ich gerettet werde, schießt es mir durch den Kopf.

Macht schnell. Bitte macht schnell.

Dann ist der Sanitäter draußen und wird vom Hubschrauber abgelassen. Er baumelt in der Luft hin und her.

Der Hubschrauber steigt ein wenig höher und schiebt sich dann direkt über mich.

Der Regen peitscht herab. Trotzdem sehe ich den Flugsanitäter mit den Füßen voran immer näher kommen.

Jetzt kann ich fast schon seine Schuhsohlen ausmachen.

Dann seinen orangen Overall. Ich sehe verschiedene Ausrüstungsgegenstände an seinem Gurt hängen: ein Seil, Bandschlingen, Karabiner.

Er landet direkt hinter mir. Der steinerne Absatz wackelt.

Ich habe panische Angst, mich zu bewegen. Ich spüre eine Hand auf meiner Schulter, vielleicht muss sich der Mann abstützen. Die Stimme des Piloten dringt aus seinen Kopfhörern. «Hast du sie? Over. Hast du sie? Over.»

Der Sanitäter antwortet mit ruhiger Stimme: «Ja. Ich habe sie. Over. Ich habe sie.»

Moment! Diese Stimme *kenne* ich. Ich kenne sie!

Kann das sein?

«Kannst du dich umdrehen, Elizabeth?», fragt die Stimme. «Geht das?»

Langsam, ganz langsam rutsche ich Stück für Stück herum, drehe mich auf dem Hintern so vorsichtig wie möglich, bis ich meinem Retter ins Gesicht sehe.

Der Sanitäter ist eine Frau.

Stiefmutter.

Ohne mich loszulassen, geht Stiefmutter vorsichtig in die Knie. Ihre Augen fahren prüfend über mein Gesicht, versuchen einzuschätzen, in welchem Zustand ich bin, geistig, körperlich oder was weiß ich.

«Bist du okay?», fragt sie. Sie muss schreien, um den Hubschrauberlärm zu übertönen. «Bist du okay?»

Ich nicke.

«Ich habe sie», sagt sie in das Mikrophon an ihrem Helm. «Ich habe sie. Sie ist okay. Sie ist –» Ihre Stimme bricht. Tränen schießen ihr in die Augen. «Sie ist okay!», ruft Stiefmutter ins Mikro, während ihr die Tränen über das Gesicht laufen. «Sie ist okay!»

Dann reißt sie sich zusammen und packt mich an den Schultern. «Hast du irgendwo Schmerzen?»

Ich schüttle den Kopf.

«Hast du dir den Kopf angeschlagen? Bist du gestürzt? Oder sonst etwas? Rede mit mir, Elizabeth. Rede mit mir.»

«Nein», sage ich und packe sie ebenfalls. «Ich bin okay.»

«Gut.»

«Aber mein Rucksack ist runtergefallen», sage ich dann.

«Mach dir keine Sorgen. Jemand holt ihn für dich.»

Meine Gedanken überschlagen sich. Was macht Stiefmutter hier? Ich wusste, dass sie Krankenschwester ist, aber doch keine *Flugsanitäterin*? Woher wusste sie, dass ich hier bin? Kann sie mich wirklich hier herausholen?

«Wie hast du mich gefunden?», frage ich.

Etwas anderes fällt mir nicht ein.

«Mr. Riddel», sagt Stiefmutter. «Aber erst mal müssen wir dich von hier wegbringen.»

Sie spricht in ihr Mikro. «Ich mache sie jetzt fertig.»

«Wir sind bereit», sagt die Stimme des Piloten.

Stiefmutter sieht mich an. Ihre Stimme ist ruhig, klar und laut. «Wir machen jetzt Folgendes, Elizabeth. Ich werde dir eine Art Weste anziehen. Dabei musst du mir helfen. Es ist ein Rettungsgurt. Ich lege ihn dir an und befestige dich dann mit einem Karabiner an mir. Der Hubschrauber wird uns zusammen hochziehen, *zusammen*, und auch *zusammen* wieder ablassen. Vor dem Ostturm der Burg wartet ein Krankenwagen. Hast du das verstanden?»

Ich nicke.

«Hab keine Angst.» Sie legt mir aufmunternd die Hand auf den Arm und sieht mir fest in die Augen. «Elizabeth», sagt sie dann mit sanfter Stimme. «Du bist in Sicherheit.»

Ich nicke, meine Kehle ist wie zugeschnürt.

Ja, ich bin in Sicherheit

«Dein Vater ist auch außer Gefahr», sagt sie und wischt mir zärtlich eine Träne ab.

Wieder nicke ich.

Sie greift nach mir und zieht mich an sich.

Und ich sinke in ihre Arme.

Stiefmutter bringt mich zügig weg. Wir landen außerhalb der Burgmauern, nahe dem Eingang zum Ostturm. Nachdem sie mich untersucht hat, unterhält sie sich mit einem Arzt.

Da taucht Mack auf. Er trägt eine dieser silbernen Rettungsdecken und einen frischen Verband am Ohr. «Ich habe es über die Treppe der Batterie nach unten geschafft», erklärt er mir.

Betty kann ich nirgends entdecken, was mich sofort beunruhigt.

«Betty?», flüstere ich Mack zu. «Wo ist sie?»

«Später», sagt er verstohlen. «Und erzähl nichts von der Autorin, von Northlander. Kein Wort. Halte sie aus der Sache raus. Die Polizisten haben niemanden sonst in den Ruinen entdeckt.»

«Was?»

«Sag einfach, wir hätten hier draußen gezeltet. Hätten die Ruine erkundet. Wir waren dumm und –»

Stiefmutter kommt zu uns zurück. «Ihr seht beide zwar ein bisschen angeschlagen aus, aber wir haben beschlossen, euch nicht ins Krankenhaus zu bringen», sagt sie. Sie mustert uns einen Augenblick mit ernstem Gesicht. «Ehrlich, ihr beide habt mehr Glück gehabt als Verstand.»

Ich nicke.

«Aber es geht euch gut», sagt sie und streicht mir über die Wange. «Und nur darauf kommt es an.»

«Du hast mich gerettet. *Darauf* kommt es an.»

«Das ist mein Job, Elizabeth. Ich bin Sanitäterin. Außerdem ... sind wir eine Familie. Du bist meine Familie.»

Ja. Wir sind eine Familie.

Wie haben sie uns bloß gefunden?

Mack und Stiefmutter erklären es mir.

Wie sich herausstellt, war die überraschende Ankunft

des Hubschraubers, der mich aus dieser schier ausweglosen Lage gerettet hat, nicht ganz so überraschend, wie ich dachte. Das kleine Gerät, das an einem Ring an Macks Rucksack baumelt, ein UKW-Sender, den er und Mr. Riddel gerade testen, hat entscheidend zu unserer Rettung beigetragen. Seine Antenne verbindet sich über Bluetooth mit einer Smartphone-App, die ohne WLAN oder Mobilfunkverbindung Notrufe aussenden kann. «Es ist wie eine Art Walkie-Talkie», sagt Mack, «nur viel cooler und ausgeklügelter. Es beherrscht sogar Geolocation und Geotagging.»

Also hatte Mack klammheimlich eine SOS-Nachricht an Mr. Riddel geschickt, der wiederum Stiefmutter verständigte und diese dann die Polizei und die Mannschaft der Flugrettung, mit der sie seit vielen Jahren zusammenarbeitet.

Sie wussten genau, wo wir zu finden waren – und haben uns gerettet.

Mir wirbeln immer noch viele Fragen durch den Kopf, aber ich kann sie nicht laut stellen. Mack und ich sind von Rettungskräften umgeben.

Doch wenig später macht sich die Sanitäter-Crew daran, ihren Bericht zu schreiben, die Polizei zieht sich zurück, um das Gelände abzusperren, und Stiefmutter ist ebenfalls verschwunden.

Mack und ich sind endlich allein.

«Wo ist Betty?», frage ich sofort.

«Sie ist verschwunden!», platzt es aus Mack heraus. Er fährt sich mit den Fingern wild durch die Haare. «Im einen Moment ist sie mit mir noch die Wendeltreppe runtergestiegen, und im nächsten war sie weg. Ich habe sie gesucht, aber dann sind die Polizisten aufgetaucht und –»

«Eine Wendeltreppe?»

Folgendes war passiert: Nachdem Mack und Betty die Autorin im Kerker eingeschlossen hatten und sie feststellen mussten, dass die große Treppe eingestürzt und der Weg nach unten versperrt war, gelang es ihnen, sich hinter dem Raum, in dem wir auf dem Sofa gesessen hatten, über eine niedrige Mauer auf das Dach der Batterie abzulassen. In der ehemaligen Waffenkammer entdeckten sie eine Wendeltreppe und brachten sich in Sicherheit. Betty war vorausgelaufen – «Wir treffen uns unten!», hatte sie zu Mack gesagt –, doch als er am Fuß der Treppe ankam, war sie verschwunden.

«Vielleicht steckt sie im Wald oder irgendwo in der Ruine», sagt Mack.

«Wir müssen sie finden.»

Wir schauen uns um: Ob wir uns davonschleichen können? Können wir nicht, die Polizisten sind überall. Es ist kein guter Moment.

«Und Northlanders Computer?», will ich wissen. «Was war das für eine Aktion? Die Sache mit dem ... Exploit?»

Mack hat den Exploit von Tyrone Riddel bekommen –

in der Welt der ethischen Hacker auch bekannt als Good Guy-Hacktivist DrDoubleDee. Mack hatte ihn in weiser Voraussicht darum gebeten, als wir zusammen in Riddels Laden waren.

«Warum hast du mir von alldem nichts erzählt?», frage ich ihn. «Wenn ich gewusst hätte, dass du diesen blöden Exploit hast oder dass Mr. Riddel uns aufspüren kann, hätte ich weniger Angst gehabt.»

Mack schaut über die Schulter, um sicherzugehen, dass uns keiner zuhört. «Ich bin davon ausgegangen, dass die Autorin nur aus deiner Perspektive schreibt, aus dem Blickwinkel einer personalen Erzählerin. Wenn du also irgendetwas gewusst oder gemerkt hättest, wäre womöglich auch die Autorin dahintergekommen. Wir mussten es vor ihr geheim halten. Darum durftest auch du nichts davon wissen. Betty war aber von Anfang an eingeweiht.»

«Und sonst hat Betty nichts gesagt? Nur –»

«Nur ‹Wir treffen uns unten›.»

«Wir können sie doch nicht einfach hier draußen in der Wildnis lassen!», sage ich. «Was, wenn –»

«Entschuldige, Miss», sagt eine Frauenstimme hinter uns.

Wir fahren erschrocken herum. Es ist eine Polizistin. «Wir haben deinen Rucksack gefunden», sagt sie und übergibt ihn mir. Sie geht mit einem knappen Nicken davon, bleibt aber nach wenigen Schritten stehen und kommt wieder zurück. «Euch ist hoffentlich klar, dass ihr euch da drinnen fast umgebracht hättet. Ehrlich, wenn ich eure Mutter wäre, würde ich euch Hausarrest aufbrummen – und zwar für den Rest eures Lebens.»

Und weg ist sie.

Stiefmutter ist wieder da. Sie spricht kurz mit einem Polizisten und kommt dann zu uns. «Ich bin ja so erleichtert», sagt sie. «Eliza hat alles verschlafen.»

«Eliza?», frage ich. «Wer ist das?»

«Eliza Beth Sutherland. E. B. Sutherland. Unser Artist-in-Residence. Ich bin eben in den Ostturm raufgegangen. Ich dachte, ich muss ihr erklären, was hier los ist. Weil der ganze Krach sie bestimmt aufgeweckt hat. Aber sie hat alles verschlafen! Unglaublich.»

Mack und ich schauen uns verstohlen an.

«Regina?» Es ist der Pilot. «Wir brauchen deinen Bericht», ruft er.

«Bin gleich zurück», sagt Stiefmutter zu uns. «Und dann fahre ich dich nach Hause, Mack.»

«Unsere Autorin ist also abgehauen, meinst du?», sage ich, sobald Stiefmutter außer Hörweite ist.»

«Ja. E. L. Northlander ist weg. Verschwunden.»

Dann kommt mir ein Gedanke: Wenn die Autorin verschwunden ist, sind vielleicht auch ihr Computer und meine Geschichte verschwunden. Das wäre eine Katastrophe! Dann könnte sie unsere Welt aus der Ferne nach Belieben verändern.

Ich reiße meinen Rucksack auf.

Aber da ist er: der Laptop der Autorin.

Ich gebe ihn Mack. «Möglich, dass er durch den Sturz kaputtgegangen ist.»

«Dann repariere ich ihn. Du brauchst ihn.»

Er hat recht. Ich brauche ihn wirklich. Es ist meine Geschichte.

39. Kapitel

Die Goldene Kammer

Ich muss Betty finden.
Ich bitte Mack, mir Deckung zu geben. Wenn jemand wissen will, wo ich bin, soll er sagen, dass ich nach dem ganzen Trubel ein bisschen für mich allein sein muss und dass ich gleich wiederkomme.

Ich stehle mich davon, lasse das statische Knistern der Walkie-Talkies hinter mir.

Wir treffen uns unten.

Ich ahne, dass Bettys letzte Worte eine tiefere Bedeutung haben könnten, als Mack denkt.

Im Schatten der Bäume schleiche ich an der Ostseite von Ainsley Castle entlang, bis ich zum nordöstlichen Ende der Burg gelange. Die Batterie, ein in sanften Dunst gehülltes halbkreisförmiges Gebäude, ragt vor mir auf.

Raben hocken auf den hohen Mauern und bewachen ihr Terrain.

Ich betrete die Ruine.

Drinnen ist es dunkel, der Boden feucht. Doch dort, wo

Teile des Daches fehlen, sehe ich Betty im Schimmer des morgendlichen Sonnenlichts, das von oben hereinfällt. Sie steht am Fuß der Wendeltreppe und wartet.

Wir klammern uns lange Zeit aneinander.

«Was machen wir jetzt mit dir?», frage ich schließlich.

Betty sieht mich mit ihren schönen blauen Augen an, die, wie mir jetzt klar ist, meine eigenen blauen Augen sind. «Ich bleibe hier», sagt sie.

Im ersten Moment glaube ich mich verhört zu haben. «Was?»

«Ich bleibe hier, Lizzy.»

Sie wirkt bestimmt. So reif. So ... klar.

«Das ist doch lächerlich!», sage ich. «Hier gibt es kein Essen, keine Unterkunft, nichts zu trinken, es ist gefährlich und –»

«Ich will dir was zeigen.» Sie nimmt mich an der Hand, führt mich die gewundenen Stufen hinauf bis aufs Dach, wo sie mich zu einer von mehreren alten Schießscharten lotst, einer großen Öffnung in der Außenwand des Gemäuers.

Wir schauen über die Insel. Vor Hunderten von Jahren suchten die Wächter des Turms durch diese Öffnungen die Gegend nach herannahenden Feinden ab.

Die Sonne scheint ungewöhnlich hell und warm an diesem frühen Morgen. Die Luft riecht nach Meer und Sommer und Verheißung.

Als ich nach Westen schaue, sehe ich das Hotel Ainsley Castle in seiner ganzen Pracht oben auf den hohen Felsen thronen.

«Unser Zuhause», sagt Betty. «Es sieht wunderschön aus von hier oben.»

«Stimmt», pflichte ich ihr bei.

Ich denke an Dad.

Der Gedanke, dass ich ihm um ein Haar unendliches Leid zugefügt hätte, ist kaum zu ertragen.

Ich denke an Stiefmutter.

Sie hat so viel Geduld mit mir gehabt. Das begreife ich jetzt.

Als ich mich zur Ruine umdrehe, sehe ich aus ihrem Innern einen Lichtschein herausdringen.

«Siehst du das?», fragt Betty. «Das bernsteinfarbene Schimmern?»

«Ja.»

«Das ist die Goldene Kammer. Dorthin gehe ich.»

«Ich habe keine Ahnung, was du damit meinst», sage ich.

«Komm schon! Natürlich weißt du das. Von dort komme ich. Dort wohnt auch der sagenumwobene Geist, die unschuldige junge Frau, die sie vor Jahrhunderten auf dem Scheiterhaufen verbrannt haben. Mutter ist auch dort, sie trägt ein Kleid mit schwingendem Rock und einen Sonnenhut. Und der Pudel ist auch dort. Ein Café. Sogar Stiefmutter ist da – die Stiefmutter, die *du* zu kennen glaubtest, mit ihren manikürten Fingernägeln, rasiermesserscharf und in ochsenblutroten Nagellack getaucht.»

Ich fange an zu begreifen, was sie mir sagen will. «Ist E. L. Northlander auch dort drinnen?»

«Ja, das ist sie. – Hast du sie dir zufällig genauer angesehen?»

«Die Autorin? Natürlich.»

«Ich meine, ob du sie *wirklich* angesehen hast?»

Ich bin mir nicht sicher, worauf sie hinauswill. «Was meinst du damit?»

«Hast du zufällig gesehen, dass sie direkt unter der Nase einen Leberfleck hatte?»

«Einen Leberfleck? Unter der Nase? Nein. Ich habe ein Fieberbläschen gesehen. Einen Herpes.»

«Das war ein Leberfleck, Lizzy.»

«Du willst also sagen –»

«Ja.»

«E. L. Northlander war eine weitere Elizabeth?»

«Eine zukünftige. Elspeth Lizzy Northlander.»

«Lizzy? Das bedeutet das L in ihrem Namen?»

Betty nickt und schaut dann aufs Meer hinaus.

Ich lehne mich an die Mauer.

«Du weißt hoffentlich, dass du nicht länger ihr Geschöpf bist, oder?», fragt Betty.

«Ja, das ist mir jetzt klar. Ich glaube sogar, dass sie *mein* Geschöpf ist. Oder vielmehr: sein wird.»

«Ganz genau.» Betty schaut auf das Treiben unter uns. «Ich glaube, sie suchen nach dir.» Sie dreht sich zu mir um. «Es ist Zeit, zu gehen.» Sie legt die Hände auf meine Schultern. «Du warst eine gute Freundin, Lizzy.»

«Du auch, Betty. Du wirst mir fehlen. Ganz schrecklich.»

«Aber du trägst mich bei dir», sagt sie nur. «In deinem Herzen.»

Ich nicke.

«Und was Dad angeht», sagt sie, «musst du ihn alles fragen. Tust du das?»

«Ich tue es. Versprochen.»

«Pass gut auf den Laptop auf», sagt sie. «Schreib wunderschöne Geschichten darauf.»

Wir umarmen uns ein letztes Mal.

Dann gehe ich.

Draußen, auf dem Weg zurück ins Getümmel in der Nähe des Ostturms, klingelt mein Handy. `«Dr. Goodwin»` steht auf dem Display.

Ich bin zurück in der wirklichen Welt.

«Lizzy», sagt sie, «hast du einen Moment?»

Ich sehe Stiefmutter, die auf der Motorhaube des Krankenwagens lehnt und immer noch ihren Bericht schreibt.

«Ja, habe ich», sage ich.

«Wir haben schon einige Wochen nicht mehr miteinander gesprochen. Ich habe mich nur gefragt, wie es dir dort oben im Norden so geht.»

«Ehrlich gesagt», sage ich, «phantastisch. Absolut phantastisch.»

Stiefmutter hebt den Kopf und sieht mich. Sie winkt. Und ich winke zurück.

40. Kapitel

Der Bildschirmschoner Strand

Wie die Polizistin vorhergesagt hat, bekomme ich Hausarrest – auf Lebenszeit. Mack ebenfalls. Aber nach zwei Wochen verständigen sich unsere Eltern darauf, dass ein Ausflug in die Stadt oder an den Strand vertretbar ist, genau wie eine Wanderung und/oder eine Radtour, solange wir mindestens hundert Meter Abstand zur Burg Ainsley Castle halten. Dieses großzügige Angebot nutzen wir sofort aus.

Ich bin froh, berichten zu können, dass meine Schwindelanfälle der Vergangenheit angehören. Ich glaube, es hilft, dass ich jetzt Unterricht im Stepptanzen nehme – mein neues Hobby.

Unmittelbar nach dem, was inzwischen nur noch «der Vorfall» genannt wird, habe ich den Großteil meiner Umzugskisten ausgepackt und mein Zimmer aufgeräumt – mehr oder weniger. Ein paar Tage nachdem mein Vater aus dem Krankenhaus entlassen wurde, half er mir, das Bücherregal aufzubauen. Meine Bücher sind jetzt sogar alphabetisch geordnet. Stiefmutter hat zur Feier des

Tages Haferplätzchen gebacken. Sie schmeckten ziemlich gut, muss ich ehrlich sagen. Fast so gut wie die von Mrs. Carrick. Hinterher sind Dad, Stiefmutter und ich bei E. L. Sutherlands Lesung im Ballsaal zum ersten Mal als Familie aufgetreten.

Ich habe vor kurzem angefangen, Tagebuch zu führen, genau wie Dr. Goodwin es mir geraten hat. Es ist nicht pink, sondern ein silberner Laptop – ein Secondhandmodell, das Mack und ich vor der Burgruine gefunden haben (wie wir behaupten). Irgendein Camper muss ihn versehentlich vergessen haben … Mack hat es geschafft, ihn zu entsperren, und wir stellten fest, dass er tadellos funktioniert. Anscheinend wurden bis auf das Betriebssystem sämtliche Daten komplett gelöscht. Was auch immer auf ihm gespeichert war, existiert nicht mehr. Welche Geschichten er eines Tages enthalten wird, liegt nun an mir. Und nur an mir. Ich habe jetzt das Sagen.

Manchmal fühlt es sich so an, als wäre all dies nie passiert, als wäre das, was ich hier erzählt habe, ein Traum in einem Traum. Doch dann sehe ich Mack an, und er bestätigt mir, dass es tatsächlich geschehen ist. Und dass er sogar dabei war.

Es ist ein milder, sonniger Tag, als Mack und ich uns das erste Mal allein am Bildschirmschoner Strand treffen. Das Wasser ist klar, kalt und so glatt, dass es aussieht, als könnten wir auf seiner Oberfläche bis zum Snelhar Skerry Rollschuh laufen.

Wir legen uns nebeneinander auf eine Decke. Der weiße Sand ist fein und heiß. Genau der richtige Sand für eine Sanduhr, hat Mack einmal gesagt. Und er hat recht.

Wir drehen uns einander zu. Mein Blick wandert zu seinem schiefen Eckzahn und seiner zu dem Leberfleck unter meiner Nase.

Wir rücken näher.

Wir spüren die Sonne auf unseren Armen. Die Brise auf den Beinen. Die Gischt auf den Wangen.

Mack und Lizzy. Zwei Figuren in einem Buch.

Es fühlt sich ... magisch an.

Ist es das, was Dad gemeint hat, als er sagte, ich solle losziehen und die Magie entdecken?

Ich habe immer gedacht, mein Leben sei vom Verlust meiner Mutter geprägt. Man kann *jederzeit* jemanden verlieren – das war mir immer klar.

Und ich hatte Angst, dass es wieder passiert.

Aber jetzt weiß ich auch, dass man jederzeit jemanden *finden* kann.

Und ich stehe da mit offenen Armen.

Ich hatte also recht. Meine Geschichte ist keine Tragödie.

Mack und ich werden in der Phantasie unserer Leser glücklich weiterleben, hier an diesem Strand, mit seinem puderfeinen Sand, dem kornblumenblauen Himmel und dem Meer, silberblau wie meine Augen. Wir sind in guten Händen, Mack und ich, und wir können unser nächstes Abenteuer kaum erwarten.

Oder das nächste Wunder.

Also küssen wir uns.

Auch er, dieser erste Kuss von sicher vielen weiteren, wird Teil der Magie, der Magie meiner Geschichte und der Magie dieser wundersamen Insel am Rande des Meeres, ganz weit oben im Norden, dort, wo der dunkelste aller dunklen Himmel auf das Ende der Welt trifft – aber auch auf ihren schönen neuen Anfang.

Weitere Titel von Holly-Jane Rahlens

Becky Bernstein Goes Berlin

Blätterrauschen

Everlasting

Federflüstern

Infinitissimo

Mauerblümchen

Max Minsky und ich

Mein kleines großes Leben

Prince William, Maximilian Minsky and Me

Prinz William, Maximilian Minsky und ich

Stella Menzel und der goldene Faden

Holly-Jane Rahlens
Blätterrauschen

Als es eines stürmischen Herbstnachmittags an die Hintertür zum Leseclub der Buchhandlung «Blätterrauschen» klopft, ahnen Oliver, Iris und Rosa nicht, dass sie bereits mitten in einem großen Abenteuer stecken. Denn der Junge vor der Tür kommt aus der Zukunft. Und es dauert eine Weile, bis er versteht, dass er sich nicht in einem virtuellen Spiel befindet, sondern gegen seinen Willen in die Vergangenheit gereist ist – ins 21. Jahrhundert!
Oliver, Rosa und Iris geraten gemeinsam mit Colin in eine gefährliche Zeitschleife. Und müssen feststellen, dass sie alle Figuren eines Komplotts sind, in dem es um nicht weniger geht als um ihr Leben – und um unser aller Zukunft!

320 Seiten

Weitere Informationen finden Sie unter www.rowohlt.de

Holly-Jane Rahlens
Federflüstern

Nach ihrem aufregenden Besuch in der fernen Zukunft sind Oliver, Iris und Rosa wieder sicher in unserer Zeit angekommen – oder vielleicht doch nicht? Noch ehe die Kinder herausfinden können, was nicht stimmt, erwartet sie schon ein neues Abenteuer: Aus Versehen geraten sie 125 Jahre zurück in die Vergangenheit, ins winterkalte Berlin des Jahres 1891! Genau in das Jahr, in dem der geniale Schriftsteller Mark Twain in Berlin wohnt. Vielleicht kann er den Kindern helfen, zurück ins Heute zu gelangen. Oder müssen sie für immer im 19. Jahrhundert bleiben?

Weitere Informationen finden
Sie unter **rowohlt.de**

352 Seiten